JN146513

まぼろしの城

穴太者異聞（あのうものいぶん）

西野 喬

左の古文書は「太閤」と「穴太」の関係を記す「駒井日記」（史跡集覧第10冊所収）

○一拙者龠字治江遣○一明日十七日大閤様宇治通被成御上洛由藤堂佐渡守申上
三月十七日　一關白様妙心寺邊江御成○一太閤様穴太駿河參河と關白様穴太出雲と出入に
付而得御意上意之趣田兵太へ遣書狀之案　一穴太出雲與參河駿河出入之儀今朝其得御諚
申繕い上様被仰出様子ハ兩方之申様何も聞召届候菟角大閤様所々御普請之儀も入交被仰
付候ハて不叶事候間駿河參河兩人に出雲を被相加向後兩御所様之御用爲三人申付候様に
被仰出候へと上意候右之通民法幷吉修貫殿御相談候而雙方に成候其意候様に可被仰究候
由御諚候右之分に而者互出入不仕様に能々可被仰聞旨候恐惶謹言　三月十七日駒井　田
兵太様人々御中○一未刻至伏見太閤様御成○一和州郡山御城所惡に付而くわいかひねへ御
引可被成由[illegible]

郁朋社

まぼろしの城／目次

カバー写真／緑川洋一
コラージュ・装丁／羽生春久

まぼろしの城

——穴太者異聞——

第一章　回想

（一）

宝積寺の境内に蜩の声が涼を誘うように降りそそいでいる。

天王山（現京都府乙訓郡大山崎町）の麓に建つこの寺は別名宝寺とも呼ばれ、神亀四年（七二七）行基の開創と伝えられる古刹である。

その本堂に加藤虎之助清正、杉原鷹之助、それに北川乃夢が座していた。

「こうして三人が一堂に会するのは初めて」

清正が乃夢を眩しげに見遣った。

「ほんにお互い親しく知りおうていながら、初めてでございます」

乃夢はかすかに頷いてから清正の眼差しをさけるように天王山の斜面に目を泳がせた。

「吾（われ）が乃夢殿に初めて会（お）うたときのこと、憶（おぼ）えておいでか」

清正は乃夢の視線を本堂に引き戻そうとするかのように訊いた。

「忘れてはおりませぬ。作法も知らぬ童（わらべ）が尾張中村（現愛知県名古屋市中村区）からひとりで出てきたが手にあまる、そうねね様が仰（おお）せられ、お困りになっておられた顔を今でも思い出します。あれは天正二年の六月でしたから今から九年も前のこと」

乃夢は斜面に向けていた顔を清正に向けた。

「あれから九年も経つのですな。あのとき乃夢殿は幾つでしたか」

「九歳でした」

「それよりずっと大人びてみえました」

「あの頃、虎之助様はまだ夜叉丸（やしゃまる）様と名告（の）られておりましたね。二度目にお会いしたとき、夜叉丸様はわたくしをのぞき込み、吾の嫁になれ、とおからかいなされました」

「あれは戯（たわむ）れではありませぬぞ。尾張中村には垢（あか）と土にまみれ、真っ黒な顔をした女子（おなご）しか居らなんだ。だから乃夢殿のような美しい女童（めわらべ）を目にしたことはなかった。その美しさに目がくらんで思わず口走ってしまった」

「まあ、いつからそのようにお口が上手（うま）くなられたのでしょうか」

乃夢は大仰に驚いてみせたが顔には喜色も垣間見えた。

夜叉丸は父親不在のまま母の手一つで育てられた。十二歳になった時、母伊都（いと）は夜叉丸に三十文の銭を渡して、

――この里で厄介者であった日吉丸(ひよしまる)というお前の遠縁にあたる者、今はお偉くなって、北近江の領主になって居(お)らっしゃる。お前のお父(とう)はその日吉丸にくっついて里を出たきり帰ってこない。北近江の長浜(現滋賀県長浜市公園町)にお前のお父が居ることがわかった。お前はお父の首に縄をつけて曳(ひ)き戻してこい――

と夜叉丸の尻を叩くようにして家から送り出した。

伊都は羽柴秀吉の母おなかの従姉妹である。夜叉丸(清正)は加藤清忠(きよただ)と伊都の間に産まれた。十二歳の夜叉丸が中村から長浜まで無事に行き着けたのは、単に幸運と言うしかなかった。しかし夜叉丸が長浜に着いた時、清忠は日吉丸(秀吉)に従って出陣していて留守。仕方なく秀吉の妻ねねのもとに転がり込んだ。

「鷹之助様と乃夢殿が許婚(いいなずけ)であると知っていれば、あのような放言はしなかったのでしょうが、二人の仲を知ったのはずいぶん後のこと」

「長浜に着いた数日後に清正殿はわたしの許(もと)で寝食を共にするようになったのでしたな」

鷹之助は過ぎし日をなつかしむように言った。

「父の帰陣をねね様の館で待つことにしたのですが、あそこは女子(おなご)ばかりが寝泊まりするところ。白粉(おしろい)の匂いで吾は吐き気を催して眠るどころではなかった」

「おや、ねね様はそうは仰(おつしや)ってはおりませんでした。いたずらに館を走り回る夜叉丸様にほとほと手を焼いて、鷹之助様にお託しになったと」

「母とふたり、勝手気ままに育った吾。礼儀作法など母から教えられたためしもない。ねね様には今でもすまないと思っております」

「ねね様から、夜叉丸殿に城の石積みを教えてやってくれ、と困り果てたお顔でお願いされたあの時のことは今でも憶えております。なぜ、わたくしに、とお訊ねすると、ねね様は、石垣を正しく築く石工は下に置く石、上に置く石、それぞれが譲りあって収まるべき所に収まるよう工夫しているはず。夜叉丸は何も知らずに田舎から出てきた童。巷と言うものが石垣のように、下になる人、上になる人、さらに横に並ぶ人で成り立っていることをまったく知らぬ。石を通してそうした巷の仕組みを教えてやってほしい、そのためには少々手荒く扱っても構わぬ、と頭をお下げになられた」

　鷹之助はこの時、秀吉が長浜に築いていた城の石垣積みを任されていた。元服前の鷹之助がそのような重責を担うことになったのは、幼い頃から石を積む技に長けていたからである。

「鷹之助様から石の積み方を習い、巷の理を教えられ、言葉遣いを直されました。そのうえ文字の読み書きまで教えていただきました。今あるのは真、鷹之助様の導きがあったればこそ」

　そう告げる清正の声は野太く暖かみがある。

「わたしはただ清正殿と一緒に石を積んだだけ」

「その石垣で思い出した。鷹之助様は穴太の郷の出でしたな」

「いかにもわたくしも乃夢も穴太の出。それがなにか」

　鷹之助は琵琶湖岸、比叡山東麓の穴太（現滋賀県大津市坂本）の出身であり、このことは秀吉の家臣たちの間で知らぬ者は居なかった。

「その穴太は長浜から十幾数里も離れた南近江。そんな遠くの地から元服もすませておられぬ鷹之助様が許婚の乃夢殿を伴ってなにゆえねね様の叔父にあたられる杉原家次様の養子に迎えられたのか、今もって腑に落ちぬのです」

清正は秘密を聞きたがっている童のように乃夢を窺う。

「ねね様にお訊きにならなかったのですか」

乃夢が今更といった顔で応じた。

「お二人の秘密を暴き立てるようでねね様にお訊きするには気がひけました」

「隠すようなことなどありませぬが清正殿は、かつての穴太の郷がどんな所であったかご存じでしょうか」

鷹之助が乃夢の後を引き取った。

「山門（比叡山延暦寺）の寺領であったと聞き及んでおります」

清正は言葉を選びながら言った。

「穴太の郷に住むわたくしたちは山門の散所者でした」

散所者とは神社や寺などに隷属し、人がいやがる力業を担う者たちのことである。それゆえにいわれのない蔑視を受けることが多かった。

「わたくしたちは平安の昔より穴太の地に住みついた渡来の民。また延暦寺を創建した大師（最澄）も穴太の近くの地、古市郷に生まれ、わたくしどもと同じく渡来の民の血を受け継ぐ者。そうした縁もあって大師が比叡山に延暦寺を建てるに際し、わたくしたちの祖先は比叡の山容を整えるために労を惜しまず手助けをいたしました。ところが七百有余年経つうちに穴太の民は延暦寺に隷属させられて散所者と蔑みを受けながら、日々、比叡山の参道や石垣の普請（土木工事）などを強いられるようになりました」

　鷹之助はそこで天王山の杉木立に目を向け、一息いれ、それから、

「わたくしたちの先祖が日本に渡って来た時、持ってきた技がありました。穴太に定着した先祖はその技を引き継ぎ、守り、育て上げていきました。そしてその技があったからこそ虐げられながらも卑屈にならずに住み暮らせたのです。その技とは石垣を誰よりも高く堅固に築く技です。わたくしごとで申せば、穴太の郷を束ねる実父、戸波弥兵衛に連れられて五歳の時より叡山にのぼり、石垣を築く技を仕込まれました」

　延暦寺は創建当初、比叡山寺と呼ばれていた。最澄入寂一年後の弘仁十四年（八二三）に嵯峨天皇の勅（命令）により延暦寺と改称される。京ののど元にあたる叡山は平安末期に一山三千余坊といわれるほどに堂塔、伽藍が建ち並び、山麓周辺に広大な寺領を有して僧兵を養い、時々の権力者と激しく対立した。

「その石積みの日々もわたしが十一歳の時に終わりました」

「何があったのですか」

「日本を治めようと上洛を企てる織田信長公が叡山を焼き討ちしたこと、清正殿はご存じのはず」

「信長公は南近江、坂本近隣の集落を焼き払い、逃げ遅れた里人ことごとくを殺したうえで叡山に攻め入った。三千余の堂塔すべてを焼き尽くし、手向かった僧侶や逃げこんできた里人をひとり残らず

殺し尽くした、と聞いています」

「ところが穴太の郷は焼かれず、郷人もだれひとり殺されませんでした」

意外な鷹之助の言葉に清正は、

「山麓に散らばる集落はみな焼かれたのでは」

と怪訝な顔をした。

「穴太の郷だけ目こぼしされました」

「目こぼしというと信長公麾下の武将の誰かが軍規を破って穴太の郷を焼かなかった、そういうことですか」

「その誰かが杉原家次様でした」

「杉原様がなぜ目こぼしを」

「杉原様の手勢が穴太の郷の家々に火を掛けようとした時、郷の女童が家次様の前に進み出たのです」

杉原家次の前に集められた郷人の中から年の頃六、七歳の童女が家次の馬前に歩み寄り、家次を見上げた。

——なにか申したいことでもあるのか——

あまりのかわいさに家次は思わず応じてしまった。

童女は物怖じもせず家次にさらに一歩近づき笑いかけた。家次の口元がわずかに緩んだ。

一郷を焼き払い、郷人を殺戮するには郷人に一寸の情も通わせてはならない。でなければ手向かわぬ者を焼き殺すことなどできることではない。

ところがその時、家次はいたいけな童女の笑顔を見てしまったのである。

家次は兵にこのまま穴太の郷を通り抜けるように命じた。

「杉原様の温情で穴太の郷は焼かれずにすみました。杉原様はまぎれもなくわたくしたち郷人の命の恩人。実はその女童とはわたくしのこと」

乃夢は恥ずかしげに清正に頷（うなず）いた。

「乃夢殿の笑顔を見ればいかなる武将も心とろけるのかもしれませぬ」

清正は眩（まぶ）しげに乃夢を見る。

「叡山を焼き尽くした信長公は叡山一帯南近江を明智光秀様に治めるようお命じになられた。明智様は南近江の領主になられると早々に琵琶湖に面した坂本に城を築くことをお決めになりました」

乃夢の後を鷹之助が続けた。

「その坂本城の石垣を鷹之助様たち穴太の郷人が築いたのでしたな。あの天守閣の土台石垣はみごとなものでした」

「あの頃はまだ天守閣という呼び名はなく、物見櫓（ものみやぐら）と呼んでおりました。その物見櫓の土台石垣の高さは五間（九メートル）」

光秀は琵琶湖の制海（湖）権を確保するため琵琶湖の岸辺を埋め立てて石垣を築き、その上に物見櫓を建て、琵琶湖を往来する船舶を監視しようとした。

「穴太の郷人（さとびと）が坂本城の石垣を積む契機（きっかけ）は、何だったのでしょうか」

「光秀様は五間の石垣を築ける石工が領内に居るか家臣に探させたそうです」

「そうしたら穴太の郷人は皆、生き残っていた、と」

「明智様は穴太の郷人すべてを散所者から解き放ち、南近江の領民に組み入れてくださりました」

光秀は穴太の郷人を領民としたうえで戸波弥兵衛らに坂本城の石垣普請を命じた。

この日より弥兵衛を棟梁とした穴太衆およそ五十名が光秀の家臣や近隣から徴用された領民およそ三千人を使って坂本城の石垣を築くことになった。

半年後の翌春、坂本城の石垣はすべて積み終わった。

「散所者から領民になられたことはわかりました。しかしながら鷹之助様が遠く離れた長浜に住まう杉原様の養子に迎え入れられたこととはどう考えても繋がりませぬ」

「父弥兵衛も穴太の郷人も皆、杉原様の温情を忘れていなかったのです。木下藤吉郎様が浅井家滅亡のあとに小谷の城（現滋賀県長浜市小谷郡）に移ってきた、との流言（噂）が穴太の郷に聞こえてきたのは坂本城の石垣を積み終えて数ヶ月経った頃でした」

天正元年（一五七三）、信長は叡山と組んでことごとく刃向かった越前の朝倉義景と北近江の浅井長政を攻め滅ぼす。信長は両家滅亡に戦功が大きかった木下藤吉郎に浅井長政の領地であった北近江を与えた。藤吉郎は北近江、小谷城に移ると、名を木下藤吉郎から羽柴秀吉に改めた。

「父はその流言を聞くと、わたくしを連れて小谷まで参ったのです。父にしてみればひと言、杉原様に直にお目に掛かってお礼を申さねば気がすまなかったのでしょう。杉原様にお会いしてお礼を申し述べた後、杉原様は父に坂本城の石積みの細々したことを訊いて参りました」

弥兵衛がそれに丁寧に答えた後、なぜそのように石積みのことを下問するのか、と聞き返した。すると家次は、殿（秀吉）が明智光秀に習って琵琶湖に面した長浜に城を築くことになり、普請奉行に自分が任じられた、と苦笑混じりに告げた。

「秀吉様は杉原様に物見櫓の土台石垣の高さを坂本城のそれより一間高く積め、とお命じなられたということです」

家次は領内の石工に高さ六間（十・八メートル）の石垣を築くよう命じたが、石工たちはこれを固辞した。彼らは六間もの高い石垣を築く技を持たなかったのである。

これを聞いた弥兵衛は鷹之助に石垣を築かせてほしい、と願い出た。

幼い鷹之助に六間もの石垣が築けるものかと家次は訝った。その気持ちを弥兵衛は感じとったのか、

——穴太の男の子は物心つけば叡山に伴い、石垣を築く手伝いをさせるのが習わしになっております。鷹之助はこの歳にしてすでに穴太衆の誰よりも石積みに長けた技を身につけております——

と告げた。

それを聞いても家次は躊躇した。武士や足軽さらに百姓らは十四歳の童の指図に素直に従うであろうか、それよりも元服前の若者が数千の人足をそもそも使いこなせるのか、家次にはその両方がうまくいくとは思えなかった。

思いあぐねた家次はねねに相談した。するとねねは、鷹之助を杉原家の養子に迎えることを薦めた。鷹之助が杉原家の一員となれば、たとえ若輩者でも長浜城普請に従事する者は鷹之助をおろそかにはせず、鷹之助の指示に従うであろうとねねが思ったからである。

「杉原家の養子となったわたしと乃夢の仲は微妙になりました。と申すのも養子の行く末は養子親の家次様がお決めになることですから、乃夢との許婚(いいなずけ)の仲は白紙に戻さなければならなかったのです。このことを知ったねね様はわたくしたちの仲を解かぬよう家次様を説得なさり、しかも祝言をあげるまで乃夢を預かると仰(おっしゃ)ってくださいました」

乃夢はねねの許(もと)で育てられることになった。母を早くに亡くした乃夢にとってねねは母代わりでもあった。

弥兵衛は鷹之助の養子が決まると穴太の郷人(さとびと)十四名を鷹之助補佐役の名目で家次の家臣として召し抱えてもらった。二年前まで散所者であった穴太の郷人が日の当たる身分になったのである。

この十四名の中に乃夢の父北川貞信(さだのぶ)が鷹之助の後見役として加えられた。貞信は戸波弥兵衛の右腕と言われた石積みの巧者である。乃夢のことを考えた弥兵衛の心づかいであった。

鷹之助は羽柴家中の侍、足軽それに領内の百姓、商人、町人たちの棟梁として長浜城の石垣築造に邁進(まいしん)する。

「吾もその普請に加わらせていただいた。十二歳の吾には見るもの、聞くものことごとく驚く事ばかり」

「石垣普請が終わる前に清正殿は荒小姓として秀吉様に近習(きんじゅ)することが決まり、普請場を去ったのでしたな」

「あれは天正三年(一五七五)の年初でした。館に出仕すると直ぐに殿から虎之助清正の名をいただきました」

「わたくしはいつまでも夜叉丸様のままでいてほしかった」

　乃夢が呟くように言った。

「あの頃、乃夢殿は、吾に武士（もののふ）などにならず母が待っている尾張中村に帰れ、と申しておりましたからな」

「中村から長浜に参られたのは御尊父を連れ戻すためであったはず。それを忘れて武士になるとは。武士は一度（ひとたび）戦さとなれば刀槍を持たねばなりませぬ。持てば敵を傷つけ、命をとることもありましょう。また敵に命を奪われるかもしれませぬ。そのような夜叉丸様になってほしくなかったのです」

「今でも遅くはありませぬ。乃夢殿が鷹之助様との許婚の仲を解消して、吾の妻となってくだされば、手に手を取って中村へ帰りましょう」

「まあ」

　乃夢はさも驚いたように大きな声をあげ、

「お戯（たわむ）れが一段とうまくおなりになりましたね」

　と目を細めた。

「戯れ、とはひどい。吾は本気ですぞ」

　そう言って清正は声をたてて笑うと、

「長浜城普請で鷹之助様たち穴太衆の名は織田信長公のお耳にも届いたということです」

　とさりげなく話をそらした。

「信長公が安土山に城を築くとの風聞が流れてきたのは天正四年（一五七六）の春でした」

清正の言葉に誘われるように鷹之助が応じた。

織田信長は尾張那古野から清洲、清洲から小牧、小牧から岐阜へと居城を変え、少しずつ京へと近づいていった。次の居城は岐阜と京を結んだ中ほどとなるのは明らかだった。

岐阜と京の中間地、そこが安土であった。

安土は東海道、東山道（中山道）、北国街道が交わる交通の要所で京へ出るにも近く、そのうえ琵琶湖を行き来する船舶を監視するに最も適した地であった。

「天正四年にわたくしたち穴太の者十五名は秀吉様から安土城普請の手助けを命じられ安土へ赴きました。そこで普請奉行に任じられていた丹羽長秀様の配下に加えられたのです」

「あの頃の丹羽様は織田家中にあって柴田勝家様と並ぶ重臣」

「その丹羽様、城普請ではいつも信長公に叱られてばかり。あの方は城作りに向いていないお方でした」

「確かに蛇石でのしくじりがありましたからな。城普請は得手でなかったのかもしれませぬな」

信長は安土山の麓に祀られていた蛇石なる神石を二の丸まで曳き上げ、城の要石として使うよう長秀に命じた。

長秀は蛇石に何重にも綱を掛け、修羅に乗せて数百人の人足を使って曳き上げさせたが、七人の死者をだして頓挫した。

修羅とは巨大な木製のソリのことで、古来より重量物を移動させる道具として広く使われていた。

「それをわたくしたち穴太衆が丹羽様に代わって二の丸まで曳き上げたのです。しかし蛇石の曳き上げはそれだけでは終わらなかった」

　鷹之助はそこで乃夢に視線を移し、

「乃夢には貞信様の死を細かく話してはいなかったな」

と訊いた。

「聞いておりませぬ。父が亡くなって七年が経ちます」

　乃夢は正面から鷹之助をみつめた。

（二）

「あれは安土城二の丸の普請（土木工事）が終わる直前であったから天正五年（一五七七）の晩春であった。なんの前触れもなく信長公は二の丸に曳き上げた蛇石を本丸に移せ、とお命じになられた。二の丸と本丸は高い石垣で区切られている。わたしはどうしたものかと困り果てた」

　安土山麓に住まう人々から信仰を集めていた蛇石を信長がなぜ安土城二の丸に据えようとしたのかは定かでない。まして二の丸から本丸に蛇石を移しかえようとした意図はさらにわからない。鷹之助にとってそれは信長の気まぐれとしか思えなかった。

「そんなわたしを見かねたのであろう、貞信様が曳き上げの指揮は自分（おのれ）が執る、と申し出てくだされたのだ」

貞信は二の丸と本丸の段差に仮の斜路を作り、それを利用して本丸に曳き上げることにした。

斜路は千人を超える人足がモッコで土砂を運び、三日で仕上げた。

蛇石を修羅(しゅら)に乗せ、修羅に取り付けた大綱を四百人の石曳き人足に曳かせた。

「綱頭(つながしら)(先端)はわたしが引き受けた。貞信様は蛇石の上に乗り、石曳きの総指揮をとることになった」

石曳きは大太鼓の音にあわせて開始された。蛇石の上に立った貞信がかけ声をあげ、人足の力を一つにする。蛇石は貞信のかけ声で少しずつ斜路をあがっていく。斜路の半分ほどまで蛇石は危なげなく曳き上げられた。

「貞信様の声がさらに大きくなったその時、大綱の一本が切れた」

石曳き人足が雪崩をうって倒れ込む。均衡を失った蛇石は大きく傾き、はずみで貞信が蛇石の上から修羅尻に滑落した。

「その上を蛇石が滑り落ちた。一瞬のことだった。蛇石は斜路の下まで滑り落ちて止まった。……。あれは夏の到来を告げる暑い日であった。乃夢の父、北川貞信様はこの鷹之助の胸の内に悔恨と哀しみに包まれて生き続けている」

乃夢は表情を変えず鷹之助がとつとつと話す声に耳を傾け、ときどき念仏のような言葉を口にした。

「その蛇石はどうなりましたか」

しばらくの沈黙があった後、重苦しいその場を払いのけるように清正が訊いた。

「信長公は、城普請は戦さと同じ。であってみれば死もまた常在。そう仰せられて、かの大石は築城の邪魔石に成り下がった、粉々に砕いて城石として用いよ、とお命じになられた。それを聞いたわたしは、今までの労苦と死人は何であったのかとの思いで身中が怒りで膨れあがった。わたしは城作りをやめて杉原家を去り、乃夢を伴い穴太の郷へ戻ることに決めた」

「ところがそうは参りませんでしたな」

清正がすかさず応じた。

「長浜に戻って義父上に養子の縁を解いていただこうとしたのだが、義父上は居らなかった」

信長は安土城普請を続ける一方で秀吉に中国計略を命じていた。

鷹之助が長浜に戻った時、秀吉は家臣を引き連れて播磨、姫山の城に入っていた。

姫山の城とは黒田官兵衛の居城で播磨平野の南西部、瀬戸内海を臨む丘（姫山、現兵庫県姫路市本町）に築かれた平山城のことである。平山城とは丘陵部の上部と平地、両方の地勢を巧みに取り入れて構築した城のことである。

黒田官兵衛は播磨の一部を治めていて、信長が上洛した頃から誼を通じていた。官兵衛は、もし播磨、但馬、美作さらに備中など中国諸国に信長が兵を進めるようなことになったら、その手引きをすると、かねてから申し送っていた。

こうしたこともあって信長と官兵衛は連絡を密にして慎重に播磨経略を進めていたのである。

長浜で家次の帰着を待っていた鷹之助にねねから呼び出しがかかったのは初夏であった。

――秀吉殿から昨日、文が届きました。それによれば本能寺に居られる信長公に呼ばれて秀吉殿は今、京に居るとのこと。留守にした長浜のことを訊きたいからわたくしに京まで来い、その折、杉原鷹之助も連れてくるように、と認めてありました。ついては鷹之助殿もわたくしと一緒に京に行ってもらいます。おおそうじゃ、乃夢殿も一緒に来てもらおう――

ねねは秀吉が会いたいという一文にすっかり気をよくしているようだった。

乃夢を伴うのはねねの身の回りの世話をしてもらうためであろう。ねねにとって乃夢の手助けは日々欠かせないものになっていた。

鷹之助は秀吉に呼び出される心当たりがない。ねねに訊いても首を傾げるだけで秀吉の意図はわからないという。不安なまま鷹之助はねねと乃夢と共に京に赴いた。

鷹之助が京に着くと直ぐに秀吉の使いの者が来て、黒田官兵衛の投宿先に赴くよう伝言した。鷹之助にとって黒田官兵衛なる武将は初めて聞く名であった。ねねに訊ねてみたが、軍師であるがそれ以上のことはわからないと言う。首を傾げる鷹之助にねねは、長浜から持参した織物一反を乃夢に持たせ、鷹之助と二人して官兵衛の許を訪れるように促した。

二人が官兵衛の宿を訪れると若武者が現われ、官兵衛が待っている部屋に導いた。

若武者はそこを去ることなく官兵衛の横に座った。

鷹之助は乃夢を気遣いながら官兵衛と向かい合った。

――黒田官兵衛でござる。この方は高山右近殿――

官兵衛は横に座した若武者を紹介した後、鷹之助を食い入るようにのぞき込んだ。

――ねね様からのお遣物にございます――

乃夢は丁重に頭をさげて抱えてきた包みを官兵衛の前に置いた。

――かたじけない――

官兵衛は包みの中を確かめもせず、脇に押しやると、

――おぬしが杉原鷹之助殿。かねがねおぬしに会いたいと秀吉様にお願いしていたのだが、その思いがやっと叶った――

と嬉しそうに鷹之助の方にひと膝にじり寄ると堰(せき)を切ったように石垣築造に関する様々なことを矢継ぎ早に質問した。

それに応じて鷹之助も官兵衛の一言ひと言に目を輝かせて答えていく。

貞信の死を境に城普請を辞めたいと言っていた鷹之助とは思えない生き生きとした応答に、乃夢は鷹之助が城作りを諦めていないことを思い知らされた。

高山右近は官兵衛と鷹之助のやりとりに興味がないのか時々、乃夢に目を向ける。二人の問答はしばらく続き、一息ついたとき、右近が、

――サンタマリア御上人寺(おしようにんでら)をご存じありませぬか――

と乃夢に城に全く関わりのないことを訊いた。不意に話し掛けられた乃夢は返す言葉もなく首を横に振ると、

――信長公のお許しを得て京に創建されたイゲレジアです――

と乃夢を包み込むようなやわらかな声で告げた。

――イゲレジア？――

その声に誘われるように乃夢は思わず聞き返す。

――イゲレジアとは寺と似たようなもの――

右近と乃夢の会話を奪うように官兵衛がもどかしげに口を挟んだ。

イゲレジアとは今で言う教会堂のことであるが当時は寺あるいは南蛮寺と呼んでいた。

――一度、サンタマリア御上人寺に参ってみませんか。なにか得るものがみつかるかもしれませぬ
――

右近はそう言って乃夢をのぞき込みながら、

――哀しみは胸に秘めておくといつまでも消えませぬ。胸の内をデウス様に打ち明ければ少しは哀しみも薄らぐかもしれませぬ――

とやわらかに語りかけた。

――なぜ、わたくしが胸に哀しみを秘めている、とお思いなのですか――

乃夢は恐る恐る訊ねた。

――その眼差しです。その眼差しはわたくしの胸に突き刺さるような憂いで満ちています――

乃夢は心の内を見透かされた気がした。

――その南蛮寺に参れば胸中の悲哀が消えるのでしょうか――

――さあ、消えるか否か。ただ神がお与えになる哀しみは与えられた者が乗り越えられる哀しみしかお与えにならない、と諭(さと)されております――

――神が哀しみをお与えになるのですか――

思わず乃夢は問い返した。この哀しみと喪失感は父の死によってもたらされたもので神なる者に与えられたものではない、そう乃夢は思った。

――神、とは、デウス様のことでござる――

官兵衛が穏やかに口をはさんだ。鷹之助との談義での厳しい顔とはまるで違っている。

――デウス様？　それはどなた様ですか――

乃夢がわずかに首を傾げる。

――知りたいと思う者にだけ知ることが叶う神です――

謎めいた右近の言葉に乃夢はさらに首を傾げた。

――高山殿は異国の神を信じておられる。そしてこの官兵衛も又しかり――

――異国の神とは伴天連が教えを説いているあの神のことでございますか――

――さよう吉利支丹のことでござる――

官兵衛は洗礼名をドン・シメオンと言い、西国ではキリスト教の信者として名を馳せていた。また右近はドン・ジュストの洗礼名をもち、織田家中ばかりでなく多くの武将たちの間で熱烈な吉利支丹として知れわたっていた。右近はこの時、二十五歳。荒木村重の家臣で高槻城主（現大阪府高槻市城内町）であった。

後日、右近は乃夢を伴って南蛮寺を訪れ、その際、分厚い冊子を渡した。

「その冊子は『公教要理』というデウス様の教えを問答形式で説いたものでした。おそらく生涯かけて公教要理を読み解いても、その真を修得するに到らないでしょう」

「それに生涯をかけるつもりではあるまいな。穴太の郷人は叡山伝教大師に帰依する天台宗信徒」

鷹之助の咎めるような問いに乃夢はうつむいて答えなかった。

「伴天連は秀吉様がお認めになっている。邪教ではない。官兵衛様、高山様、蒲生様さらには九州の大友様、有馬様、大村様など数えれば切りがないほどの諸将が受洗（入信）なされている。吾も一度南蛮寺を覗いてみたいと思っております。吉利支丹のことはそのくらいになされ」

清正の口振りには乃夢を庇うようなところがあった。

「官兵衛様と会った翌日、わたしは殿（秀吉）に呼び出され播磨に供をするよう命じられました」

鷹之助は話を姫山の城に戻した。

姫山の城は中国計略の拠点には小さすぎた。そこで秀吉は城を拡張することを官兵衛に申し入れた。官兵衛はそれを承諾したうえで城拡張普請に鷹之助を加えてくれるよう秀吉に願い出たのであった。鷹之助の名は安土城普請でその腕を認めた信長を通じて官兵衛の耳に届いていたのである。

鷹之助はこの時をもって官兵衛という得難い城の設計士に出会うこととなった。

「官兵衛様は城作りの巧者にして優れた軍師。官兵衛様の軍略によって殿（秀吉）の軍はさしたる死人も出さずに上月城、三木城、鳥取城を攻略した」

清正が目を輝かせながら言った。

秀吉が中国平定を手掛けて四年余。その間、秀吉は毛利麾下の武将たちが統治していた播磨、但馬、備前、因幡、美作を戦い獲って織田領とした。秀吉が次に軍を進めた地は備中であった。備中の領主清水宗治（むねはる）は秀吉の降伏勧告を無視して高松城（現岡山県高松市北区高松）に居座っていた。

「高松城を囲うように堤を作り、そこに河水を注ぎ込み、城を水浸しにしましたな。あの堤を作ったのは鷹之助様。それを手伝ったのは吾。今となってはあの水攻めもなつかしい」

清正の顔にわずかな朱が射す。

「高松城は水浸しになっても降伏する素振りもありませんでした。それが突然、和議が整ったのですからただただ驚くばかり」

鷹之助が応じた。

天正十年（一五八三）六月四日、突如、前触れもなく清水宗治の命と引き替えに城兵の命を助けるという和議が結ばれ、翌日、宗治とその兄の月清（げっしん）入道が首を差し出した。

六月六日、秀吉はこれを見届けると全軍に陣を畳んで姫路に引き返すよう命じた。なんともあわただしい早急な退陣となった。しかも姫路に引き返す先頭は秀吉自らが務めた。

それは引き返すというより、何かに向かって突き進むかのような速さだった。

「あの和議の裏には信長公が弑逆（しぎゃく）されたというとんでもない秘事があったのですが、あの時は何も知らぬまま、ただ秀吉様に急（せ）かされて姫路城目指してひた走り。清正殿は秀吉様のお側に仕えていた身。京、本能寺に居られた信長公を明智光秀様が攻め殺したことをいつ知ったのでしょうか」

「高松城から姫路城まで駆け抜けて、姫路城大広間に集まった武将たちの前で殿が吾らに信長公弑逆を告げるまで知る由もありませんでした」

秀吉は居並ぶ諸将に向かって、

――わが主君、織田信長公が四日前に京、本能寺にて明智光秀殿の奇襲を受けて果てた。姫路城に蓄えてある全ての金銀米銭は明日、その方らにひとつ残らず分け与える。これはいままでわしについてきてくれた皆への謝意である。これでわしは明日より裸一貫になる。素裸のわしは信長公の弔い合戦に向かう。必ずや逆賊の明智光秀殿をこの秀吉が討ちとってみせる。わしに与力してくれる者が居れば今後も金銀米銭を分け与えよう。またわしについていけぬ者が居れば分け与えた金銀を持って明智殿あるいは毛利方に走るがよい。とめはせぬ――

と誠意をこめて説いた。

翌六月八日、秀吉は約束通り、姫路城の全ての倉を開いてそのことごとくを将兵に与えた。この一日は兵にとってまたとない休養となった。

六月九日、秀吉は姫路城に五百余名の兵を残して京に向かった。だれひとり離脱する将兵はいなかった。

二日後の十一日には明石から尼崎（現兵庫県尼崎市）へ進んだ。尼崎で秀吉は信長への弔意を示すため髪を下ろし、京近在に散らばって事の成り行きを窺っていた池田恒興、丹羽長秀、中川清秀、高山右近らに使者を送った。

翌十二日、秀吉の呼びかけに応じた武将たちが尼崎から近い富田（とんだ）（現大阪府高槻市）に集まり、明智攻略の軍議を開いた。

秀吉らの動きを察知した光秀は勝龍寺城（しょうりゅうじ）（現京都府長岡京市）に入って戦闘の構えをとる。勝竜寺城は百二十年ほど前に京防衛の拠点として築かれた城で光秀が本能寺に信長を攻め殺した直後、接収した。

翌十三日、神戸信孝（信長三男）を総大将とする四万の連合軍と明智軍一万余の兵が天王山（現京都府乙訓郡大山崎町）で緒戦を開いた。

戦う前から勝敗は明らかだった。大儀を持つ連合軍と主殺しの後ろめたさを背負う明智軍では勢いが違った。

戦況は一気に動いた。明智軍は総退却となり、ちりぢりとなった。再起を期して光秀はわずかな兵をまとめると坂本城を目指した。坂本城は光秀自らが縄張（設計）をし、鷹之助ら穴太衆に石垣を築かせた堅固な城である。

だがその途中、小栗栖で土民に襲われ最期をとげる。

間を置かず、清洲城に信長麾下の諸将が集まり、今後の織田家の処置について話し合った。

「織田家を誰が継ぐのかで殿と柴田勝家様が激しく言い争った」

清正が言った。清正は秀吉の警護のために清洲城に赴いていたのでこの経緯については詳しかった。

柴田勝家は信長の三男である信孝を後継者に推薦した。それに対して秀吉は三法師を強力に押した。三法師は本能寺の変で自刃した信長の嫡男信忠の忘れ形見である。すなわち信長の直孫にあたる。どちらが信長の後継者となってもおかしくなかった。本来なら織田家筆頭の臣である勝家の意見が通るのだが、この会議に限っては勝家の言い分は通らなかった。信長が弑逆された時、勝家は越前で上杉謙信と戦さの最中で信長の弔い合戦に参戦できなかったからである。

秀吉が担いだ三法師が信長の後継者と決まったが、会議の場は険悪になった。

後味の悪いまま会議は信長の遺領処分に移った。ここで勝家は秀吉が治めていた北近江を自分（おのれ）に譲るよう秀吉に迫った。秀吉は渋々、勝家に北近江を譲った。つまり、三法師を信長の後継者とする代わりに秀吉が治める北近江を勝家の領地とすることで勝家は溜飲をさげたのである。

北近江を譲り渡した秀吉は播磨、山城、河内、それに明智光秀が治めていた丹波を領することになった。また信孝は信忠が治めていた岐阜を領有し、岐阜城の主に収まった。

清洲会議での後継者争いは信孝・勝家と秀吉の間に抜き差しならぬ不信を生むことになった。

「殿は三法師様に代わって政務を執らねばならん。そこで長浜城に代わる城を京の近くに求められた」

清正が言った。

「秀吉様はその城をこの寺の裏山（天王山）に築けとわたしに命じました」

鷹之助は宝積寺本堂から望める急斜面を仰ぎ見た。

「城の縄張をしたのは黒田官兵衛様」

「この城は長浜城や姫路城に比べるとはるかに防備では劣った構えでした。黒田官兵衛様はこの山崎城を仮の城として縄張したようです」

「天下は三法師様に委（ゆだ）ねられましたが柴田勝家様、滝川一益（かずます）様らは三法師様を廃して織田信孝様を擁立することを諦めておりませんでした。それを殿（秀吉）は存じておりましたから、少しでも早く拠り所となる城を作らねばならなかったのです」

「城を作り終えるのを待って秀吉様は柴田様との戦いに出て行かれた」

清洲での信長後継争いは秀吉と柴田勝家の戦いに進展する。

戦さは勝家の敗北と信孝の自刃という形で決着した。三法師を担いだ秀吉は事実上信長の後継者となった。

「もう戦さ談義はよろしいのではありませぬか」

今まで口を挟まなかった乃夢が鷹之助に不満げな顔で向き直り、さらに、

「坂本城主の明智光秀様が安土城主の織田信長様を弑逆なさり、その明智様を長浜城主の羽柴秀吉様がお討ちになる。坂本城と安土城は焼亡し、残る長浜城は秀吉様に代わって柴田勝家様が城主となられた。その柴田様は秀吉様によって越前北庄城(きたのしょうじょう)で滅ぼされました。坂本城、長浜城、安土城の三城は鷹之助様や穴太の郷人によって築かれた城。その三城を築く間に父をはじめ数多(あまた)の穴太の郷人(さとびと)、それに普請に関わった多くの方々が命を落とされました。その方々はこの三城の因縁(いんねん)にも似た絡み合いを天からどのようなお気持ちで眺めておられますのか。鷹之助様、もう城を築かずともよろしいのではありませぬか」

と諭すようにひそめた声に力を入れた。

「乃夢の申すとおりだ。坂本、長浜、安土三城の城主が殺し合い、残った城は長浜城のみ。乃夢の父貞信様はこのことをどんな気持ちで天から眺めておられるのか。それを思うとわたしはもう城など築く気にもなれぬ」

「ならば穴太の方々と共に家次様に暇乞(いとまご)いなさり、穴太の郷へ戻りましょう」

乃夢はすがるような目を鷹之助に向けた。

「そうしたいのだがわたしは秀吉様から明日、山崎城に出向くよう申しわたされている。そこで秀吉様はおそらく石山本願寺跡地に新たに築く城の普請をわたしに命じるに違いない。命じられれば、お断りするわけには参らぬ」

本願寺は京都、山科に創建された浄土真宗総本山である。八世蓮如（れんにょ）が勢力拡大のため、明応五年（一四九六）、山科から摂津国生玉庄（いくたまのしょう）（現大阪市天王寺区生玉町）に小さな坊舎を建てたのが石山本願寺の始まりである。

蓮如は石山本願寺の起源を述べた御文の中で、初めてこの地を〈大坂〉とあらわしている。

この坊舎が次第に整備され拡充されるに従い、京（山科）の本願寺は廃（すた）れて石山本願寺が栄えるようになる。石山本願寺周辺に清水町、北町、西町、新屋敷、桧物屋町、青町など十町が形成され賑わいをみせるようになる。

戦国期にはいると細川晴元らと抗争をくり返しては寺域を拡大し、宿坊や伽藍（がらん）、堂塔（どうとう）を次々に整備し、加賀より城造りの技術者を呼び寄せ、堀や土塁を築き要塞化、〈摂州第一の名城〉と謳（うた）われるまでになる。石山本願寺に指揮された一向宗門徒は戦国大名たちに大きな脅威となっていった。

特に本願寺十一世の顕如（けんにょ）に引き継がれてからは西国の毛利氏らと結び、全国の一向宗門徒に檄（げき）を飛ばし、〈天下布武〉を唱えて京に居座る織田信長にことごとく対抗した。信長にとっては何としても排除すべき難敵であった。

両者は激しく戦った。決着がつかぬまま十年が過ぎる。

諸情況を見極めた顕如は石山本願寺を信長に引き渡し、紀伊鷺森に信者ともども退去することに決める。

明け渡しの混乱の中で、突如伽藍の一つから出火し、折からの西風に煽られた火はたちまち他の建物に燃え移った。何十もの伽藍、堂塔が三日三晩燃え続け焼亡した。

信長は焼けた石山本願寺城に丹羽長秀を入れ管理させた。いずれは本願寺跡地に安土城にまさる城を築くつもりであった。

その思いは光秀の叛逆で夢と消えた。

「信長公がやり残した夢を殿が叶える。此度の城普請は坂本城、長浜城、安土城とは比べものにならぬほどに堅固な城作りとなるにちがいない。吾も城普請に加えてもらいたかった」

清正は唇をかたく結んで天王山の斜面に再び目をやった。夏の陽が杉木立に濃い影をつくっている。蝉の声は相変わらず宝積寺の境内に喧(かまびす)しく降りそそいでいた。

第二章　大坂城・本丸

（一）

天正十一年（一五八三）七月十二日、山崎城本丸御殿の一室に羽柴秀吉、黒田官兵衛、浅野長政、田中吉政それに杉原鷹之助が顔を揃えていた。

五人の前には畳一畳ほどの土型（つちがた）（模型）が置いてあった。

「鷹之助、おことがわしに安土城に勝るとも劣らぬ城を作る時がくるのか、と訊（き）いたのをおぼえておるか」

秀吉は土型に目を落としながら親しげに問いかけた。

「忘れもしませぬ。秀吉様はその折、もしそのような時が巡（めぐ）り来たならば、わたくしに城普請を命じる、と仰（おお）せられました」

「どうやらその時がきたようじゃ。官兵衛、この土型を用いて三名に話して聞かせよ」

秀吉の命に官兵衛は無言で頷き、

「本願寺跡地を削り、あるいは土を盛って、このような土型に整地いたす」

と土型を指さした。

この土型は本願寺跡地に新しく構築する城の実物を縮尺（模型化）して、誰の目にもわかりやすくしたものである。ただし建物はすべて省かれている。

官兵衛が作った土型は三百分の一の大きさとなっていた。

「南北三百間（五百三十メートル）、東西百十間（二百メートル）、これは今ある本願寺跡地と同じ。つまり此度の築城は本願寺城とほとんど変わらぬ城域でござる。この南側の方形の曲輪、ここは政や儀式を行なう館を建てる一郭で表御殿曲輪と呼ぶ。次にこの中央の丸い曲輪は秀吉様縁の方々がお住まいになられる所、奥御殿曲輪と申す。奥御殿曲輪の北東端、ここにはかの安土城に劣らぬ天守閣を築く。秀吉様はこの城を大坂城と命名された」

大坂は蓮如が石山本願寺を創建したおりに、この地を〈大坂〉と呼んだことに因んでいる。

「奥御殿曲輪の西側を一段さげて帯状に削って平らにして曲輪といたす。曲輪の名は西中ノ段帯曲輪。この曲輪よりさらに一段低いところを同じように削り取って、そこにも曲輪を設ける。西下ノ段帯曲輪。さて奥御殿曲輪の東側だが、ここも同じように一段低くして帯曲輪を作る。東中ノ段帯曲輪、東下ノ段帯曲輪と呼ぶことにいたした」

官兵衛は土型を指さし、鷹之助らの反応を確かめるようにして話してゆく。

「この奥御殿曲輪の北側、深く落ち込んだ広い方形の曲輪だが、ここには草木を植えた里山を作ることになっている。ここで秀吉様は茶会を催される。山里曲輪と秀吉様は命名なされた」

官兵衛の説明が終わるのを待って秀吉は、

「わしが安土城の本丸に立ったとき、天守閣が空を突き抜けてわしに覆い被さってくるような恐れと肌が泡立つような震えをおぼえた」

と遠いことを思い出すように目を細め、

「官兵衛、この天守閣土台石垣の高さは」

と訊いた。

「秀吉様の思いのままに」

官兵衛は心得顔に応じた。

「鷹之助、おことが積んだ安土城天守閣の石垣高さは何間であった」

「十三間でございました」

「ならば十六間の石垣とせよ」

信長もそうであったが秀吉も自分が決めた石垣の高さには何の根拠も合理性もない。あるのは他城の石垣高さを凌駕したいという思いだけだ。それは信長を超えたいと願う秀吉の強い気持ちの表れではないか、と鷹之助は思い至る。

新たな覇者（秀吉）になるには旧い覇者（信長）のことごとくを凌駕することから始めなくてはならない。

その象徴が十六間（二十九メートル）という高さなのだ。その高さは未だかつて誰も積んだことのない高さだった。

大坂城の眼目は天守閣土台石垣である、と鷹之助は肝に銘じた。

「長政、鷹之助、吉政。この土型でなにか申したいことがあるか」

秀吉が質(ただ)した。

「ございませぬ」

吉政は平身して応じた。しかし鷹之助は首を横に振った。

「一つだけございます。この土型は奥御殿曲輪(くるわ)を九つの曲輪が取り囲んだ複雑な縄張（設計）になっておりますが、なぜ本丸、二の丸あるいは三の丸という呼び名にしませぬのか」

坂本城、長浜城、安土城、姫路城、山崎城、鷹之助が手掛けてきたそれらの城は本丸があり、それを取り囲むように二の丸、三の丸が構築されていた。

「鷹之助殿の慧眼(けいがん)のごとく、この城には本丸も二の丸も、まして三の丸もない」

官兵衛は鷹之助に鋭い一瞥(いちべつ)を投げかけた。その目には四つの城を手掛けてきた鷹之助の力量を試すような軍師としての冷徹さが宿っていた。

「なぜでございますか」

「この土型で示した城域全てが次の普請で本丸となるからだ」

「次の普請？」

「さよう、次の普請だ」

官兵衛はそうくり返し、

「秀吉様はこの官兵衛に大坂城の縄張を行なうに際し、二つのことを御所望なされた。一つは本願寺城の遺構を此度の大坂城にできうる限り取り入れること。二つ目は城域を本願寺跡地と同じに限ること。その二つを厳命なされた」

官兵衛は、そのことに間違いないですな、と問うように秀吉に顔を向けた。

「さよう、その二つを官兵衛に申しつけた。鷹之助、なぜそう命じたかわかるか」

秀吉の声が急に変わった。鷹之助は黙したまま秀吉の言葉を待った。

「ここに居る者に隠すことではないので申すが、本願寺の遺構をさらに広げた城を作っている暇などないのだ」

秀吉はそこで言葉を切ると官兵衛に目配せして後を続けるよう促した。

「関東に北条、紀伊に雑賀、芸州（現広島県西部）に毛利、四国に長宗我部、九州に津島など秀吉様に抗する武将がひしめいて情勢は切迫している。秀吉様は城普請に長々と力を割いてはおられぬ。ここは是が非でも日数を掛けず城を築いて秀吉様の拠り所とせねばならぬ。城域を広げて二の丸、三の丸を築くのは芸州、四国、九州の征伐が終わってからのことだ」

「そのようなわけで此度の城普請は来春二月末までに成すことに決めた。ただし天守閣の土台石垣は今年の末までに積み終えよ。城の中核となる天守閣だけは出来る限り早く作らねばならぬ。長政には普請総奉行を申しつける。鷹之助、おことは石垣方、吉政には掘り方の普請奉行になってもらう」

部屋に響いた秀吉の大声に三者は平身した。

「虎に聞いたのだが、世上では鷹之助ら穴太衆が積む城石を穴太積みと呼ぶそうだの」

急に声音を和らげた秀吉が鷹之助をのぞき込んだ。虎とは加藤虎之助清正のことである。

「そのように言われておりますが、誰でもが積める野面積みに過ぎませぬ」

野面積みはそこここに転がっている自然石（切ったり割ったりしない未加工の石）を用いて積み上げていく手法である。自然石であるから石は不揃いで、積み上げた石と石との隙間は大きくなる。その隙間に小石（栗石）を詰めて安定を保ちながら上へ上へと積んでいく。もっとも原始的なそれゆえ誰でも思いつく石積みである。

「石垣方普請奉行より穴太普請奉行と呼んだ方がわかりやすそうだ。鷹之助、おことの役は穴太普請奉行といたす」

穴太普請奉行、鷹之助は胸中でくり返してみた。坂本、長浜、安土、姫路そして山崎の築城で鷹之助らはひたすら石垣を築いてきた。それに伴って穴太衆の名は少しずつ世に広まっていった。やがて石を積むことを人々は「穴太」とまで呼ぶようになった。だからといって石の積み方が変わったわけでも鷹之助や穴太衆の地位が格段によくなったわけでもない。

「石の手当はついておりましょうか」

鷹之助が恐る恐る秀吉に訊いた。

「家中の者が採石場を求めて河内、摂津を探し回った。河内では生駒山、石切山、飯盛山。摂津では御影、芦屋、住吉。併せて六ヶ所から石を運び出すことに決まった」

案ずることはない、と言いたげに秀吉は頷いてみせた。

七月十四日、秀吉は大坂城を築くことを公布した。

二十四日、秀吉は河内の百姓、町民、商人らに河内の三採石場、摂津の三採石場から大坂城普請場までの石運搬路の築造と整備を命じた。

八月七日、摂津、近江、越前、丹後、播磨、美濃、尾張などの領主、武将、三十家が競(きそ)って大坂城普請の助役(すけやく)を申し出た。秀吉はこれらの申し出を当然のように受け入れた。

（二）

天正十一年（一五八三）九月一日、早朝、空は雲一つなく抜けるように高かった。

真っ直ぐに延びる河内大路の先に生駒の山々がくっきりとみえた。

その大路の両側は何万もの人々で埋め尽くされ、誰もが生駒の方へ目をこらし耳を傾けていた。大路に人が飛び出さぬように警護棒を構えた武人(ぶじん)たちがするどい目を群衆に向けている。

遠くから鐘と太鼓の音が微(かす)かに聞こえてくると人々は、武人たちが押しとどめるのもかまわず大路の真ん中に走り出て、音のする方角に目を向け、耳を傾ける。

近づくにしたがって、野太い男たちの掛け声と女たちの艶(つや)やかな声が大路に響いてくる。人々は前の者を押しのけ背伸びして声のする方角を窺う。鐘と太鼓の音が少しずつ大きくなり、やがて行列の先頭が見えてきた。

鎧甲(よろいかぶと)に身をかためた二十四名の若武者が馬に乗り、背に黄色の母衣(ほろ)をつけて進んでくる。秀吉自慢の黄母衣衆(きぼろしゅう)である。母衣は鎧の背につけて敵からの矢を防ぐ武具である。風にふくらんだ形にみせるため竹籠を布で包んだもので、軍場(いくさば)にあっては派手で大きいため、遠目からでも目についた。

黄母衣衆が発するかけ声は力強く何よりも艶があった。唇に紅をさし、頬に朱を入れ、眉を墨で描いている。見物する女たちは黄母衣衆の華やかさに口をなかば開け、うっとりとした眼差しを向けた。

黄母衣衆の後を浅葱(あさぎ)色（あわい藍色）の着物姿で揃えた女たちが紅白に塗り分けた二尺（六十センチ）ばかりの棒を右手に、金色の扇を左手に持ち優雅に舞いながら現われた。舞人(まいびと)は千人を超えていた。見物する男たちが、舞人に食い入るような眼差しを向け、吐息をつく。舞人に近づこうとする不埒(ふらち)な男を警護棒で武人が荒々しく押し返す。

さらにその後に長槍を脇に抱えた足軽の一団が続いた。口を真一文字に結んで前方をにらみ据え、足並みを揃えて進んでくる。足軽の脛(すね)当て、胴抜きは朱色で統一され、それに合わせて槍も朱色である。

足軽隊の後に百人ほどの童女たちが赤、青、白の紐を付けた鐘を叩きながら道一杯に広がって進んできた。人前に出るのに慣れていないのであろう、恥ずかしげに歩く童女たちを人々は笑顔でみつめた。

だが人々は童女たちの後に続く列に目を移すと、笑顔をひっこめた。

真っ黒な衣装を半脱ぎにした男たちが現われたからである。男たちは紅白に編み込んだ大綱を曳いている。綱の数は五十本ほど。それぞれの綱に二十名ほどが取りついて総勢千人ほどである。綱は集められ一本の大綱となり、巨大な修羅に取り付けられていた。

修羅には高さが人の背の二倍程、広さが二十畳ほどはあろうかと思われる矩形の巨石が錦の布で飾り立てられて乗っていた。

巨石の中央に金糸銀糸を織り込んだ陣羽織を身にまとった男が床几に腰掛けていた。その男を十人の若衆が片膝をたてて取り巻いている。なかの一人が金の大瓢箪馬印を高々と掲げ持っていた。どの若衆も惚れ惚れするほどの美形だ。

床几に腰掛けている男、それは羽柴秀吉だった。

巨石の周りを百騎ほどの騎馬武者が取り囲み、馬の轡を持つ馬丁が馬をしっかりと制御している。騎馬武者が着用している鎧はどれひとつ同じものはなく、それぞれが目を見張るほど華やかで奇抜だった。

秀吉がゆったりと扇を振るととりまく若衆が涼やかな声をあげる。すると千人ほどの石曳き人足は裸の肩に担いだ大綱を若衆の声に合わせて、腹に力を溜め、体を斜めにして曳く。胸と腕の筋肉が盛り上がり、肩と首筋に光る汗がほとばしった。

大石の後には色とりどりの陣羽織を着けた武将が贅を凝らして飾りたてた馬に乗って進む。馬群の数は一万を超えていた。

五万ほどにふくれあがった群衆は行列の派手な装束に興奮歓喜し、巨石に目を見張った。

陽が真上に昇った。

巨石を乗せた修羅は石山本願寺跡大広場で止まった。

足軽たちは長槍を伏せ、諸将たちは下馬、石曳き人足は曳き綱を地に置いて片肌脱いだ黒装束を着直した。

秀吉が巨石の上で立ちあがった。群衆が一瞬にして押し黙る。若衆が体をよじって金の大瓢箪馬印をひと振りした。

「余はここ本願寺跡にあらたなる城を普請するものである」

居並ぶ諸将、若衆たちが歓呼の一声を発し、群衆は手を打って喚声をあげた。

「これより城普請の合力、頼みまするぞ」

それを合図に若衆たちが切り餅と銭を群衆に投げ入れた。人々は先を争って銭を拾い集めようと地に這う。切り餅と銭は惜しげもなく次から次へとばらまかれた。

秀吉はこれらの光景を巨石の上から微動だにせず見下ろしていた。

（三）

本願寺跡地は全ての館や蔵などが撤去され更地となっていた。

北側の崖は鋭い刃物で削り落としたようにそそり立っている。西は緩やかな下り斜面の先に草深い原野と湿地が広がり、湿地には淀川から分かれた小川がいく筋も流れ下っている。東側は急斜面下に大和川の支流が流れ、はるか彼方に生駒の山々が望めた。

更地には普請人足（武士、足軽、百姓、石工その他諸職人ら）三万五千余人がモッコ、鋤鍬を携えて参集していた。

築城地を取り巻くように普請人足小屋六百余棟が建てられている。

普請人足たちの食事を賄う雇われ女たちや酒、魚、菓子、五穀、薪、衣類を売る商人たちが近在近郷から押し寄せ、普請場に近い道端に市を立てて、その賑わいは天を突くほどであった。

築城地の一郭に設けられた城石置場に摂津、河内から運ばれた大小の石が積まれている。

掘り方を任された田中吉政は自ら先頭に立って本願寺跡地に掘削、埋め戻しなどの施工線を、地表に縄を張って現わしていく作業に没頭していた。いわゆる縄張である。

三十歳半ばの吉政は近江、浅井郡の出で、宮部継潤に仕えて後、秀吉の側近となった。秀吉が吉政を掘り方普請奉行に抜粋したのは吉政の誠実さを買ったためである。官兵衛が作った土型に沿って忠実に本願寺跡地を削平していく手際はみごとなものだった。

一方鷹之助は城普請に送り込まれた三十家の頭（頭領）とその補佐人たち、およそ三百人を集め、彼等に穴太衆総掛かりで石積みの基礎知識を手解きした。

三百余名への研修が終わる頃になると掘り方の削平も進んで石垣を積める箇所も出てきた。鷹之助は穴太衆と共にこの三百余名を使い削平が完了した所から石図（いしばかり）をしていった。

石図とは石垣の石材の総数を決める作業である。

石垣は根石、石垣石、隅角石（すみかどいし）、栗石（ぐりいし）、笠石で構成される。

石垣石は石垣の平面を構成する石。隅角石は石垣の平面と平面がつき合わさる角（かど）の部所に用いる石。栗石は石垣を安定させるために石垣石の背面部に詰め込む石である。また笠石は石垣の天端部に乗せる平石である。これら全ての石の重量を支えるのが地中に据える根石である。


半月が過ぎた。掘り方の作業に目鼻がつくと、そこで働いていた人足が石垣普請場に回されてきた。

鷹之助は石垣を築く箇所を八つの工区（丁場）に分け、人足をそれぞれの丁場に割り振った。各丁場には丁場組頭（くみがしら）を置いて、丁場に従事する人足の統率と監督をさせた。

西中ノ段曲輪、東中ノ段曲輪の斜面形成と掘削も順調である。奥御殿曲輪の削平が終わり天守閣の基礎となる掘削整形も始まっていた。そんなある日、久しぶりに黒田官兵衛が普請場に鷹之助を訪ねてきた。

「ここに立つと一向宗門徒の怨念が満ちているようで、なにやら背筋がゾクゾクする」

官兵衛は大げさに身震いし、それから急に、

「天守閣の石垣を任（まか）されたのは加藤光泰（みつやす）様、木村吉清様、仙石秀久様の三家であったな」

と真顔になった。

「いまさら確かめることもありませぬ」

石垣普請を八つの丁場に分けた時に、三家が進んで天守閣の土台石垣を築きたいと申し出て、すんなり決まった。

加藤光泰は信長に仕えて後、秀吉に属し今は近江高島城主である。

木村吉清は明智光秀麾下の武将で丹波亀山城主であった。本能寺の変に続く山崎の合戦では城を守って秀吉軍を寄せつけなかった。秀吉の属将、堀尾吉晴の再三の説得を受けた吉清はこれを受け入れ、城をくまなく掃除し塵一つも残さずして開城降伏した。その潔さに感じ入った堀尾は秀吉に木村吉清を秀吉の家臣として迎えるよう進言した。秀吉は吉清に五千石を与え、麾下に加えた。

「浅田殿が一昨夜、わしの寓居を訪ねてきた」

丁場組頭には仙石久秀の家臣、浅田三右衛門が就いていた。

「浅田殿は穴太衆に十六間の石垣が積める技があるのか、と訊いてきた」

「で、官兵衛様はなんと応じられましたのか」

不快の念を感じながら鷹之助は聞き返した。

「前代未聞の高さ。まだ誰も積んだ者はいない、そう申した」

「穴太者なら積める、とはお答えくださらなかったのですな」

「姫路での石積みを見ている。おそらく十六間の石垣は積めるであろう」

「ならばそう申してくだされればよかったものを」

「浅田殿は十六間の石垣を仙石家の手で築かせてほしいと懇請した」

「なぜ、そのようなことを」

「存じておろうが、仙石殿は大坂城の普請が始まる直前に淡路洲本五万石の城主になられた。それまでは近江野洲郡でたったの千石だ。秀吉様の大抜擢の温情だ。おそらくそのことを恩に感じて大坂城普請でその恩を返したいのであろう」

「要らぬことでございます。十六間の石垣はおいそれと積めるものではありませぬぞ」

「淡路領内に石積みの手練れが居る、と浅田殿は申している」

「わたくしと共に官兵衛様が姫路城を修築した折、そのような手練れを淡路や瀬戸内に求めたはず。居なかったからこそ、穴太の手を借りたのではありませぬか」

「わかっている。わかっているが、ここはひとつ仙石殿の顔を立てて天守閣土台石垣を積ませてみては」

「他の二家、木村様と加藤様はなんと申されておりますのか」

「二家の組頭も浅田殿に賛意を示している」

淡路の石工は十六間の石垣を積めるのか、もし積めなかったら、仙石秀久の面目はどうなるのか。また天守閣土台石垣の築造から穴太衆が手を引けば、普請を担う三十家、三万五千余人の人足はなんと思うのか。おそらく穴太衆は十六間の石垣を積む技がないから仙石家に肩代わりさせたのであろう、と噂するに違いない、鷹之助はしばらく天を仰いで逡巡した。

「このこと、秀吉様はご存じなのですか」

「昨日、秀吉様にお伝え申した」

「秀吉様はなんと」

「穴太普請奉行と諮(はか)って決めよ、と仰せられた」

「その手練れの石工たちは普請場にいつ参るのでしょうか」

「そのことは聞いておらぬ。だが浅田殿が積めると申すのだ、おっつけ普請場に姿を現わすのではないか」

「その者たちに会ってみたいものです」

その一言は浅田三右衛門の申し出を鷹之助が受けいれることに他ならなかった。

「おお、そうであった。一昨日秀吉様のもとに参じた折、ねね様がお越しになられて鷹之助殿への文を預かった」

官兵衛は懐から一通の封書を取りだして鷹之助に渡した。

鷹之助はその場で封書を開け読んだ。


——長浜城築城の頃はよく顔を合わせていたが、その後予期せぬことが次々に起きて、会うこともままならなくなったが、鷹之助のことはいつも気になっている。この度は大坂城普請の大役を任されたそうだが、栄誉なこと。無事に大役を果たしてほしい。乃夢が申すには、先頃、鷹之助、虎之助と三人が宝積寺で集まったそうだが、その折、鷹之助と乃夢の祝言(しゅうげん)の話はなかったとのこと。本来ならふたりは数年前に祝言をあげていなければならなかったのだが、乃夢の尊父の死、鷹之助の播磨、備中遠征、それに本能寺の変事後の秀吉の目まぐるしい動きで、延び延びになっている。ふたりが祝言をあげるのはそれほど遠くないと思っている。その時は秀吉ともどもわたくしが婚儀の労をとるつもりである。乃夢も心待ちにしている。ところで城下の玉造に新しい屋敷を建てたある領主の室（妻）が身の回りの世話をしてくれる女を求めている。理由は会ったとき話すが口のかたい信頼の置ける者でなければならない。

そこで相談だが、鷹之助と乃夢が祝言をあげるまでの間、乃夢にその役を担ってほしいのだが認めてくださるまいか。乃夢は鷹之助の承諾が得られれば喜んで赴くと申しているがいかがであろう。その領主の館から城の普請場までは近い。鷹之助が乃夢に会える機会も増えるに違いない。最後に、城普請で困ったことがあったら遠慮なく申し出てほしい、秀吉には言えないこともわたくしを通して相談してくれれば何とかなることも多い――

文意は凡そ、そのようなことであった。

「吾は明日、また京に赴いて秀吉様にお会いすることになっている。ねね様にお返事申すことがあったら、お伝え申そう」

「承知いたしました、とだけお伝えくだされ」

そう告げながら乃夢との祝言はこれでさらに遅れるかもしれないと鷹之助は思った。

（四）

「今朝、淡路から石工七名が着き申した。ついては石置場の石を天守閣土台石垣に使いたいのだが、これからお立ち会い願いたい」

　鷹之助のもとを訪れた丁場組頭、浅田三右衛門は緊張した面持ちである。淡路から今朝着いたのであれば今日一日くらいは休ませてやればよいものをと思いながら、鷹之助は戸波作左衛門（さくざえもん）を伴って石置場に向かう。

　作左衛門は鷹之助と共に穴太の郷から長浜に移ってきた穴太衆のひとりで還暦を超えた石積みの巧者である。穴太の郷に住んでいた頃は母を早く亡くした鷹之助の面倒をみてくれた。

　石切場には七名の石工が待機していた。

「これから運び出す石に印（しるし）をつけますがよろしいか」

　三右衛門が訊いた。

「印？　石に印をつけるのか」

　鷹之助ら穴太衆はいまだかつて城石に印などつけたことはない。

「高い石垣を築くには石を選ばなくてはなりませぬ」

「印をつけるのは構わぬ」

　鷹之助は腑に落ちぬままに頷いた。

「お許しをいただいた。思う石に印をつけよ」

　三右衛門が大声で七名の石工に命じる。すると彼等は持参した矢立の硯（すずり）から筆を取りだし、石に墨で印をつけはじめた。矢立の硯とは武将が陣中で用いた携帯用の筆記具一式のことである。

印をつけた石はどれも根石に使える大きさである。鷹之助と作左衛門は黙って様子を見ていた。

「おかしなことをする」

しばらく経って作左衛門が首を傾げ、

「根石に使える石ばかりを選んで墨付けをする。これでは他の七丁場にまわるべき根石が不足しますぞ」

と声を尖らせた。

鷹之助は石工のひとりにその訳を質した。

「淡路で石を高く積むには大石を用いることを常道としております」

鷹之助の目は知らず知らずに石工の手に注がれていた。節くれだった太い五指は紛れもなく石工職人の手であった。

「淡路ではいざ知らず、畿内にあっての石積みはそのような大石は根石として用い、それ以外の石は石垣石や隅角石として用いるのが常道。大石だけを選り好みして運ばれては他の丁場の石積みに支障を来す」

穴太衆は石垣を築くに際して石を選ぶようなことはしない。石を選り好みすれば必ず不要な石が出てくる。採石場から汗水たらして運び込む人足のことを思えば、一石たりとも不要な石を出してはならないのだ。

「吾ら七名は十六間の高い石垣を築くために参りました。大石が手に入らぬのであれば淡路に帰らせていただきます」

「大石とほどほどの大きさの石、それらを取り混ぜて積むこともできるはず」

「できるでしょうが、大石だけを用いれば、より堅固な石垣を築けることは穴太奉行殿もおわかりと存ずる。天守閣の土台石垣は城のなかで最も堅固に積まねばなりませぬからな」

「わかりました。他の丁場のことはこちらでなんとかします」

　鷹之助はそう言うしかなかった。


「鷹之助殿はこちらで何とかすると申されたが、なんとかなるのですか」

　石置場の立ち会いを済ませて、表曲輪の普請場に向かいながら作左衛門が不満げな声をだす。

「摂津採石場を担当なされているのは一柳(ひとつやなぎ)様であったな。作左、一柳様の組頭に大石の搬入を明日から増やすように申し伝えてくれ」

　石積みが最盛期になれば丁場間で石の取り合いが激しくなるのは目に見えていた。

「根石以外の石は人足を増やせば河内の採石場からいくらでも運び込めます。しかしながら大石はそうはまいりませぬがなんとか一柳様に頼んでみましょう」

　摂津の御影、芦屋、住吉の採石場では大石を掘り出し、あるいは切り出して、住吉川の岸辺まで運び、そこで船に乗せる。船は住吉川を河口まで下り、摂津の海（現大阪湾）を漕(こ)ぎ渡り淀川の河口から遡(さかのぼ)って普請場に近い岸辺で大石をおろす。そこからは大石を修羅に乗せて石置場に運び込んだ。海路だからこそ効率よく大石が運べた。

翌日から摂津の三採石場は大石の掘りだしと切りだし、運搬に追われた。

ひと月は瞬く間に過ぎた。淡路石工たちが築いた天守閣土台石垣は八間ほどの高さに積み上がっていた。

鷹之助と作左衛門は普請の合間をぬって淡路石工が積む石垣を見に行くようになった。果たして十六間（二十九メートル）も高く石を積めるのか、どんな技を用いて積むのか、その技は穴太衆が得意とする野面積の技とどう違うのか、さらにどちらの技が優れているのか、穴太者にしてみれば決して見過ごせることではなかった。

淡路石工の積み方は選び抜いた石を大きい石から順に積み上げていく工法のようだった。二段目の石は一段目の石よりやや小さいのである。三段目の石は二番目の石よりわずかに小さい。こうして上段に向かって見た目ではわからないほど、わずかずつ小さな石が積まれていく。たしかに理にかなった積み方ではあった。

それに比べ穴太積は石の大小に拘らずに積んでゆく手法である。下段の石が上段に置かれた石より小さくても石垣を堅固に築ける技を穴太の者たちは持っていた。

穴太衆には〈縦目地を通してはならない〉という戒めがある。上段の石を据えるに際して下段の隣り合う二つの石に跨るように置く、と言うことである。

淡路の石工たちもそのことは穴太積と同じであった。だが石の積み方、考え方、扱い方に穴太積とは様々なところで違っているように鷹之助には思えた。

こうした相違を作左衛門は目を細めて面白そうに眺めている。

「選び抜いた石だけで積んでいけば十六間までの高みに積めるかもしれぬ。石置場であのように厳しく石を吟味していたのもこれでうなずける」

作左衛門の言葉に鷹之助は形の整った、注文通りの寸法を持った石を手に入れることが欠かせない、贅沢でわがままな積み方だ、と思った。

「一年掛けて積むなら思い通りの石も手にはいるでしょう。しかし残された期限は二ヶ月を切っております。石を選ぶだけでもそのくらいかかりましょう」

作左衛門も鷹之助と同じように思っているらしかった。

「作左、他の丁場からの苦情は出ていないか」

「出ていますとも。大石が足りずにどこの丁場も困っています」

「摂津の採石場から大石は遅滞なく届いているはずだが」

「届いておりますが、形よい大石のことごとくを淡路石工が持ち運んでしまうので他の丁場を担当する組頭たちは不満を募(つの)らせています」

「各丁場には穴太衆を遣(つか)わして指揮を執(と)らせている。どんな石でも穴太衆が差配すれば積めぬことはなかろう」

「とは申せ、石垣は見目(みめ)の良いにこしたことはありませぬ。大石はどの丁場も欲しいのです」

各丁場に不満はあったが、晴天続きのためもあって石垣の築造は順調に進んだ。

それが突如崩れた。

十月十八日、朝から黒雲が西から東へ吹き渡り、やがて雨が篠つくように激しく降り始めた。半刻（一時間）ほどでやんだが風は収まる気配がなく終日吹き荒れた。

翌日、風はまだ強かったが普請に支障となるほどの強風ではなかった。

その翌日の午後、摂津の採石場を任された一柳家の家臣、三田園（みたぞの）信勝が鷹之助を訪れた。

「火急のことで参りました」

坂本、長浜、安土の築城時でもそうだったが、普請最中（さなか）で起こる緊急事のほとんどはろくなものではない。

「今日より石の搬入をしばらくの間、猶予（ゆうよ）願いたい」

信勝はのびたあご髭（ひげ）に手をやりながら頭をさげた。

「採石場で不都合なことでも起こりましたか」

鷹之助が訊いた。

「この風でござる。昨日、三つの採石場から掘り出した大石を船に乗せ、住吉川を下り、摂津の海に漕ぎ出したのですか……」

そこで信勝は声をつまらせた。鷹之助は信勝の口元を見ながら話し出すのを待った。

「二十隻ことごとくが摂津の海に沈みました」

絞り出すような声だった。

「なんと二十隻も。して海で溺れ死んだ者は」

船より人命の方が気になった。

「まだその人数も摑んでおりませぬ。しかし十名は下らぬでしょう」

信勝の顔がゆがんだ。

「海は荒れていたはず。なぜ船を出したのだ」

作左衛門が苦り切った顔をする。

「これはしたり。作左衛門殿は大石を普請場に運べと日夜の催促」

信勝は怒りをあらわにして声を荒らげた。

「で、いつまで待てばよいのだ」

沈船の原因が作左衛門にあるかのような信勝の言い方に腹を立てながら聞き返す。

「摂津の漁師から船二十隻ほど借り上げ操船を命じたのですが、青い顔をして逃げ帰りました」

大石が来なければ石垣は積めない。普請は遅れることになる。そうなれば採石場を担当する一柳直末にその責が及ぶことは明らかだった。そうならぬために直末は三田園信勝にどんなことをしても大石を船に積んで送り出せと、命じるであろう。これから冬にかけて摂津の海は荒れる。漁師が逃げ出すほどの荒海に百姓や武士が船を漕ぎ出せば、その結末は明らかだった。

「案じますな。今日のところは採石場に戻り、海で溺れた方々の供養をしてくだされ」

鷹之助は信勝の苦衷を察して穏やかな顔を向けた。

「なんぞよい策をお持ちですかな」

作左衛門は採石場に戻っていく信勝の背を見送ってから鷹之助に訊いた。

「ねね様のお知恵を借りようと思う」

鷹之助は官兵衛から手渡されたねねの手紙に、困ったことがあったら相談してほしい、秀吉に言いにくいことでもねねの口からならそれとなく伝えられる、と認められた一文を思い出していた。

「ねね様とは妙案。あのお方は鷹之助殿のことを親身に考えてくださりますからな。ぜひ、そうしなされ」

作左衛門は大きく首を縦に振った。

（五）

城普請と合わせて城下周りは整地されて、縦横に道が敷設されていた。道に沿って町家や商家なども建ち始めている。

筒井順慶、細川藤孝、宇喜多秀家、前田利家、浅野長政、蜂須賀小六、石田三成、黒田官兵衛らが家紋を染め抜いた幟をたて、我先に館の築造にかかっている。さらに蒲生氏郷、長谷川秀一、堀秀政、山内一豊らの諸領主も遅れてはならじと原野を拓き道を付けて館の用地確保に血眼になっていた。それもこれもただひたすらに秀吉の不興をかわぬためであった。

大坂城の普請場に通ずる河内路は建築資材を満載した車や馬、牛、それを繰る人足や瓦職人、大工、左官などでごった返していた。それを当てにして、日用雑貨を売る商人や食べ物を売る近在の女、薪を売る者、酒や春をひさぐ遊女たちが近郷近在から吸い寄せられるように集まって活況を呈していた。

人混みの間を、ほとんど裸にちかい子供たちが大声をあげて手に持った棒切れを振り回しながら雑踏を巧みにぬって走り過ぎていく。

鷹之助は忙しく行き来する人々を避けるようにして河内路の端に立ち止まり、子供たちが人混みに消えるのを確かめてから再び歩き始めた。

淀川を越えた向こう側、天満東寺町と名付けられた地区に建築中の専念寺と九品寺の大屋根の骨組みが扇形の曲線をみせている。

鷹之助は河内路を西にしばらく歩き、ひときわ大きな門構えの館前に来て足をとめた。その一郭は喧噪から離れてひっそりとしていた。城が出来上がるまでの間、秀吉が住む館である。秀吉は鍬初めを行なった翌日早々京に戻っていて、館はねねが預かっている。

鷹之助は大門を潜ると警護の者に来意を告げた。しばらくして老僕が現われ、鷹之助を館の一室に案内した。待つほどもなくねねが現われた。鷹之助は正座して深々と頭を垂れた。

「左様に堅苦しい挨拶は抜きにしてゆるりとなされ。わたくしは秀吉殿ではありませぬ。よう訪ねてくだされた」

ねねは心底嬉しそうだった。

ねねは三十五歳。鷹之助は二十三歳となっている。七年前に長浜で顔を合わせたときは年の差が母と子ほどの隔たりに感じられたが、今は年の差が大きい姉弟のように思えて鷹之助は戸惑った。

「ところで今日の来訪は乃夢殿に会いたいがためですか」

ねねが顔をほころばせながら訊ねた。

「乃夢はここに居るのでしょうか」

「惜しいこと。もうここには居りませぬ。文で伝えたとおり乃夢殿はさるお方の館に参っております。その館はここからさして遠くない玉造にあります。いつでも会いに行けますよ」

ねねはからかうように言った。

「どなた様のお館でしょうか」

ねねの文に領主の名はなく、会った時に仔細を話すと記されていた。

「細川玉殿です」

予想外の名を聞いて鷹之助は戸惑い、

「忠興様に離縁されたのではなかったのでしょうか」

と問うた。

〈本能寺の変〉で信長を弑逆した明智光秀の娘が玉である。

細川藤孝・忠興父子は光秀謀叛の報に接するや、直ちに剃髪した。明智光秀が与力するよう使者を送ったが、細川父子は会うこともせず、これを断った。そのうえで玉を即刻離縁し、身柄を自領丹後の味土野という寒村に幽閉した。

「玉様に咎はありませぬ。復縁のお許しを得るために、わたくしが何度秀吉殿にお頼みしたか」

秀吉は一年後に忠興に復縁を許しているが、それがねねの要望を聞き入れた結果か否かは不明である。おそらく〈本能寺の変〉以後、細川父子の秀吉への忠誠ぶりが秀吉の心を変えさせたのであろう。

　復縁後、忠興は大坂玉造に新造した館に玉を密かに住まわせ、自身は領地丹後に居続けた。玉造の館は住まう者も少なく閑散としているという。

「忙しいでしょうが、乃夢殿を玉造に訪ねてあげなされ」

　ねねの口調が優しげだ。

「お心配り恐れ入ります。いずれは会いに参りましょう。今日参ったのは乃夢のことではありませぬ」

　前置きをしてから鷹之助は石運搬船の難破について述べた。

　聞き終わったねねは面をやや上向けて眉と眉の間に皺を寄せた。ねねがなにか考えるときの癖である。その仕草は長浜の時に見たそれとまったく変わっていなかった。

「堺に行きなされ。堺には遠くルソンやマカオから数多の船が出入りしています。強風や荒波にも難破せず大石を運べる船を探せるかもしれませぬ」

　ねねは三度手を叩き、室外に控えている侍女を呼び寄せると硯一式と紙を持ってこさせた。

「今井宗久殿をご存じか」

「はあ」

　鷹之助は曖昧に答える。堺に行ったことがない鷹之助ではあったが、明智光秀がしばしば坂本城に今井宗久を呼んでいたので名前は知っていた。

　ねねは鷹之助の返事に頓着せず、筆をとって紙に文字を認め始めた。

　しばらくして文を認め終わったねねは、

「宗久殿はきっと良い知恵を貸してくれるはず。すぐに堺に発つがよい」

と文を鷹之助に手渡し、

「だが宗久殿は商人（あきんど）。商（あきない）になるような苞（つと）（土産（みやげ））を差し上げなくてはなりませぬな」

そう言って立ち上がると鷹之助の傍まで歩み寄り耳もとで何やら小声でささやいた。一瞬あまやかな香（こう）の匂いが鷹之助の鼻孔をかすめた。

（六）

翌早朝、鷹之助は堺に向かう。普請場から大和川河口を隔てて南へ三里ほど、摂津の海に面した港町が堺である。かつては商人の自治によって栄えたが信長の武力介入で自治は奪われ、信長の支配する町となった。信長の死後も堺に置かれた代官所はそのまま残り、今も信長が命じた者がそこに留まって、堺が誰の所領に属するのかは曖昧なままであった。

日が天中を指す頃、鷹之助は堺の町に入った。聞くまでもなく今井宗久の屋敷はわかった。堀を巡らせ高い塀で囲んだ宗久の屋敷は要塞（ようさい）のようだった。

宗久は信長の茶頭（さどう）をつとめていたこともあり、秀吉とも親しい間柄である。

鷹之助は堀に架かる丹塗（にぬ）りの橋を渡り、門前に立った。門は開かれていて誰でも館内に入れるようだった。門を通り抜け庭に居た恰幅のよい男に来意を告げ、宗久に会わせてくれるよう頼んだ。

「ねね様のお文をお持ちになられてのご来訪。わたくしが宗久にございます」

偶然にも鷹之助が取り次ぎを頼んだ男が今井宗久であった。

宗久は腰を低くして屋敷の一室に鷹之助を誘った。

部屋の中央に大きな卓と椅子が配置されている。宗久は椅子に座るように促した。言われるままに鷹之助は椅子に腰掛けたが人と話す時は座することが多いためか落ちつかない。

「改めて挨拶をさせていただきます。わたくしが今井宗久でございます」

宗久は頭を下げて向かいの椅子に腰掛けた。

「ねねさまの御文をおみせくださりませ」

鷹之助は懐から封書を取りだし、卓の上に置いた。宗久は押しいただくようにして封書を開き、文を取りだして読んだ。

「ほう、船ですか」

読み終わって文を丁寧に巻き戻し懐にしまう。

「船のことなら詳しい男がおりますから、ここに呼びましょう」

鷹之助の同意もとらず身体をよじって奥にむかい、

「了以殿、了以殿」

と大声で呼んだ。すると背の高い男が現われ、空いている椅子に腰掛けた。

「こちらは角倉了以殿」

宗久の紹介に男はかるく会釈すると鷹之助に笑いかけた。さわやかな感じのする男で鷹之助より五、六歳年上にみえた。

「了以殿は京にお住まいで、たまたまここに商用で参ったというわけです。船が好きで船のことなら畿内のだれよりも詳しい方です。ねね様のお文を了以殿におみせしてよろしいか」

鷹之助は了以に軽く頷いた。

角倉家は茶屋四郎二郎、伏見屋の二家と並んで海外貿易を任されている京の豪商である。

「船について、もう少し詳しくお聞かせ願いましょうか」

了以が読み終わるのを待って宗久が言った。宗久の表情は穏やかで太っているためか顔が異常に大きく映る。

「本願寺跡に新城を普請しておりますのは周知のことと存じます」

鷹之助が言った。

「存じております。この堺でも少々の黄金と銀をお受け取りいただきました」

宗久の言葉付きが異常に丁寧になり注意深くなった。巷では堺衆が大坂城普請費として献上した黄金の量は莫大なものだったといわれていた。表向きは自主的に堺衆が寄進したようになっているが実のところは秀吉の強要であった。

鷹之助は石運搬の苦心を事細かに告げた。

「それはお困りでしょうな」

聞き終わった宗久はうなずいて渋い顔を了以に向けた。

「摂津の住吉川を下り、内海に漕ぎだし、淀川の河口から普請場まで大石を運べる船をお探しなのですね」

了以は鷹之助に要点を確かめた。

「ありますかな、そのような船」

訊き返す宗久に了以は腕組みをしてしばらく考えていた。了以は二十九歳、宗久は六十三歳、親子ほどの年の差であるが、それを両者はまったく意に介していないようだった。

「わたくしの考えを話しましょう」

やや経って了以は腕を解き、鷹之助に向き直ると、

「まず川専用の船に大石を乗せ河口まで運びます。この船は船底が浅く幅広なのでそのまま海に漕ぎ出せば波にもまれて転覆沈船は免れませぬ。そこで河口まで下った川船に漁船の力添えをお願いします」

と面白そうに告げた。

宗久が口を入れた。

「河口で漁船に積み替え、摂津の海に漕ぎ出せば先例の如く難破しますぞ」

「積み替えは無用」

答えた了以の口からきれいに並んだ白い歯がこぼれた。

「ルソンに面白い形の船があります。船足を速めるため細身に作られた船なのです。座りが悪く操船にはよほどの技を要します。そこで船の両側に木材を腕のように張り出し、その先に浮きを付ける、

すると船は座りがよくなり操船術が劣る者にも容易に繰れるようになります。この手法を用いればよいのです。住吉川を河口まで下ってきた平腹船(ひらぼて)（川船）の両側に浮き代わりの漁船を沿わせて、しっかり縛りつけるのです」

　妙案だが平腹船を建造するとなれば一、二ヶ月は瞬く間に過ぎてしまう。石垣築造にそれほど悠長な時など残されていないのだ。

「その川船を造るに要する日数(ひかず)は」

　鷹之助は祈る気持ちだ。

「隻数(せきすう)によりますが二十日はかかりましょう」

「船は十隻。待って十日。でなければ秀吉様の命じられた期限に間に合いませぬ」

「随分と急がれますな」

　了以は顔色も変えずに言った。

「造船費が幾らかかろうとも勝手」

　官兵衛に願い出れば惜しまずに出資してくれるはずである。

「この話、羽柴様はご存じなのでしょうか」

　宗久の声は探るように低い。鷹之助はかすかに首を横に振る。

「羽柴様はご存じではない」

　にこやかに対応していた今までの宗久の顔つきが少しずつ鋭くなっていく。

　宗久は暫く考えていたが、

「その造船費、宗久が出しまする。ねね様がわざわざお文をわたしにくだされたのは、宗久が面倒をみろ、とのことでしょうからな」

宗久の顔つきはもとに戻っていた。

「十日間で仕上げるとなれば費用も余計にかかります。宗久殿、今井家が傾きはしませぬか」

了以が冗談めかしく笑いかけた。

「その時は角倉殿の使い走りとして雇っていただきますかな」

宗久の冗談を聞き流して了以は立ち上がると部屋の隅にしつらえてある棚から杯を三つ取りだして卓上に並べた。透明のその容器はきらびやかで繊細だった。宗久が同じ棚から朱色の首の長い壺を持ってくると三つの杯に琥珀色の液体を慎重に注ぎ、

「これはポルトガルの御酒（ごしゅ）。味わってみてください」

と鷹之助に笑いかけた。

「商談は成立ですな。十日後に住吉川に十隻の平腹船をお届けしましょう」

了以が杯を取り上げ一気に呑（の）んだ。続けて宗久も呑み干す。鷹之助も習って杯に口をつけ呑んだ。液体が喉を通るとき焼けるような感じがして口中一杯に芳醇な香りが満ちてきた。

「わたくしは迷っていることがあるのですが話にのっていただけないでしょうか」

宗久は杯を置くと声を落として鷹之助の方に体を傾けた。宗久の丸くふくらんだ鼻がひくひくと動く。

「堺は永きにわたって町境に土塁を築き、武士（もののふ）を雇って自衛の策をとって参りました。その後、信長

公の庇護を受けておりましたが、信長公亡き後、羽柴様をはじめ多くのお大名方に目をかけられております。もちろん、羽柴様が吾ら堺衆にとって一番の頼り」

宗久は言葉を切り、額に浮いた汗を懐から取り出した赤い布で叩くようにして拭いた。庇護とか頼りなどと言っているが、堺の繁栄に目をつけた信長が堺を武力で強奪したことを、当たり障りのない言葉で言い換えているに過ぎなかった。

汗を拭き終わった宗久はさらに鷹之助に近づいて、堺の町を庇護してやるという大名は羽柴秀吉ばかりではない、織田信雄、宇喜多秀家、前田利家たちがしばしば訪れている、と囁いた。

「なかでも徳川家康様の使いの者が熱心にわたくしどもを訪れるのです。わたくしは堺を羽柴様に守っていただくのが最上と考えますが、堺衆の中には家康様や信雄様にもお願いしようと思っている者も居ないわけではありませぬ」

再び額に浮き出した汗を宗久はせわしなく拭いた。

「これはわたくしと杉原様だけの話ということで聞いていただきたいのですが」

宗久の声が一段と小さくなり、目が再び鋭くなる。堺衆を束ね、信長の強権を懐深く受けとめて堺を存続させてきたしたたかな顔がそこにあった。

「秀吉様は家康様といかなる関わりをお望みなのでしょうか」

堺奉行には信長が任じた松井友閑がいまだに堺に居残っている。宗久は家康の側につくのがよいのか、秀吉に組みするのが得策なのか、見定め難かった。

「ねね様は、宗久殿をお訪ねするには苞を差し上げなくてはと仰せられました」

鷹之助のひと言に宗久は生唾を飲み込んだ。

「大坂城を築くのは日本を一にするため、そう宗久殿にお伝え申せとのこと」

「日本を一にするため」

宗久は呟いて大きくうなずいた。日本を一にする、すなわち秀吉が天下を統一することを意味する。それは家康をも臣下に置くことにほかならない。家康より秀吉に堺を任せる方が堺の発展に利が多いことは誰の目にも明らかであった。

宗久は再び三つの杯にスペインの酒を満たし、鷹之助と了以に取らせると自らも杯を持って旨そうに呑み干した。

鷹之助はそれをゆっくりと口に含んだ。先ほど味わった時より芳醇な香が増しているように感じた。

（七）

大石が運び込まれなくなって十二日が過ぎた。石置場に大石は一石も残されていなかった。淡路石工が根こそぎ大石を持っていってしまったこともあるが、宗久に頼んだ平腹船が約束した十日を過ぎても摂津の海に廻船されていなかったからでもある。

「遅れる、遅れるぞ。今井様は約束を守る気があるのか」

作左衛門が苦い顔をして淀川の岸辺に設けた石揚場を歩き回っていた。

宗久との約束からすれば二日前に十隻の平腹船が摂津の海に回船されていなくてはならない。二日前から石揚場には人足が修羅を並べていつでも大石を運べるよう待機していた。

その日、作左衛門は平腹船を待ったが日没になっても船の姿は川中になかった。

次の日も作左衛門は石揚場に立って平腹船を待った。

「まだ、みえぬか」

心配した鷹之助が石揚場まで足を運んだ。

「根石の据え付けはすでに十五日ほど遅れております。淡路の石工どもが勝手に根石となる大石をことごとく持ち去ったがため。普請が進んでいるのは天守閣の土台石垣のみ」

作左衛門の怒りは淡路石工に向けられていた。

「詮（せん）なきことを申すな。天守閣の土台石垣さえ積めれば、あとはなんとかなる」

「そのなんとかなるという鷹之助殿の温情が七丁場にとっては仇（あだ）。もはやなんともなりませぬぞ」

そう言われると鷹之助は言い返すこともできない。遅れていることは明らかだったからだ。

その日もとうとう船は現われなかった。鷹之助は堺に赴いて宗久にどうなっているのか聞き質（ただ）したかったが、考えてみればたった十日で十隻の平腹船を造れと頼んだこと自体が無理だったのだと思い直した。

「作左、明日大石が届いたとしても、もはやこの遅れはいかんともし難い。石が届いたその時から一挙に普請の遅れをとり戻す。そのためには人足をさらに増やさねばならぬ」

「これ以上どうやって人足を増やすのですか。近隣の領民を新たに徴用するとしても十日や二十日はかかります」

「となれば普請の刻限を延ばすしかない」

就労時間は卯の刻（朝六時）から日没酉の刻（夕六時）までの六刻（十二時間）と決められていた。

翌日、鷹之助は七丁場の組頭(くみがしら)を召集した。

鷹之助は石運搬の現状を伝え、就労時間を朝半刻（一時間）、夕半刻、計一刻延長することを組頭に提案した。

「普請刻限を変えるということは吾に落ち度があった、と申されていることと同じ。どこぞに落ち度はあったのか」

奥御殿曲輪(くるわ)の石垣を担当する寺沢広高の組頭が不満の声をあげた。

「いや、七丁場の方々に落ち度はない」

鷹之助は押さえた声である。

「夜普請となれば手元もおろそかとなる。怪我人も増えよう」

宇喜多秀家の組頭が言い添える。

「吾はかまわぬが、さて、人足らがなんと申すか」

蜂須賀政勝（小六）の組頭も認めたくない口ぶりだ。

「延ばすにはわが殿の承諾を得なくてはならぬ。しばし時をいただきたい」

前田利家の組頭が鷹之助の要請を牽制する。

「もとはと言えば淡路の石工が根石用の大石ことごとくを持ち去ったが故の普請遅れ。天守閣土台石垣の普請を即刻やめ、その手をこちらに回してもらいたい」

蒲生氏郷の組頭が腕組みをしたままで言いつのった。

「それが出来ぬからこうして頼んでいるのだ」

鷹之助がわかってくれ、というように両手を前に広げる。

「なにゆえ淡路石工をそのように優遇するのだ」

小野木公郷の組頭が不満を顕わにする。

「なにかにつけて淡路石工、淡路石工と穴太普請奉行殿は仰せられるが、大坂城の石垣は淡路石工だけが積んでいるのではない」

「穴太衆は十六間の高い石垣を積めぬゆえ、淡路石工に泣きついて肩代わりしてもらったと普請場では評判になっている」

「穴太衆は十六間の石垣を積めぬのか」

組頭たちが堰を切ったように鷹之助に詰め寄った。やはり懸念したことが普請人足の口の端にのるようになったか、と鷹之助は苦い思いがこみ上げてくる。

「十六間の石垣を吾ら穴太衆が積めるか積めぬか、それは積んでみなくてはわからぬ。その高い石垣を仙石様家中の浅田三右衛門殿が積ませてくれと自ら進んで願い出た。十六間だぞ。もし積めなかったら仙石様の面子が潰れるのはもとより、浅田殿は詰め腹を切ることになるやもしれぬ。そうした覚悟がそこもとらにおありか」

丁場組頭たちは平素温順な鷹之助の強い口調に驚いたのか、だれもが顔をうつむけて黙りこんだ。

翌日、石揚場に大石を積んだ平腹船が着船した。その報せを聞きつけた鷹之助は作左衛門を伴って石揚場に走った。

おりしも着船した平腹船から人足らが修羅に大石を移し替えているところであった。石揚場は同時に三隻の船しか着船できない。淀川には順番を待つ船が連らなっている。船は十六隻ある。鷹之助が今井宗久に頼んだのは十隻のはずだ。

「はて」

鷹之助が首を傾げたとき、

「遅れましたこと、お許しくだされ」

と背後から声がした。ふり返るとそこに角倉了以が立っていた。人足と同じ裁着袴と筒袖の装いで京の豪商にはみえない。裁着袴とは労働用の袴で、袴の膝から下を脚絆のように細く仕立てたものである。現在、目にすることができるのは大相撲の「呼び出し」が着付けている袴がそれである。

「京から参られましたのか」

多忙を極める了以がここに来ることなど考えられなかった。

「わたくしは宗久殿から銭をいただいて船を造りました。船が依頼主の意に沿わなければ銭はいただけませぬ。注文通りの船に仕上がっているか否かは石を積んで荒れた海に乗りだし試してみなくてはわかりませぬ。住吉川から摂津の海、摂津の海から淀川。乗船してまいりましたが、どうやらわたくしは宗久殿から銭がいただけそうです」

一歩間違えば船は沈没しかねない。鷹之助は豪商と呼ばれる了以の厳しい商魂を見たような気がした。

「宗久様にお願いしたのは十隻。それ以上の船が見えます」

「十六隻あります。六隻はわたくしが用立てました。これはわたくしの勝手でしたこと。ただ城普請が終わり、船が不要になりましたら、十六隻はわたくしに引き取らせていただきます」

「もとより船は宗久様にお返しするつもりでおりました。異存はありませぬ」

「どうでしょう、差し支えなければ普請場をみせていただけませぬか。わたくしは父の医業を継げず、心ならずも角倉の入婿（いりむこ）となって商人（あきんど）となりましたが、そうでなければ杉原様のように何万もの人足を使って土を掘り、岩を砕き、石垣を築くことをしたかったのです。杉原様がうらやましい」

「確かに石を積んでいる時の心躍るひとときは何ものにも代え難い喜びがあります。とは申せ石から一歩離れると幾万もの人足の労苦がのしかかって就寝もままならぬ日々。決してうらやましがられるような身ではありませぬ」

「みな同じです。わたくしにも多くの使用人がおります。その者たちの糊口（ここう）を凌（しの）ぐために意に添わぬ方々の言いなりになることも多いのです」

意に添わぬなかに、この平腹船も含まれるのであろう、と鷹之助は思った。

鷹之助はその日、夕刻まで了以を伴って普請場を案内してまわった。了以は水堀の側面をすべて石

垣で覆ったことに感嘆し、

「わたくしもこのような堀を普請したいものです」

と声を高めた。

「堀で囲った豪壮な館でも作るおつもりですか」

「堺の商人はともかく、わたくしには堀で囲った家など不要です。わたくしはいつか京に使い勝手のよい水路を拓きたいのです」

了以は真顔で応じた。

徳川の世になって後、了以は京から伏見までの二・五里（十キロ）にわたって運河を切り拓き賀茂川の水を通した。この運河に運航させた高瀬舟は大石を運んだ平腹船をさらに改良したものであった。


普請場の就労時間が朝夕半刻ずつ延伸されたのは十月下旬であった。陽足はますます短くなって酉の上刻（午後五時）になると明かりなしでは普請は続けられなくなってきた。

普請場に松明、篝火が焚かれ、城下町の住民からは炎の海が揺らめいているように見えた。

穴太衆の指揮の下、普請は順調に進んだ。

そんな折、中国の雄、毛利輝元が正式に秀吉に和議を申し込んできた。

高松城攻防の後、小早川隆景の属将である高松城主清水宗治の死をもって秀吉との間に和議が成立したが、この和議が小早川家の主家である毛利輝元との和議であるかどうかは曖昧なままだった。その輝元が正式に和議を申し込んできたのである。

輝元がいままで引き延ばしてきたのは秀吉の命運と毛利家の行く末を天秤に掛けていたためである。明智光秀を屠り、柴田勝家を北庄城に焼き殺し、織田信孝を自刃に追い込み、そして本願寺跡地に領主三十家が助役する新たな城の普請を目の当たりにした輝元は、このまま秀吉と対立し続ければ毛利の明日はない、と思い至ったのであろう。

輝元は一族の小早川元総と吉川継言を人質として秀吉の許に送った。

秀吉は築城中の大坂城内で二人に接見し、小早川元総を人質として留め、吉川継言は毛利輝元の許に送り返し、和議を受け入れた。毛利輝元は安芸の領国をそのまま安堵された。

（八）

その日は鷹之助と作左衛門ら穴太衆、それに各丁場の組頭らと共に今まで積んだ石垣を総点検する日に当たっていた。

幸い雨はここ二十日間ほど降っていない。それどころかこのところ異常な暑さが続いて晩夏のような蒸し暑さが続いていた。

「六十年も生きてきたが、このようになま暖かい神無月（十月）は初めて」

作左衛門は天を仰いで鷹之助に話しかけた。

「暖かい日は普請に携わる者にとってなによりのもの。このままずっと穏やかな日が続けば普請も進む。良いことだ」

鷹之助一行は天守閣の土台石垣が望める奥御殿曲輪（くるわ）に入った。

「浅田殿、石垣の高さは如何（いか）ほどになりましたか」

作左衛門が質（ただ）した。

「土台石垣の高さは十間（十八メートル）となりました」

浅田三右衛門が胸を張って応じた。

「あの上にさらに六間、積むことになりますが積み果（おお）せますか」

作左衛門がさらに訊（き）く。

「御懸念は無用に存ずる」

三右衛門の声が不機嫌になったとき、

「雨になりますぞ」

作左衛門が顔を仰向けて手の平を広げた。鷹之助は空を見上げた。今まで晴れていた空は失せて、急に強風が吹き出し、真っ黒な雲が西から東に向かって飛ぶように流れていく。

「これはなまなかな雨ではありませぬぞ」

作左衛門が顔をしかめ心配そうに流れる黒雲に目をやる。その時、黒雲を裂いて稲妻が走ると同時にすさまじい音が普請場に炸裂（さくれつ）した。

「降りだした」

作左衛門は両手で頭を抱えた。鷹之助の額に一粒大きな雨滴があたった。雲が次から次へと湧きあがり厚みを増していく。普請場は宵のような暗さにつつまれた。

「三右衛門殿、淡路石工が積んでいる石垣が気がかりだ」

鷹之助は言い置いて天守閣土台石垣へと走り出した。作左衛門ら穴太衆が続く。大粒の雨が普請場を叩き始めた。たちまち鷹之助らはずぶ濡れになった。

人足たちは突然の激しい雨に雨宿りする間もないのか、モッコや鍬を手にしたまま立ちすくんでいる。

「筵、筵、筵を持ってこい」

天守閣土台石垣の裾に走り着いた鷹之助は人足たちに両手を振り上げ叫んだが雨音にかき消されて人足たちに届かない。

「筵、筵じゃ」

一人ひとりの耳に言葉を押し込むようにして鷹之助は人足たちの間を走り抜け土台石垣の天端に駆けのぼった。後に三右衛門ら組頭が続く。天端には石垣背面に充塡する土が山のように盛られている。その盛土が雨で流出し崩壊しないよう早急に筵で覆ってしまわなければならない。

穴太衆に指揮された人足たちが筵を抱えて土台石垣の天端部へのぼってくる。

「盛土を筵で覆え」

鷹之助は両手を挙げ、声を涸らして叫ぶ。作左衛門と三右衛門が先頭に立って筵を盛土に被せ、その上に石を置いて風に飛ばされないようにする。それに習って人足たちが筵を盛土に被せてゆく。

再び雨を切り裂いて閃光が走り轟音が響いた。と同時に筵を持っていた人足の一人が真っ白に光り、土台石垣下に落下していった。鷹之助は走り下り、人足のもとにかけつけた。人形が煙をあげていた。

集まってきた人足たちはそれを見ると逃げ散った。

盛土を覆った筵が強風で上空に舞い上げられ飛んでいく。雨は大地に吸引されるように落ちてきて一寸先も見えない。空を仰いだ鷹之助の顔面を雨滴が激しく叩いた。

「なんと。この雨はなんじゃ」

作左衛門が恨めしげに叫んだ。激しい雨音で叫ばないと聞こえないのだ。鷹之助は天守閣土台石垣の裾に沿って走った。その後を作左衛門ら穴太衆が追う。走る鷹之助の前を塞ぐようにして石垣から水が吹き出ている。立ちどまった鷹之助は石垣を見上げた。

垂直に立ち上がった石垣は上部に行くにしたがって頭上に覆い被さってくるように見える。夕刻が闇を早めて、あたりはさらに暗さを増していた。大粒の雨滴はさらに激しく普請場を叩き、その勢いは弱まりそうにない。

突然、盛土が筵ごと石垣の上から落ちてきた。鷹之助等は両手で頭をかかえて石垣の裾部に沿って安全な場所まで逃げ、立ち止まってふり返った。石垣の上には三右衛門らが居残っているはずだ。雨に煙って石垣は見えない。確かめようと今走ってきた方に戻り始めた。

「なりませぬ。なりませぬぞ」

作左衛門が鷹之助の肩を後ろから摑んで引き戻そうとしたが鷹之助は前方を睨んだまま歩みをとめ

ない。

「なりませぬ」

作左衛門が激しく鷹之助の肩を揺さぶった。

「石垣が、石垣が鳴っている」

作左衛門には何も聞こえない。じっと耳を傾ける。雨が大地を叩く音。

「選りすぐりの淡路石工が大石を用いて積んだ石垣ですぞ。石垣が鳴るわけがありませぬ」

そう作左衛門が告げた時、ギシッ、雨の幕の向こうから聞こえた。作左衛門が音のした方に耳を傾ける。

ギシッ、再び聞こえた。胸の内をかきむしるような嫌な音だ。作左衛門の見開かれた目に恐怖の色が浮かんだ。

一瞬、雨足が弱くなる。石垣が薄暗がりに黒く光って見えた。鷹之助たちは食い入るようにして石垣を凝視めた。

垂直に切り立っていた石垣の線が下方で孕んで、大量の泥水を勢よく吹き出している。

ギシッ、ギシッ、音の間隔がすこしずつ縮まってくる。

鷹之助は音のする方へと走りだした。誰かが叫んで鷹之助の肩を摑み、後ろにひきずり倒した。倒れた鷹之助の上に四人の穴太者が折り重なって押さえつけた。鷹之助は押さえ込まれながらも石垣から目を離さない。

ギシッ、ギシッ、ギシ、音とともに石垣がさらに孕み、城石の一つが砲弾のように勢いよく弾き出て、崖を転がっていった。弾けた箇所から濁水が一挙に吹き上がった。直後、石垣は雪崩をうって切り立った崖を滑り落ちていった。

「はなせ」

鷹之助は押さえ込んでいる穴太者たちを振り払おうとして、誰彼構わず力まかせに殴りつけた。穴太者たちは怯(ひる)まず、鷹之助の両手を抱きかかえ動けないように地面に押しつけた。

「いけませぬ。なりませぬ」

押さえつけた鷹之助の顔を作左衛門はしたたかに殴った。それで鷹之助は我に返ったのか全身の力を抜いて目をつぶった。瞼(まぶた)に石垣が崩れていく様(さま)が焼きついていた。どの位、目をつぶっていたのか。

「もう、いい。その手を放してくれ」

目をあけた鷹之助の声は聞き取れぬほど小さかった。

（九）

青く澄んだ空のかなたに紅葉を終えた生駒の山々がくっきりとした稜線をみせている。

鷹之助は崩れた天守閣土台石垣の裾にもう半刻（一時間）も立っていた。

「真冬の野分(のわき)（台風）などこの年になるまで遭(あ)ったこともないが、昨日の雷(いかずち)と豪雨はどう考えても野分と言うしかありませぬな」

作左衛門は鷹之助の心中を察して小声で話しかけた。

「あれは野分であったのか」

鷹之助は崩れた石垣に目をやったままだった。そこに浅田三右衛門や淡路の石工二名と仙石家の家臣一名、それに人足六名が命を落としていた。さいわい浅田三右衛門は難を逃れて無事だったが、この惨事の後始末で普請場に来るどころではなかった。

「こんなことだろうと案じていた」

聞き慣れた声にふり返ると、そこに鷹之助の実父戸波弥兵衛が憮然とした顔で立っていた。

「こ、これは弥兵衛様」

作左衛門ははじかれたように頭を下げた。

「作左、おまえがついていて、この様(ざま)はなんじゃ」

弥兵衛は舌打ちして作左衛門に一瞥(いちべつ)を投げた。

「なぜここに」

父がここに居ることが信じられない。惨事は昨日の昼に起こった。穴太の郷からここまで来るには丸一日かかる。

「京に居わす秀吉様からのお呼び出しがあっての」

「何用のお呼び出し」

「そのことは後ほど詳しく話して聞かせる。秀吉様にお会いした後、京を物見(ものみ)しようと思ったが城普請が気に掛かって、昨日京を発ちここに参る途中にひどい風雨にあった」

弥兵衛は崩落した石垣に目をやった。

「作左、鷹之助に何を教えた」

作左衛門の体がぴくりと小さく動き硬直する。

「……」

作左衛門は下を向いたままだ。弥兵衛は作左衛門と鷹之助を石垣の崩落箇所まで伴うと崩れた石に手を置いた。

「この石が泣いておる。それ、その隣の石も」

弥兵衛は両手で石の表面を愛(いとお)しむようにして撫でた。

「作左、すぐに丸太を五十本、太縄二十束、それに集められるだけの人足を揃えよ」

作左衛門は後も見ずにその場を走り去った。すこしでも早く弥兵衛の許(もと)を離れたいような走り方だった。

「鷹之助、この石積みは穴太が積む野面積(のづらづみ)ではないな。誰が積んだ」

「淡路の石工が積んだもの」

「いかほどの高さまで積むのだ」

「十六間」

「なぜ、穴太の者が積まぬ」

「仙石様のたっての願い」

「それで任せた、というのか」

鷹之助は頷いた。

「この積み方を見て、十六間積めると思ったのか」

「……」

「答えぬところをみると、そうは思わなかったのだな」

「仙石様がまる掛かりで懸命に積んでいます。誰が止められましょう」

「止めていれば、このようなことは起こらぬ。ここで何人の者が命を落とした」

「九名」

「もし鷹之助が仙石様に遠慮せず穴太の者で積んでおれば九名の命は失われなかった。そう思わぬか」

「十六間の石垣を築いた者は未だかつて居りませぬ。穴太衆も淡路石工も同じこと」

「崩れ残った石を見よ。大石ばかり。しかもその大石の一つ一つがしゃしゃり出てぶつかり合いせめぎ合っている」

鷹之助は頷くしかない。

「大石さえ用いれば積めると思い定めてがむしゃらに積み上げたものじゃ」

弥兵衛は容赦なかった。

「長浜、安土の城普請で城石の積み方を会得したはずだ。会得とは次の石積みにその技を生かせるということ。そのことを知っていて淡路の石工に石を積ませたのは鷹之助に十六間の高みに石を積み上げる技がなかった、ということだ」

鷹之助は体中が屈辱でふくれあがったが同時に父の罵倒に心地好さも感じていた。秀吉に城普請を命じられてから今日まで、ひたすら突っ走ってきたが、だれ一人叱責や忠告をしてくれるものは居なかった。

弥兵衛が来たことを聞きつけた穴太者たちが七つの丁場から集まってきて久し振りに三十人ほどが戸波弥兵衛、鷹之助父子の許（もと）に顔を揃えた。

そこに丸太を担いだ人足らが作左衛門を先頭にして現われた。

弥兵衛は大丸太を使って崩壊した北面石垣の裾に簡単な櫓（やぐら）を建てるよう命じた。高さは石垣の高さと同じ十六間、二十九メートルほどである。

たちまち人足たちが土を掘り、穴を穿（うが）ち、丸太を組上げ、縄で緊結（きんけつ）して櫓を造りあげた。

「あの高さが石垣の天端（てんば）じゃ」

櫓の先端は澄んだ空を突くようにはるかな高みにある。鷹之助にははじめて見る高さであった。それは頭の中で描いていたものよりもずっと高かった。

「鷹之助、あの高さをしっかり頭に叩き込め。石を積むときはいつもあの高みを見据え、あそこに向かって石を積め」

浮き雲一つがゆったりと西から東に流れていく。昨日の豪雨が嘘のような穏やかな空である。

「だれかあの先端に縄をつけよ」

櫓の先端を指しながら弥兵衛が命じた。人足たちの中からふたりの男が名乗り出た。両者ともここに来るまでは樵（きこり）であったと日に焼けた顔で告げた。

二人は腰に縄を結び、櫓に取りつくと猿のようにのぼり始めた。固唾を飲んで見守る人足らをしり目に苦もなく櫓の最先端までのぼり切り、大縄をくりつけて地面まで垂らした。

「降りてこい」

弥兵衛の一声でふたりはすぐに降りてきた。

縄は櫓の先端から垂直に垂れ下がっている。

「作左、縄の端を持て」

弥兵衛に命ぜられるまま作左衛門は地面に着いた縄の先端を持った。

「綱の先を地につけたまま横にずらせ」

作左衛門が慎重に縄の端を横に移動する。縄はわずかな角度をもってピンッと張られる。

「縄を軽く持て。そう、そうだ」

弥兵衛が張られた縄の線形を見ながら指示する。作左衛門は縄を持った手の力を緩める。すると縄は弛み、曲線を描いた。

弥兵衛は縄の端の場所に杭を打たせ、そこに縄の先端を固定させた。

「鷹之助、この曲線をよく頭に入れておけ」

縄は下から三分の一ほどのところでわずかな曲線を描き、それから上に向かって一挙にせりあがっていく。無理のない均整のとれた曲線だった。

「あの縄の線通りに城石を積んでいけ」

「穴太積は垂直に積み上げるのを常道とする、そう父上はわたしに教えたはず」

「愚かなことを言う。それはたかだか六間ほどの高さしかない石垣のこと。穴太の郷にあって吾らが積んだ石垣に十六間もの高い石垣はない。それを金科玉条の如く守って積むなど、穴太衆を束ねる者とは思えぬ愚か者。そうであろう作左」

作左衛門は身を硬くして下を向く。

「まあよい。次に考えねばならぬのは根石だ」

弥兵衛は淡路石工のことなど頭にないらしく、これからは穴太衆が積むことを疑っていない口ぶりだ。

「ついて参れ」

弥兵衛は穴太衆を率いて崩れた石垣の箇所まで行くと、穴太者の一人に槍を持ってこさせ、大地に突き立てた。長さ一間ほどの槍は柄元まで苦もなく土中に入り込んだ。

「このように膿んだ地であることを鷹之助や作左は知っておらなかったのか。この地の下に水道が通っている」

弥兵衛は渋い顔で槍を抜いた。膿んだ地の上に石垣を積むには、それなりの対策を講じなければならない。しかし官兵衛が描いた普請図に水道を想起させるような箇所はなかった。それにこの地は石山本願寺と呼ばれていたように石の多い台地で膿んだ地があるとは考えにくく底地を調べるようなことはしなかった。

「作左、この石垣はいつまでに積まねばならぬのだ」

「本年末、すなわち大晦日までにございます」

「猶予はふた月。ならば今日より淡路の石工に代わって鷹之助が積め。作左、膿んだ土の上に石垣を築く手順は心得ているな」

「心得ておりますとも」

先ほどまでおどおどしていた作左衛門の姿は失せて手練れの穴太者の顔になっていた。

作左衛門は集まった穴太衆に長さ二間（三・六メートル）ほどの松丸太、二百本を用意するように命じた。

「さてここに据える根石だが、なまなかの大石では用をなさぬ。見上げるような大石を据え付けるのが肝要」

「そのような大石を摂津に求めるとすれば十日や二十日はかかります」

鷹之助が思案げに応じる。

「天守閣土台石垣の竣工は本年末、と作左が申したばかりではないか。巨石探しに日数など掛けられぬであろう」

「しかし、そのような大石はおいそれと手に入りませぬ」

「嘘を申せ。普請場の入り口に飾り立てて置いてある大石はなんじゃ」

「そ、それは、なりませぬ」

鷹之助が両手を前にだして激しく振った。

「なぜ、ならぬ」

「あれは、生駒の山から何日もかけて曳いてきた大石。しかも秀吉様が直々に鍬初めに使ったためでたい石です。城の要石に用いることに秀吉様がお決めになっております」

「この城の要は天守閣土台石垣の根石。他にない」

切って捨てるように弥兵衛は断じた。

「あれは大和、筒井順慶様が苦心して運び込んだ思い入れの石です」

「では、筒井様にお願いしてみることだな」

「筒井様の丁場組頭にお願いはしてみますが、おそらく組頭の一存では決めることは叶いますまい。大和に使いをやり、筒井様の承諾を得るには相当の日数を要します」

大和を領する筒井順慶は郡山城（現奈良県大和郡山市城内町）に居るはずだ。

「鷹之助、二頭の馬を用意せよ。明朝、大和の郡山までひと駆けしようぞ」

弥兵衛はあっけにとられる鷹之助にこともなげに命じた。

（十）

郡山城内、筒井順慶の広大な屋敷は手入れが行き届き、小春日和の陽が隅々まで射し込んでいた。

半刻（一時間）ほど前から弥兵衛父子は板敷きの大広間に座したまま順慶が現われるのを待っていた。

摂津大坂の普請場から馬を駆って急ぎに急がせたが、それでも半日はたっぷりかかる道のりだった。弥兵衛は疲れを癒(いや)すかのごとく柱に寄りかかり、うつらうつらとしている。鷹之助は大広間の前に広がる庭を眺めていた。すると庭の隅から数名の武士が現われた。鷹之助は弥兵衛の肩をゆすって起こすと居住まいを正した。

武士たちは庭から大広間に上がってきた。なかのひとりが弥兵衛父子の前に座った。

「筒井順慶でござる。この者らは近習(きんじゅ)の者」

座した男が声をかけ、伴ってきた男たちに後ろにさがるよう命じた。男たちは弥兵衛父子を囲むようにして座した。

「所用で自尊寺(じそんじ)まで出かけていた。待たせましたな」

三十四歳の順慶は僧侶でもある。

「わたしは杉原家次の息、鷹之助でございます。これは実父の弥兵衛」

「ご両所の名はつとに高名、存じておる。で何ゆえに大和まで」

「願いの儀あって参りました」

「ほう、願い。お聞かせくだされ」

順慶の顔に警戒の色が浮かぶ。鷹之助はどう切り出してよいものか逡巡(しゅんじゅん)した。

「筒井様が運びし大石、なかなかな評判にござりますな」

鷹之助の戸惑いを慮(おもんぱか)った弥兵衛が口を入れた。

「それは、それは」

順慶の顔がわずかにほころぶ。

「大石はともかく、ここに参られたわけをお話しくだされ」

来意を計りかねた順慶は直ぐに真顔になった。

「あの大石を頂きとうござる」

前置きもなく弥兵衛は切り出した。

「はて解せぬ言葉。かの大石はすでに秀吉公に献上せしもの」

「大石を天守閣土台石垣の根石に使いとうござる」

弥兵衛は床に両手をついた。

「根石とな」

順慶が絶句した。

「お断りいたす」

弥兵衛父子を取りまいていた家臣が首を横に振り、弥兵衛にじり寄った。左手で刀を腰に引きつけて、右手で刀の柄を握っている。

「根石とは、すなわち捨て石のことでござろう」

刀の柄に手をかけたまま家臣が詰問した。

「長重(ながしげ)、下がっておれ」

長重と呼ばれた男は順慶の言葉を無視して弥兵衛にさらに近づくと、

「ご無礼は重々承知。その儀だけはたとえ殿(との)が承知なされても、吾ら家臣一万五千は許しませぬぞ」

と押し殺した声で告げた。だが弥兵衛は長重の気迫にも知らぬ気にゆったり構えている。

「筒井家が精魂傾けて運んだ大石。捨て石に用いるなど言語道断」

長重は刀の柄を握った手に力を込めた。

「さよう、筒井が秀吉公へ献上した大石。お察しくだされ」

順慶の顔に苦渋の色がうかんだ。

本能寺に織田信長を攻め殺した明智光秀から筒井順慶は長年にわたって手厚い庇護を受けていた。信長弑逆について巷では順慶と光秀は共謀していたのではないかと取り沙汰されたほどだった。

事実、〈本能寺の変〉の九日後、筒井順慶は光秀の誘いに応じて山城まで兵を出している。翌日、光秀は筒井軍を迎えるためわざわざ河内の洞ケ峠に陣を敷いた。

だが順慶は洞ヶ峠には向かわず山城から大和に軍を返し、郡山城に米、塩を入れ籠城の準備にとりかかった。その一方で秀吉に使いをやり、自分は決して光秀に与してないと弁明につとめた。

光秀は洞ケ峠で丸一日待った後、下鳥羽に陣を移さざるを得なかった。

だが山城まで兵を出したことは覆いがたい事実、洞ケ峠で明智軍と筒井軍が合流することはあらかじめ密約されていたのではないか、と秀吉や軍師官兵衛らは疑っていた。

この時から順慶は秀吉に異常な忠誠をみせはじめる。光秀討伐に順慶は進んで与しようと秀吉に働きかけるが、秀吉はすでに高槻城主高山右近、茨木城主中川清秀をはじめ織田信孝、羽柴秀長、黒田孝高（官兵衛）、池田恒興らと組んで一挙に明智軍を壊滅させてしまった。順慶はほとんど明智討伐に手を貸すまでに至らなかった。

昨年十一月、秀吉が柴田勝家と戦さをする報に接するや順慶は近江に三千の兵を出し、勝家の養子勝豊が守る長浜城を監視し、逐一秀吉に報告した。さらに秀吉が五万の大軍を率いて近江に入ると一万五千の兵を率いて大和から寒風をついて秀吉の軍に真っ先に合流する。

四ヶ月後、勝家は自害した。

大和郡山に帰った順慶は秀吉が摂津大坂を領する池田恒興を大垣に移封したことを耳にし、戦戦恐恐とする。いつ筒井家がそうなるとも限らない。

その摂津の本願寺跡地に秀吉が新たな城を造ることがわかると順慶は馬を駆って京まで一気に乗りつける。秀吉に会うと、大石を調達するので鍬初めの儀式にその大石を是非飾ってほしいと願い出た。秀吉はいたく喜んで、もしそれが自分の目にかなう大きさなら、城の要となる所に据えることと筒井家の家紋を大石に刻み込むことを約束した。

その日から筒井家の全家臣が血眼になって大石を求め大和領内をくまなく探し歩くことになった。ようよう生駒の東麓に見つけ出した石は、高さが人の背の二倍、広さはたたみ二十畳分もあるとてつもない巨石だった。

大和と摂津（大坂）は生駒の山々で隔てられている。石を運ぶには生駒山の暗峠を越えなくてはならない。

順慶は領内の百姓三千人を徴用し、家臣千人、足軽二千人それに馬五十頭、牛五十頭も加えた石曳き集団を作った。

大石を大坂に運びはじめたのは、大坂築城の鍬初めが行われる予定日九月一日より、二ヶ月も早い七月晩夏であった。

修羅に大綱を取り付け、二千人が力を振り絞って曳く。残りの四千人は交代要員で半刻（一時間）ごとに交替することになっていた。

暗峠は曲がりくねった急坂だらけである。石曳きは難渋を極めた。坂路が狭くて修羅を通せない箇所が続出する。山の斜面を削り、土を盛って道を広げ、修羅を通す。峠越えの最中に侍五人、足軽十二人、百姓十八人が大石の下敷きになって命を落とした。手や足を潰（つぶ）した者は数えきれない。

暗峠越えは当初予定していた十日間をはるかに越えて、四十日という想像を絶する時を費やし、摂津の地に着いたのは鍬初めの三日前であった。石曳きの集団は全員が息絶え絶え、まさに筒井家の血と汗と命を注いで運び込んだ大石だった。

それを捨て石に等しい根石に用いるなど筒井家としては受け入れられるはずもなかった。

「杉原殿、この話はなかったことにしてくだされ」

順慶は穏やかに断（ことわ）った。

「あの大石がなければ大坂城の天守閣は造れませぬ」

弥兵衛は押し返すように言った。

「穴太の衆は石さえあれば、たちまちに見上げるような高さに石を積むと評判じゃ。わが筒井家が献上せし大石を根石に用いねば石垣を築けぬとはの。評判とは当てにならぬものじゃ」

長重の嫌みな言い方にも、

「さよう、そのような評判は吾らには迷惑」

と意に介さぬ口調で弥兵衛は応じた。

「大石を運ぶために大和一国が空になりました。稲が実る一番大事な時節を石曳きに割いたが故に、領内の米の収穫にも影を落としました。領民からはえらく不興をかいました。実は今日、おふたりを待たせたのも、石曳きで亡くなった者たちの法要があったがため。あの石にはさまざまな思いが込められております」

順慶の声は相変わらず穏やかだ。

「お察しいたします。それを承知の上で敢えてお願いいたしたい」

弥兵衛は引かない。

「城普請の助役に加わっている諸将方は他家よりもお役に立ちたいとの思いと面子や意地があります。筒井も同じ。天守閣土台石垣が崩れたからと申して筒井の大石で購えば土台石垣の普請を任された仙石殿の面子も意地も立たなくなります。筒井家はあれ以来微妙な立場にあり、他家の面子や誇りを潰すわけにはまいらぬのです」

あれ、とはもちろん洞ケ峠のことである。

「お家の事情を斟酌していれば堅固な石垣を築くなど夢のまた夢。天守閣の石垣は今年の大晦日までに積み終わらなくてはなりませぬ。曲げてお願いいたします」

「ひとつ戸波殿にお伺いいたす。わしが承服せぬ時はいかがいたす」

穏和だった順慶の面に朱が指した。

「秀吉様にお許しをいただいて、明後日にでもかの大石を天守閣の土台石垣の根石として据える所存」

「わが筒井家の労苦をないがしろにする気か」

長重らが口々に怒声を浴びせた。

「見苦しいぞ」

順慶が一喝した。

「なれば何故わざわざ大和まで馬で駆けつけ、この順慶に会いなさるのか」

総髪を剃り上げた順慶の頭部に青く血管が浮かびあがる。必死に怒りをこらえているようだった。

「順慶様から秀吉様に御書(おんしょ)を認(したた)めていただくためにございます」

「秀吉公にいかような御書を差し上げよと申すのだ」

「さすれば」

と弥兵衛はひと膝順慶に近づき、

「大石を天守閣土台石垣の根石に使っていただく旨の請願文でございます」

「なぜわしが書かねばならぬのか」

「ここに控えし鷹之助から秀吉様に大石を根石に用いたいと申し出れば、秀吉様は反対なさらないでしょう。となれば秀吉様と筒井様との間で交わした、大石を城の要石とする、という約定を違えることになります。約定を反故(ほご)にされた筒井家の面目はまる潰れ。そうならぬ前に順慶様が、大石を根石に転用してほしい旨の請願文を差し上げる。秀吉様がその請願を受けて大石を根石に転用する。秀吉様、筒井様双方が丸くおさまります」

弥兵衛は誠意を込めて説得した。順慶はしばらく考えていたが、

「わしの負けじゃ」

口の端をかすかにゆがめた表情は不承不承得心したようにも受け取れた。

「ありがたく、あの大石、使わせていただきます。大坂城が万年の後まで難攻不落で在り続けるならば、それは筒井順慶様をはじめ多くの御家中ならびに領民の方々が心血を注いで運び込んだ大石があったればこそ。きっと筒井家は後世の語り草となりましょう」

弥兵衛の声は感謝でくぐもっていた。

「杉原殿、腹蔵なく聞かせてほしい。わしが献上せし大石、秀吉様はいたく満足のご様子であったが世上はどう思っているのか」

順慶が真顔になる。

思いもよらぬ問いに鷹之助は一瞬戸惑ったが、

「かの石の評判は二つに分かれておりました。一つは筒井家の力を誇示した古来希なる偉業。あっぱれ筒井武士との賞賛の声。もう一つは」

鷹之助はそこで言葉を切った。

「申されよ」

順慶が促す。

「筒井家の保身をはかろうと領民すべてを踏み台にして大石を目の色変えて運び込んだ胡麻すり筒井との世評」

取り囲んだ家臣たちが気色ばみ総立ちになったのを横目に鷹之助は床に両手をついて謝るように平

身し、再び顔をあげると、

「しかし、あの大石、天守閣土台石垣の根石として土中深く埋め込み、だれひとり見ることも触ることも叶わぬとわかれば、かの世評も雲散霧消、城普請の助役をかってでた二十九家の御領主からは真の賞賛の声があがりましょう」

と誠意を込めて告げた。順慶は軽くうなずいて、

「お互いに苦労するのう」

と呟いた。

「御意」

鷹之助は再び平服した。お互い、とは筒井家保身に奔走する順慶、盤石な石垣を築こうと遠路大和まで大石のことで訪れた鷹之助、それを指すのであろうと鷹之助は思い至った。

「これより文を認めるゆえ、しばらくお待ち願いたい。その間に御酒と膳の支度をさせるゆえ腹を満たしてから戻られよ」

順慶は家臣を伴って大広間を出ていった。

二人は誰もいなくなった大広間でくずれ落ちるようにして眠りを貪った。

どれほど眠り込んだのだろうか、鷹之助が目を覚ますとすでに弥兵衛は起きていて、所在なげに庭に目をやっていた。横に筒井家が用意した食事の膳が置いてあった。

二人は膳に向き合い食べ始める。終わる頃、侍女が湯を運んできて二人の前に置き、懐から一通の封書を出して鷹之助に差し出した。

「これを羽柴秀吉様にお渡しくださるようにと、殿の仰せにございます」

封書の裏を見ると、そこには筒井順慶の名が記されてあった。僧侶でもある順慶の字は実に達筆であった。

「かたじけない。順慶様によしなにお伝えくだされ」

箸を置いて鷹之助は丁寧に一礼した。

侍女は大手門外に馬二頭を用意したので使うようにと述べ、足音も立てずに去っていった。

食事をすませた二人は屋敷を出て、大手門下まで行った。馬番の若い侍が二頭の馬の手綱を持って待っていた。乗ってきた馬とは違って手入れの行き届いた栗毛である。

郡山城を出た二人は暫く馬をひきながら歩き、道が二手に分かれる城下外れまで来るとそこで立ち止まった。

「これを持っていけ」

弥兵衛は懐の奥を探って短い鉄の棒を取り出した。鏨だった。錆一つない。穴太積の正当な技を引き継ぐ者だけが手にすることのできる特別な鏨である。

「それは父上の鏨。それをいただくには、まだまだ自分は未熟。受け取れませぬ」

「乃夢との祝言の折にこの鏨を渡すつもりでいたが、そうもいかなくなった。実は秀吉様からの急な呼び出しというのは、叡山の復興に力を貸せ、との命でしばらく叡山に籠もることになり、穴太の郷を留守にすることになった」

比叡山の焼き討ち後、細々ではあるが復興作業が始まっていた。その動きを信長は黙認した。叡山が再興しても、もはや天下を脅かすような力など持てないことを見抜いていたからである。信長の死後、秀吉は叡山修復を公に認めたのである。

「そうですか、叡山再建が始まりますか」

散所者として軽んじられながら叡山で石を積んだ幼い頃のことがよみがえった。だが今は散所者から解放され、誰からも縛られることなく比叡山の復興に邁進できる。どんなに楽しい石積みとなるのか。鷹之助も大坂城普請を放り出して作左衛門ら穴太衆すべてを連れて叡山に駆けつけたかった。

「この鏨を鷹之助に渡すのは穴太積に長けた技を身に着けたこともあるが、わしの代わりとして穴太衆を束ねてほしいからだ。大事にせよ」

弥兵衛は鏨を鷹之助の前に突き出し、押しつけるようにして受け取らせた。

鷹之助が鏨を懐に収めるのを確かめて弥兵衛は鐙に足をかけ、軽々と馬上の人となった。

「再び会うのは半年後かもしれぬ。わしはこれから叡山修築の諸々のことで奈良の寺々をまわる。ここで別れよう。そうじゃ、一つだけ言っておくことがある」

馬上の弥兵衛は手綱を引き締めてはやる馬を鎮めると、

「なぜ、大和郡山まで来たかわかるか」

と問うた。鷹之助は無言で首を横に振る。

「鷹之助は順慶様とのやり取りを聞きながら、あの大石を使わなくとも天守閣土台石垣を築けると考えていたであろう。なるほど、穴太の技を持ってすれば築けるかもしれぬ。だが築けなかったら淡路石工の二の舞。そうなれば穴太普請奉行である鷹之助ひとりの恥でなく、穴太衆すべてが笑い者になる。しくじりは許されぬ。そのためにあの大石を根石に用い、揺るぎない石垣を築かなくてはならぬのだ。石は飾りに使うものではない。欲する所に欲する石を用いることが肝要じゃ。たとえ秀吉様が用いてはならぬと仰せられた石であってもだ。鷹之助に穴太衆のこれからの命運がかかっている。だが気負うな、石に両手で触れよ。石と話をせよ。石が喋るのを聞け。そしてまた石が行きたいところへ行かせてやれ。それこそが穴太積の極意だ。それから乃夢のことだ。大坂城下の細川屋敷にお仕えしていると聞くが、玉造は普請場から目と鼻の先、顔の一つもみせてやれ。細川様の広大な屋敷にはほとんど使用人がいないとも聞いている。寂しがっておろう」

弥兵衛は一気に喋ると馬に鞭を入れた。馬の鼻先は分岐点の道標に示されている奈良に向いていた。

父を見送ってから鷹之助は生駒山の暗峠へと馬を駆った。その峠は筒井家の家臣らが多くの死人をだして大石を曳いた峠だった。

通り過ぎる家々の軒には、縄でくくった干し柿が何百本も吊されている。鱗状の雲が空高くゆったりと浮いていた。吹く風には、ひとかけらの暖かさも感じられなかった。

（十一）

塵と泥にまみれ、疲労困憊で大和郡山から戻ってきた鷹之助はその足で官兵衛に会った。これまでの経緯を聞いた官兵衛は、その場に鷹之助を残し順慶の書状を携えて秀吉が滞在している城下の仮屋敷に赴いた。

一刻（二時間）後、戻ってきた官兵衛は墨書を懐から出して鷹之助の前に置いた。

そこには、天守閣土台石垣の修復は淡路石工に代わって穴太衆が行なうこと、崩壊箇所修復には筒井家の要請により大石を用うべきこと。淡路石工については構わぬこと、の三項目が書いてあった。

「筒井様には秀吉様から感状が届けられることになっている。このような早い御処置を秀吉様がとられたのは、天守閣普請を速やかに終わらせたいからだ」

官兵衛の口ぶりから織田信雄と徳川家康の動きが急を告げているのではないか、と鷹之助は推察した。

翌日、鷹之助は穴太衆と共に天守閣土台石垣の普請場に足を運んだ。

築造に加わっている仙石家の家臣百名ほどが丁寧に鷹之助らを迎えた。

「浅田三右衛門より丁場組頭を引き継いだ室木成康でござる。殿から穴太普請奉行の命に従え、との仰せ。よろしくお引き回し願う」

見知らぬ高齢の武士だった。

「浅田殿は？」

鷹之助は三右衛門に会ってひと言慰めの言葉を言いたかった。

「三右衛門は急な病にて昨日身罷り申した」

室木がしぼりだすような声で答えた。

「身罷った？」

「さよう、身罷りました」

室木は鷹之助を睨みすえるようにしてくり返した。

「普請場では壮健のようにみえたのですが。そうですか亡くなられたのですか。無念であったでしょう。冥福を祈らせていただきます」

ややたって鷹之助は沈んだ声で成康に告げた。おそらく病で急逝したのではなく、自刃したのであろう。成康の刺すような目からそのことは容易に察せられた。

「これから淡路の石工に代わって穴太衆が石を積むことになりました。しかし穴太衆だけでは積めませぬ。仙石様の方々ことごとくが力を合わせ助けていただいて石垣は築けるのです。これからよろしくお願い申します」

鷹之助は集まった人足らの前で室木成康に深く頭を下げた。それに習って作左衛門、穴太衆ことごとくが頭をさげた。

「三右衛門殿らは昨日までの三日間、寝る間も惜しんで吾ら穴太衆に助力してくだされた。三右衛門殿の奔走により、松丸太での処置も滞りなく終わった」

作左衛門の顔は苦渋でゆがんでいた。

鷹之助は作左衛門、室木成康らを伴って崩落現場に行った。淡路石工が積み上げた石垣のすべてが取り除かれていた。水道が通っていると思しき場所に等間隔で松丸太が打ち込まれ、その丸太の頭部を井桁状に松丸太で緊結してあった。

その日から天守閣土台石垣普請は穴太衆の手によって夜を徹して行なわれることになった。

手始めは巨石を所定の所に移動させるための仮道路敷設である。掘り方の普請奉行、田中吉政に協力を仰いだ。

吉政は奥御殿曲輪(くるわ)、表御殿曲輪の造成工事を中断して、掘り方人足一万余人を仮道路の普請に回してくれた。

その夜、仮道路を敷設する人足らの姿が燃えさかる篝火(かがりび)に浮かびあがった。

仮道路は一昼夜で仕上がった。

「いよいよ筒井様献上の大石を曳(ひ)くぞ」

新たに敷設された運搬路に立った鷹之助は、かたわらの作左衛門に告げる。

「心得てござる。すでに大石の縄掛けも済んでおります」

作左衛門の声は弾んでいる。大石には太い縄が縦横に掛けられていた。その大石に沿って特大の修羅が置かれている。

ほら貝が吹かれた。丸太を持った男たちが石尻に丸太の先端を突き入れる。丸太の数は五十本ほどだ。石の上部に掛けられた数十本の太綱に三百人ほどの人足が取りついた。

鷹之助が片腕を大きく上げるのを合図に太綱を肩に担いだ人足が、体を斜めにして両の足に力を入れる。石尻に突き入れた丸太を人足が渾身(こんしん)の力でこじる。

わずかに巨石は修羅の方に傾く。鷹之助がさらに大きく腕を上げる。

息をつめ、足を踏ん張った人足たちの顔がみるみる赤くなる。巨石はゆっくり、ゆっくりと傾いてゆく。人足たちのうめきに似た声がいっせいに漏れる。鷹之助が力一杯手を振り下ろした。

巨石はゆっくりと半転して修羅の上にめり込むようにして乗った。

息を詰めて綱を曳いていた人足たちが一気に息を吐く。鷹之助も詰めた息を思い切り吐き出した。

すると軽いめまいが起こり、その場にしゃがみ込んだ。それに気づいた作左衛門が駆けつけ鷹之助を支えた。

「大事ない」

鷹之助は大和郡山から戻ってきて二日、寝もやらずに一昼夜普請場に立ち続けている。疲労は極に達していた。

修羅に乗せた巨石を一刻ほどかけて据え付け箇所まで曳き、据え終えた時、西の空が赤く染まっていた。

鷹之助は石の収まり具合を確認するため石に寄り添って立った。

石の下端に筒井家の家紋《梅鉢》が刻印されている。するとその家紋に重なって筒井順慶の顔が浮かんだ。鷹之助は石の肌を手のひらでゆっくり擦（こす）った。温もりのある豊かな感触が手を伝わって身体に浸み込んでくる。石は生駒山麓からここに運ばれる間に三十五人の命を奪った。多分この石は何百万年も前から生駒山の主として在り続けたのであろう、ならば、これから先、考えられぬ悠久の時を刻んで、この石はこの場所に在り続けるはずだと鷹之助は思った。

第三章　小牧・長久手

（一）

天正十二年（一五八四）、三月九日、鷹之助と作左衛門が天守閣土台石垣に立っていた。

土台石垣は昨年の暮れに十六間（二十九メートル）の高さまで積み上がって完成をみた。それから二ヶ月余、天守閣の一部が組み上がっていた。

鷹之助は作左衛門とともに築造中の天守閣に入ってみる。二階部分と思しき床組に立って四周を見回した。

そこからは表御殿曲輪と山里曲輪が見え、建築木材が運び込まれて普請（土木工事）から作事（建築工事）へと変わりつつある様子が手にとるようにわかった。

作左衛門は目を細めて城回りを見下ろしていた。腰が曲がり、顔には深い皺が幾本も走っている。

わずかにある髪が風に靡（なび）いていた。

あと十日もすれば普請人足四万五千はすべて引き上げ、代わりに作事方の職人が入ることになっていた。

「鷹之助様、作左衛門殿」

階下からふたりを呼ぶ声が聞こえてきた。見下ろすと穴太者が立っていた。

「どうしたのじゃ」

作左衛門が聞き質（ただ）す。

「方々（かたがた）（人足）の動きがおかしいのです」

穴太者の怪訝（けげん）な顔に鷹之助は一瞬緊張する。竣工を前にしてごたごたは起こしたくなかった。鷹之助は急いで階下に降り、穴太者の前に立った。

「動きがおかしいとは？」

鷹之助の心中は穏やかでない。

「持ち物をまとめて領国に帰っていくのです」

「領国に帰る？　丁場組頭たちは何をしているのだ」

「さあ、そこまでは」

首をひねって口を濁（にご）す穴太者を伴って鷹之助と作左衛門は人足小屋に向かった。小屋は城外の南部に建てられている。常時四万五千もの人足が寝泊まりする宿舎の数は千五百戸を超えていた。一つの人足小屋に二十五人から四十人ほどが寝泊まりしている。男だけの集団が放つ異様な臭気が大地にまで染み込んでいた。

穴太者に導かれて鷹之助は仙石家の人足小屋に飛び込んだ。暗い小屋の中で一瞬なにも見えなくなる。やがて黙々と帰り支度をしている百姓たちの姿が浮かびあがる。

「何をしている」

鷹之助は目の前の男に訊く。

「故郷に戻る支度でさあ」

男は手を休めない。

「だれの許しを得てのことか」

作左衛門が詰問する。

「わたしが命じました」

ふり返ると室木成康が戸口に立っていた。

「どういうことですか」

鷹之助の問いに、

「戦さ支度のため国元に帰ることになった。武士は石と戦うより軍場にあって武士と戦うのが本分。それにしても浅田三右衛門の急逝は返す返すも無念。生きておれば軍場で戦功を立てられる男だった」

と応じた。

「持ち場離脱の許しはどなた様からお受けになりましたのか」

鷹之助にはなんの指示も届いてなかった。

「普請総奉行、浅野長政様直々の命でござる」

成康はそれから人足に、

「ぐずぐずするな。支度を急げ」

と大声で怒鳴った。

「そこにおられたか」

聞き覚えのある声にふり返ると戸口に黒田官兵衛が立っていた。

官兵衛は人足小屋から離れて、表御殿曲輪の広場に鷹之助を伴った。

「秀吉様が各曲輪の石垣普請を二月までに終えよ、と仰せられたとき、内心これは覚束ぬ、と思うたがみごと終えましたな。さすが穴太衆を束ねる鷹之助殿」

官兵衛は暮れに天守閣土台石垣が穴太衆の手で竣工したのを見届けるとそれ以後普請場に姿をみせなくなっていた。

「各曲輪は笠石を残すのみとなりました。あと十日、このまま人足をとどめ置くこと叶いませぬか」

「人足と呼ばれる者の中に足軽や武士、郷士が数多居る。昨夜、出陣の命が秀吉様から下された。鷹之助殿も薄々気づいていたであろうが、織田信雄様、徳川家康様のおふた方が相手じゃ。わしは正月早々から尾張、伊勢まで足を伸ばして領内をつぶさに見て回っていた」

官兵衛は難しい顔をした。尾張、伊勢は信雄の領地である。

「すこし詳しく話してくだされ」

鷹之助は戦さより石垣の方が気に掛かっている。

「さよう。話は少しばかり込み入っているが、信雄殿のご不満が高じての」

と前置きし、話し始めた。

信雄は信長の次男で、信長亡きあと伊賀、伊勢、尾張の領主となり、長島城（三重県桑名郡長島）に居を構えていた。長男の信忠が本能寺の変で父信長と共に死したため、信雄は織田家の最年長者となった。信長の後継者にはなれなかったが、そうかといって、たった三国ばかりの領主で満足するはずはなかった。信雄の不満と妬みは信長亡きあと諸国を統率した秀吉に向けられた。

その秀吉に信雄の老臣三名が誼を通じているという。これを知った信雄は三老臣、尾張星崎城主の岡田重孝、伊勢松ケ島城主津川雄春、尾張刈安賀城主の浅井田宮丸を長島城に呼び寄せると、有無を言わせず腹を切らせてしまった。

「松ケ島城、刈安賀城に織田信雄様の兵が入ったのが三月三日。ところがその翌日、星崎城に徳川家康様の軍が入ったとの情報が秀吉様のもとにもたらされた」

官兵衛はそこで一旦話を切ると唇を舌で湿らせた。

秀吉が麾下の諸将に陣触れを出したのが、昨日、三月八日。これを受けた武将たちは大坂城普請に派遣していた武士と足軽に呼び戻しの命令を出したのだ、と官兵衛は告げ、

「蜂須賀家政殿が兵二千を率いて今日からここ大坂城普請場に入ることになった。秀吉様は摂津から徴用した領民だけを人足として残し、他の者はすべて領国に返せとお命じになった」

と話した。

「すると普請場に残るのは千人ほど」

「その人足らで普請を続けてくれ。軍場はおそらく小牧、長久手（現愛知県西部）辺りとなろう。秀吉様は必ずやこの大坂城に凱旋する。その折、五万の兵が残らず入れるまでに仕上がってなければならぬ」

「官兵衛殿はいかがされますのか」

「戦う相手は信雄殿と家康殿だけではない。西にも東にも旗色をはっきりさせぬ武将がおっての、少しばかり此度の戦さは難しそうじゃ。わしは秀吉様と別に軍を進めることになっている」

官兵衛は曖昧に答えて、戦さは長引くかもしれないと付け加えた。

大坂城の普請場は摂津の人足を残して、四万四千余人が退去、代わって蜂須賀軍二千が普請場に入った。館などはまだ建築途中で二千の兵は人足小屋に寝泊まりするしかなかった。穴太衆は一千余の人足で最終の仕上げにとりかかった。

（二）

大坂城下は蜂須賀の軍二千だけが頼りであった。小牧・長久手で秀吉軍と織田信雄・徳川家康軍との勝敗もさることながら、秀吉に敵対する四国勢や九州勢などの動向が定かでないことが商人や町民を不安にさせた。しかしそれらの不安を吹き消すかのように、城下では新たな家屋の築造が続けられていた。

すでに城下には大名屋敷、武家屋敷、商家、民家など、一万余軒が建てられている。急造のため区画整理されていない町筋（道）が無数に作られ、そこに木材を叩き込む大槌の音、チョウナや大鋸（木材縦挽用の大きな鋸）を挽く音が絶えずして、戦さにかり出される心配のない大工や諸職人、商人で溢れていた。

そんななか鷹之助は作左衛門に普請を任せて、大坂城下に新たに建てられた細川忠興の館に足を向けた。

細川家の屋敷は大坂城から南へ九町（一キロ）ほど行った玉造に建っている。他の領主の屋敷から比べると城に近い地区である。

通用門に老いた番卒が一人立っているだけで、大門を閉ざした屋敷周りは森閑としていて人影もなかった。


「昨年九月以来だが仔細はないようだな」

細川屋敷の一室で鷹之助と乃夢が向かい合って座っていた。

「鷹之助様の息災を願い日並み祈っておりまする」

「戦さなればいざ知らず、案ずることはない」

「こそあれ風の便りにて城普請に携わっているお方が落石により命を落とされたとの流言がひっきり

なしにとどいております。城普請、これからもお続けなさいますのか」

「秀吉様が命じれば続けるしかない」

「お断り願えないのでしょうか」

「穴太衆を父の代わりに束ねることになった。もはやわたしの思いだけではいかんともし難い。乃夢はかかねがねわたしに城普請をやめてほしいと申していたが、その考えは変わらないようだね」

「城普請だけが穴太の方々のすることではないはず。かつては五輪塔や石臼を作り、叡山の参道の普請や段々畑の石垣、さらには家々の土台石垣などを築いてきたではありませぬか」

「石垣なら穴太積だ、穴太の石垣はみごとなものじゃ、と世に認められるまでにどれだけの労を要したか。秀吉様が天下一の城の石垣積みを任せてくださるまで、何人の穴太者が石で命を落としたと思う。乃夢の親父(おやじ)殿もそのひとりだ。死んでいった穴太者は少しでも穴太の郷を世に出そう、郷の暮らし向きをよくしようと懸命だったのだ」

五輪塔や石臼を細々と造りながら穴太の郷でひっそり暮らしていた昔に戻ることなど最早(もはや)あり得ない。

「城普請で父を奪われ一人残されたわたくしには、同じように鷹之助様も、という居たたまれぬ思いがつきまとうております。もうわたくしは取り残されたくありませぬ」

乃夢は今にも泣きそうな顔をしていた。自分(おのれ)を気遣ってくれる乃夢が愛(いと)しかったが、それとは裏腹に石を積み上げていく時の鳥肌が立つような緊張と歓喜はなにものにも代え難かった。

「普請も数日で終わる。細川様からお暇を頂き、わたしと共に穴太の郷に戻ろうぞ」

今日訪れたのは二人して穴太に帰るためであった。

「玉様のお世話をしなくてはなりませぬ。それに玉様と共にデウス様にお祈りを捧げなくてはなりませぬ」

乃夢は潜めた声に力を込めて言った。

「デウス様にお祈り？」

穴太に戻ることを疑わなかった鷹之助は戸惑った。

「はい、お祈りです。お祈りは歌で始まります。玉様はとても涼やかなお声で歌を唄われます。その歌を聴いていると心が洗われ、涙が溢れます」

「いかなる歌なのかね」

鷹之助の問いに乃夢は目を閉じ、静かに歌い出した。今で言う、賛美歌である。それはかつて一度も聴いたことがない旋律であったが、それにもまして驚いたのは乃夢が歌を唄っていることであった。人前はおろか鷹之助の前であっても歌など決して唄わぬ女であった。

「それが祈りの歌か」

唄い終わった乃夢に鷹之助は苦々しげに訊ねた。

「スペインの言の葉です」

「歌の意を乃夢は存じているのか」

「わかるために日々スペインの言の葉を学んでおります」

「いつであったか、ルイス・フロイスと名乗るスペインのお方が黒田官兵衛殿に伴われて普請場に参ったことがあった」

「フロイス様をご存じだったのですね」

「いや、それ以後お見かけしておらぬ」

「フロイス様は一度だけこのお屋敷に参られました。その折、わたくしにスペインの言の葉を日本(ひのもと)の言の葉に置き換えた書をくださりました」

ルイス・フロイスは一五三二年スペインのリスボンに生まれ、永禄六年（一五六三）来日した。信長をはじめ諸大名と親交を持ち、近畿、九州の各地にキリスト教を伝導して回り、秀吉とも懇意であった。

「乃夢は吉利支丹(キリシタン)になるつもりか」

世上では領主、武将や町人、商人たち、多くの者がキリスト教に改宗して、近畿以西、四国、九州各地を合わせると信徒数は十万とも十五万とも言われていた。

「玉様もわたくしもフロイス様のお話を伺って心安らぐ日々がおとずれました」

「玉様は辛苦を味わっておられる。乃夢と心の在りようが異なろう」

「いえ、女の奥深い心の闇は同じでございます」

乃夢に心の闇などと言われると鷹之助は自分が乃夢に理不尽なことをしたのではないかと困惑する。

「乃夢の心底を教えてほしいのだが」

鷹之助は恐る恐る訊いた。

「父と共に穴太の郷から長浜に移ったのはもうずいぶん前のことのように思えます。母を幼い頃亡くしたわたくしにはねね様のお心遣いが唯一救いでした。ねね様の許で過ごした日々は穏やかでした。その穏やかな日々を奪ったのは蛇石に押しつぶされて父が死んだという報せでした。先ほども申し上げましたが、同じことが鷹之助様に降りかかれば、と思い煩い、心休まる日は一日とてありませぬ。こうして無事なお姿を見た今でさえ、いずれは父のような惨事が鷹之助様の身に起こるのではないか、とそればかりが気掛かり。安土築城の際は六十三人、大坂築城でも三十数人が亡くなったと聞いております。訃報を耳にするたび、もしや鷹様ではないか、と心潰れる思い。恐ろしゅうございます」

口調は穏やかだったが、鷹之助には乃夢の叫びに聞こえた。

「穴太の郷に引き籠もり石臼と五輪塔だけを作り続けるなど、もはや秀吉様は許してくださらぬ。叡山が焼亡した時から、わたしたちは穴太の郷で暮らすことなど叶わぬようになったのだ。そのこと乃夢も重々承知のはず」

「高山右近様からいただいた公教要理を読むまではわかっているつもりでした」

「官兵衛殿が乃夢はその伴天連の教書を誰よりも深く理解していると申していたが、教書には石垣を積んではならぬ、とでも書いてあるのか」

「そのようなこと一行も書いてはありませぬ」

乃夢が途方に暮れたようにため息をついたその時、

「石を積む手を休めて、一度デウス様のお言葉に耳を傾けなされ」

と澄んだ声が背後からした。いつの間にか部屋の戸口に玉が立っていた。

「お久しゅうございます。鷹之助様」

玉は部屋の中に入り、二人の前に来て座すと軽く頭を垂れた。ふくよかで形のよい唇が軽く結ばれている。鷹之助は長浜城を築いている最中に父光秀の文を持って秀吉を訪ねてきた玉に一度会っている。

「ねね様の許でお目にかかって以来ですからずいぶんと昔。立派におなりになられましたな。乃夢殿には世話になっております。礼を述べるつもりで参りましたところ、ただいまのお話。立聞するつもりはありませなんだ。お許しくだされ」

眉抜きした額は柔らかな線を描き、顔の輪郭はひときわ鮮やかで凄艶な顔立ちをより一層ひきたてていた。

「まこと、お久しゅうございます」

鷹之助は低頭して居住まいを正した。

「ねね様はよいお方を寄こしてくださりました。乃夢殿が来られて、心の内がいかばかり穏やかになったか」

玉は乃夢に優しく微笑みかけた。

「乃夢とは近く祝言をあげる手はずになっております。今日、参りましたのは、乃夢共々穴太へ帰郷するお許しを得るためでございます」

乃夢は十九歳、遅すぎる祝言である。

「長浜で初めてお会いした時、お二人が許嫁であることをうらやましい、と思ったことをおぼえております。祝言の日取りが決まれば乃夢殿をお戻しするとねね様に約しております」

玉は十六歳で同年の細川忠興に嫁し、すでに三人の子をなしている。

「玉様は秀吉様のお許しもあって忠興様と復縁なされて半年、このお館にお移りになられて五ヶ月。玉様にお仕えいたしておりますのはお留守居役の老爺小笠原少斎様、京の公家様のお出である清原小侍従様、それに数名の武士と卑女二人とわたくし。今わたくしが暇乞いをいたせば玉様の身の回りをお世話する方がなくなります。穴太の郷へ戻ること、しばし猶予叶いませぬか」

乃夢が祝言を先に延ばしてまで玉のもとを離れたくないのは〈公教要理〉なる得体の知れぬ書が為せることであろうと鷹之助は思った。しかしその書に何が書かれているのか鷹之助にはまったくわからなかった。

「味土野に押し込められていた時のことを思えば身の回りを自分で処すなど容易いこと。懸念には及びませぬ。乃夢殿の心のままに」

ふっくらした唇がかすかに開き、歯がのぞいた。嫁げば口の紅を薄く塗り、歯黒染（歯を黒く塗る）にする。玉は真紅の口紅を重ね、真っ白な歯のままであった。

「玉様のお心遣い、疎かに思うまいぞ」

鷹之助は乃夢へ促すように言った。

「味土野での玉様のお心うち、お察しいたせばこそ、しばしお屋敷にわたくしを留めくださりませ」

乃夢の決心は揺らぎそうもなかった。

「巷では細川家と玉様を守り抜いた忠興様の明敏なる御処置に賛辞があがっております。乃夢がお屋敷を辞したとて、忠興様の名望を慕って乃夢の後釜はすぐみつかりましょう」

逆臣、主殺しを父とした女(むすめ)を妻とした忠興は玉を丹後の山奥に隠し、討手の凶刃から守り抜いた、あっぱれなる武士(もののふ)、と世上では持ちきりであった。

〈本能寺の変〉の勃発時、忠興と玉は共に二十一歳である。その若さがさらに美談をいやが上にも盛り上げた。噂を聞いた鷹之助は、自身より二歳年下の忠興の英断に玉に寄せる深い思いを感じ取った。

「賛辞が巷間にあがっておるとな」

玉は一瞬顔を歪め、

「逆賊の女(むすめ)に討手(うって)を向けるにいかほどの武士(もののふ)を鷹之助殿ならばお考えか」

と、ためらうことなく反問した。心を突き動かす激情を押さえているのか徐々に頬が紅潮し、細められた眼に凄艶な美しさが倍加した。

「恐らくは百名ほど」

つられて鷹之助は思わず口走った。

「味土野で妾(わらわ)を警護する者は老僕五人と清原小侍従(こじじゅう)のみ。手練れの武士(もののふ)であれば一人(ひとり)でも妾(わらわ)の命をやすやすと奪えたでしょう。味土野へ送り出す忠興(ただおき)殿は、妾の目の前で髻(もとどり)を切り落とし、それを妾に投げつけて、おまえはわが細川家を滅ぼすのか、と激怒いたした」

玉の両眼から涙が落ちた。

「忠興殿はその場で妾を刺し殺す気概(きがい)もなく、妾が自害するに相応しいところとして味土野を選ばれたのです」

玉は涙を拭こうともせず話をつづける。

「忠興殿の思惑（おもわく）は外れました。自害せず味土野に居続ける妾に忠興殿は途方にくれました。ねね様のご助言で秀吉様から復縁を許されたとき宮津の城内で側女（そばめ）と戯れていた忠興殿は、これは秀吉様のご命令か、ご命令ならば従うしかあるまい、それにしても味土野に死に場所を与えてやったのになぜ生き残っておるのだ、と少斎に質（ただ）したそうです」

玉は懐から懐紙を取り出し顔に押し当てた。

「御自害あそばさなかったのはマリア様が玉様に公教要理を読み解いてくださったからです」

乃夢が動じることなく言い添えた。

清原小侍従は京で受洗してマリアと呼ばれていた。味土野の幽閉に清原は付き従い、玉に〈公教要理〉をひもといてキリストの教えを説いた。この書には自死を固く禁ずることが述べられていた。乃夢は大坂の細川家の屋敷に務めると清原小侍従が〈公教要理〉を持っていることを知った。乃夢もまた〈公教要理〉を懐に忍ばせていた。

「玉様のお心は千々に乱れて夜も眠れぬ日々が続いております。お心が安らかになるまでのしばしの間、わたくしはここに留まりまする」

乃夢ははっきりとひと言ひと言を区切るようにして告げた。

その強い言い方に鷹之助は乃夢が手中に収まらぬ者へと変身してしまったことを感じ、愕然とした。

三月末、大坂城の普請（土木工事）はほぼ完成し、作事（建築工事）方に引き渡された。作事奉行は中井正吉が任命された。正吉は大和法隆寺村に住し、法隆寺の修理修復の大工棟梁であった。

四月一日、正吉は法隆寺村の大工たちを率いて大坂城に乗り込んできた。

これをもって鷹之助は穴太衆と共に大坂城を退去して穴太の郷に籠もった。

（三）

六月二十一日、秀吉軍と徳川・織田信雄軍は勝敗を決せぬまま陣を畳んでそれぞれの自領に戻った。

秀吉が山崎城に入ったのは三ヶ月ぶりであった。


大坂城は中井政吉率いる大工たちによって館が次々に築造されていた。特に秀吉の係累が住まうことになる奥御殿曲輪内の建物は何処よりもはやく仕上がっていた。

七月に入ると秀吉は待ちきれぬようにして山崎城から大坂城に移ってきた。

移ると直ぐに秀吉は杉原家次に織田信雄の所領地である美濃に兵を出すよう命じた。

鷹之助の養子親である杉原家次は福知山城（現京都府福知山市字内記）の城主である。

この命を受けた家次は嫡男の長房を伴って美濃へと軍を進めた。これに対して信雄は家康と組んで家次軍と対陣し、小競り合いをくり返すに到った。

八月十一日、筒井順慶が郡山城で病没した。三十六歳の若さだった。

鷹之助はこの訃報を帰郷先の穴太の郷で知った。根石のことで郡山城を訪れた際、お互い苦労するのう、と呟いた順慶の痩せぎすな姿を思い出した。

順慶の養子、次定は秀吉の許に膝行し、床に額をこすりつけて大和の領地を自分にそのまま引き継がせてほしいと懇請した。

このとき秀吉は、ひと言、

――生駒山より曳いた大石、順慶殿には借りがある――

そう告げて次定に順慶が統治した大和の領地をそのまま引き継がせた。

九月三十日、杉原家次が美濃の陣中で没した。

この報は二日後に穴太の郷に留まる鷹之助に早馬によってもたらされた。

使者の口上によれば、仮葬儀を陣中にて行なったこと、長房が秀吉の命で即日家次の後を継いで領主に任命され、引き続き美濃で陣を張ることになった、とのことであった。

さらに使者は、正式の葬儀は帰陣してから行なうため長房から報せがあるまで福知山には出向くこと不要と申し述べた。

十一月十五日、家次の死もあって秀吉は伊勢桑名で信雄と会見し和議を申し入れた。信雄はこれを即座に受け入れた。

十二月一日、家次の菩提を弔うため鷹之助は福知山城に杉原長房を訪れた。

家次の墓前に詣でた後、鷹之助は福知山城天守閣最上階に長房と共に立った。

この城は明智光秀が、かつてあった横山城の跡地に築いたもので、由良川と土師川が合流する丘陵にある。光秀はこの城を丹波平定の拠点とした。信長を弑逆した光秀が秀吉ら信長麾下の武将に滅ぼされると、杉原家次が城主となって二万石を与えられた。

「父はこの場に立って、鷹之助にこの城の石垣を積み直させる。さて鷹之助ならどんな石垣を築くか楽しみだ、と常々申しておった」

「それも夢に終わりましたな」

「さよう、夢になった」

「夢になったついでにお願いがあります」

鷹之助は由良川に目を移しながら意を込めて言った。

「穏やかならぬもの言いだが」

長房は探るように鷹之助を一瞥した。

「わたくしは義父上によって杉原家の一族に加えていただきました。その義父上は夢の露となって黄泉の国に旅立たれました。もはやわたくしが杉原一族として遇される縁は切れました。義母上はつ様はかねがねわたくしが杉原家の養子であることにご不満です。わたくしが義母上の立場であっても同じように思うでしょう。義兄上が福知山城主となった今、縁組みを解いていただきたいのです」

「この縁組みは父が望んだことでもあるが、その縁を結んだのは、ねね様。それに殿もご承諾されたもの」

「重々存じております。ねね様にはわたくしからお願いしてみるつもりです」

「杉原を離れて如何したいのだ」

「大坂城普請も一段落しました。穴太の郷で石を刻んで過ごそうと思っております」

「吾の一存では決められぬ。後日大坂に出向き、殿とねね様にお諮りしてみる。それでよいか」

長房はあえて鷹之助の願い出に反対しなかった。それは母はつが鷹之助の養子縁組に不満を持っていたことを知っていたからでもある。家次が死去した今、はつが頼るのは実子の長房だけである。その長房が家次と同じように戦さで死ぬようなことになれば杉原家は鷹之助が継ぐことになる。はつには到底受け入れられることではなかった。


十二月十一日、秀吉から鷹之助のもとに「出頭するように」と使いの者が訪れた。

鷹之助は三月末に穴太の郷に戻って九ヶ月、その間、義父の葬儀に福知山まで出かけた以外、郷に居て作左衛門らと石灯籠や石臼を作る日々を送っていた。不意の呼び出しに不安を抱えながら鷹之助は翌日大坂城に向かった。

作事方の中井正吉に引き継がれた大坂城は多くの城館が建ち、様相を一変させていた。

鷹之助は門衛に導かれて奥御殿曲輪の一郭に建てられた広大な館の一室に入った。しばらく待っていると秀吉がねねと共に姿を現わした。その後に杉原長房が神妙な顔で従っている。鷹之助は居住まいを正し、床に額が着くほどに平身した。

「そのように硬くなることはありませぬよ」

ねねのおかしそうな声が鷹之助の頭上をすぎてゆく。鷹之助はその言葉に救われるようにゆっくり顔をあげた。

「長浜、姫路、山崎そして大坂城、おことの石垣普請があったればこそ心おきなく戦さに邁進できた。礼を申すぞ」

秀吉は信雄、家康との間に和議が整ったことに気をよくしているのか穏やかなもの言いだった。

「長房から話は聞いた。穴太で石を刻んで暮らしたいそうじゃの。今さら穴太に引き籠もって石を刻むこともなかろう。どうじゃ、余に仕えぬか」

「秀吉様の？　でございますか」

鷹之助は耳を疑った。

「これはねねの薦めでもある。余の家臣では不服か」

「畏れ多いことでございます」

「ねねが申すには、石垣普請は戦さとおなじ。戦さで手柄を立てれば加増されるのに石垣普請でいくら手柄を立てても加増されないのは公平ではない、とこの余を責めるのだ」

「責めてなどおりませぬよ。ただ黙々と石を積んでいる鷹之助殿に秀吉殿が報いるのはもっとものことと」

「ほれ、このように余を責めよる。そこでねねと話したのだが、家次殿と交わした養子縁組を解いて、余の家臣となし、穴太の郷とその近隣の地をおことに与える」

「石高はおよそ五百石。少ないでしょうがそれで我慢してくだされ」

ねねが秀吉の言葉を継ぐ。

「穴太近隣の地は台所入地（だいどころいりち）といたすゆえ少しは楽になろう」

秀吉は領地を台所入地と知行地の二つに分けて麾下の武将に与えている。台所入地は原則無役、すなわち軍役や夫役（ぶやく）などを担うことはない。秀吉から領地を与えられた諸領主はほとんどが知行地分のみで軍役をはじめ労役など多くの奉仕義務が課せられていた。

願ってもない秀吉とねねの配慮に鷹之助はただただ頭をさげるのみだった。

穴太の郷に戻った鷹之助は今まで共に石垣を築いてきた穴太衆十三名にこのことを告げた。

作左衛門ら十三名は杉原家から俸禄をもらっている。杉原家から離れて鷹之助の家臣となれば鷹之助から俸禄を受けることになる。俸禄を鷹之助の五百石から分け与えれば、杉原家から受けている俸禄の半分にも満たない。

穴太衆十三人のほとんどは妻を娶（めと）り子供もいる。このまま長房のもとで杉原家の家臣として居続けるかあるいは鷹之助の家臣となるか、彼らは迷った。

だが十三名全員が鷹之助の家臣になることになった。そうなった理由（わけ）のひとつが軍役を免除されることだった。鷹之助と共に姫路、鳥取、備中と軍役を果たしてきた穴太衆だったが軍役は郷に残された家族共々、苦渋そのものだったのだ。

（四）

比叡おろしの風にわずかな温もりが混じりはじめた。新緑が山麓を覆い、鶯が稚拙な鳴き声で山間を飛び交う。

百戸余りの穴太の郷に石を削る鏨の音がこだまする。

鷹之助は再び父戸波弥兵衛の家に戻った。弥兵衛は叡山に登ったままで穴太の郷には戻ってこず、乃夢もまた細川の屋敷に行ったきりで音信も途絶えていた。

作左衛門は終日石に向かって鏨を振るい、石灯籠を刻むのに余念がない。大坂城普請で一回り小さく見えた作左衛門は血色もよくなり、なによりも厳しかった表情が穏やかになっていた。作左衛門はどこの郷にも昔から見られる、なんの変哲もない、ただの老人に戻っていた。

穴太の郷に引き籠もると世上の細々した情報は途絶え、大きな出来事や行事だけが人伝に郷に流れてくるが、それとて確かなものとは思われず、まして大坂城の作事（建築工事）の進捗状況など鷹之助の耳には全く届かなかった。

春宵、鷹之助を一人の老人が訪ねてきた。

身なりの整ったその男は通された部屋で鷹之助に会うと、

「お久しゅうござる」

と頭をさげた。細川家の老爺(ろうや)、小笠原少斎であった。

「乃夢殿は随分迷われました」

少斎は唐突に言った。

「迷うとは」

訳がわからないままに聞き返した。

「受洗されるか否か、をです」

それで乃夢が何に迷っているかわかった。

「で、受洗したのですか」

「おそらく受洗なさるおつもりでしょう。乃夢殿は三日前、堺から船で長崎へ旅立たれました」

「長崎ですと」

予想外の言葉に鷹之助は思わず声を高めた。

「ひとりで行ったのですか」

「おそらくは」

「玉様はお止めになりませなんだか」

玉の身の回りを世話するために乃夢は細川屋敷に残ったはずである。

「お室様（玉）の薦めもありました」

「受洗なさるのは玉様の方ではありませぬのか」

乃夢より玉の方がキリストの教義については熱心であったと鷹之助は思っている。

「お室様は受洗なされませぬ」

少斎は鷹之助の言葉を断ち切るように強い口調で否定した。その言い回しは夫興忠の強い恣意がはたらいていることを感じさせた。

「乃夢殿はこう申されました」

船に乗って三日経ったら、鷹之助に自分が長崎に行ったと伝えてほしい、本来なら自分が鷹之助に会って、別れを言わなくてはならないのだが、会えば自分の心が挫けてしまう、だから鷹之助には会わないで行くのだ、と述べたという。

「受洗は大坂でも受けられましょう。何故の長崎行きかご存じか」

「お室様が仰せられるには、乃夢殿は再び大坂の地は踏むまいとのことでした。それ以上のことはわかりかねます」

少斎は軽く首を横に振って、光が届かない天井の隅の暗がりを仰ぎ、

「乃夢殿は鷹之助殿を偲ぶお心が強すぎたのかもしれませぬな」

と呟いた。

天正十三年（一五八五）三月、秀吉が正二位内大臣に任ぜられた。

しかし、この栄誉に秀吉は眉一つも動かさなかった。そんなことより秀吉の胸中は小牧・長久手の戦さで信雄・家康側に加担した佐々成政と根来・雑賀衆をどのように懲罰するかで頭が一杯だった。信雄とは和議を結んだが佐々と根来・雑賀衆とは敵対したままだった。

根来寺は真言宗新義派の総本山で二百余の僧院からなり、南北朝の頃より二万余の僧兵と信徒を擁し、本願寺と密接につながって時々の支配者と抗争を繰り返していた。秀吉の矛先はまず根来寺に向けられた。

三月半ば、大坂城の天守閣が完成した。

三月二十日、天守閣の最上階に登った秀吉は城内のすべてを埋め尽くす四万余の兵を見渡して、根来寺への進軍を命じた。

この時、なお六万ほどの兵が城内には入りきれず、城外から秀吉の進軍命令を待っていた。

羽柴秀長と三好秀次軍が根来寺の支城千石堀砦（現和歌山県伊賀郡岩出町）へ、細川忠興、蒲生軍は積善寺へ、さらに高山右近と筒井定次軍が根来寺に兵を進めた。

根来は全国一の鉄砲製造地で、戦さに備えて根来衆が築いた千石堀砦には膨大な火薬が貯蔵してあった。いざとなれば豊富な弾薬を惜しげもなく使って鉄砲を間断なく撃ちかければ秀吉軍を撃破できると踏んでいた。

翌々日の二十二日早朝、秀長、秀次軍は千石堀砦めがけて大鉄砲を撃ち放った。

撃つこと一刻、突然大音響と共に火薬庫の一つが爆発、間を置かず次々と近接する火薬庫が爆発をくり返した。千石堀砦は原型を留めることなく崩壊、信徒、僧兵はことごとく粉々に吹き飛んだ。爆風で馬もろとも天空に舞い上がり大地に叩きつけられる僧兵の姿が秀長、秀次軍からも遠望できた。

二十三日、秀長、秀次軍は高山右近、筒井定次軍と共になんの抵抗も受けず根来寺を占領した。深夜、寺内の堂塔から出火、翌朝まで燃え続け、大伝法院のみを残して他はことごとく焼失した。ここに根来寺は消滅する。

二十四日、全軍の隊列を整えた秀吉は雑賀に向かう。途中、十万の兵で雑賀の拠点を踏みにじり蹴散らして太田砦（現和歌山県和歌山市太田）を包囲。

これに対し三千余人の一向宗門徒は砦に籠もって迎撃の構えをみせる。

秀吉は包囲したが攻めない。陣中から穴太の郷に使いの者を送って鷹之助ら穴太衆を呼び寄せた。

二日後、陣中に赴いた鷹之助を伴って秀吉は太田砦を見下ろせる小高い丘に立った。

そこからは太田砦の近傍を流れる大門川が手にとるように望める。

大門川ははるか先で紀ノ川に呑み込まれ、大河となって流れ下っている。

「あの砦には三千ほどの僧らが立て籠もっておる。わが軍総掛かりで攻めれば一刻ほどで揉み潰せる。とは申せ死を覚悟した一向宗門徒は侮れぬ。砦を力ずくで攻めればわが軍から多くの死人がでよう。此度の戦さは急いでおらぬ。ゆるりと攻めればよい。そこであの砦の周りに堤を築き、川の流れをせき止めて砦を水浸しにする。おことにその役を命じる。かつて備中高松城の水攻めに堤を築いたおことであれば、此度の堤築造などさしたるものでもあるまい」

穴太の郷は台所入地であり、軍役を免除されているはずであったが、秀吉はそのことをまったく忘れているようだった。

「人足の手当はついているのでしょうか」

「わが軍十万を使え。どの将の兵を使おうと構わぬ。みな退屈しきっておる。堤造りは急がなくてよい。ゆるゆるとな」

この頃より秀吉は〈衆を以て寡を圧倒する〉軍略が顕著になってくる。三千余の一向宗門徒に十万の軍。それでも無理攻めをせず相手がその数に圧倒され戦意を失うことを待つ。明らかに信長の軍略とは反対であった。

翌日、鷹之助は秀吉の名で全軍から堤構築に加わる者を募った。たちまち八万を超える兵が先を争って応じた。そのはずで堤構築に加わらなければ秀吉の覚えが悪くなることを秀吉麾下の領主らは十分心得ていたからである。機嫌を損なえば領地替え、あるいは領地没収にもなりかねない。領主たちが自分の家臣たちに堤築造にひとり残らず加わるよう命じたのはもっとももなことと言えた。

作業は砦の一向宗門徒に当てつけるように進められた。砦から作業を妨害するような攻撃は一切無かった。八万もの兵を見せつけられれば一向宗門徒の戦意は萎える一方だった。

秀吉に戦う気はない。砦から見えるところに陣屋を移し、そこで連日酒盛りと歌会を開いて時を稼ぐこと一ヶ月。

四月二十二日、ついに白旗を掲げた一向宗門徒らが秀吉の軍門に降った。秀吉軍に一兵の死人もでなかった。

秀吉によって平定された紀伊雑賀は弟の羽柴秀長が治めることになった。同時に秀吉は筒井定次の領地、大和を取り上げ、これも秀長に治めさせた。その上で秀吉は定次を大和一国から伊賀の上野に転封した。定次の石高は激減したが、秀吉の命に従うしかなかった。もはや大坂城へ搬送した巨石の功など役に立たなくなっていた。

　これで小牧・長久手の戦さに加担した伊賀、雑賀に一応の決着をつけた秀吉は佐々成政の処分を後まわしにして四国の長宗我部（ちょうそがべ）元親の平定に全力を注ぐことになった。ここでも秀吉は〈衆を以て寡を圧倒する〉策をとる。

　六月三日、秀吉は二十万の兵を大坂城から進軍させた。

　この時、秀吉自身は病を得て、総軍の指揮を秀長に任せ、秀長の補佐役として三好秀次をあてた。秀長は二十万の兵を三手に分けて阿波に向かう。一軍は宇喜多秀家・蜂須賀正勝・黒田官兵衛が兵を率いて屋島（現香川県高松市）に、二軍は小早川隆景・吉川元春に率いられた兵が伊予（現愛媛県）へ、そして秀長自らは秀次と共に阿波（現徳島県）へと兵を進めた。

　元親は阿波白地城（現徳島県三好市池田町）に主だった家臣を集めて秀吉軍とどう戦うかの軍議をこらした。家臣たちは二十万の軍に仰天し、戦意を失う。誰ひとり秀吉軍と戦う、と具申する武将は居なかった。

　恐らく元親も戦さに勝ち目のないことはわかっていたのだろうが、四国を取りあげられるのを座視することなどできるはずもなかった。

　元親は四国全土を安堵（あんど）してもらうよう嘆願書を家臣の谷忠兵衛に持たせて羽柴秀長の陣に赴（おもむ）かせ

た。秀長はこの嘆願書を京で療養する秀吉へ送る。

三日後、秀吉からもたらされた封書の中には破られた元親の嘆願書が入っていた。

忠兵衛はそれを持って元親の許に戻った。

秀吉の真意を知った元親は自身の命に代えて長宗我部の存続と民の安寧を秀吉に再度申し出ることに腹を決めた。この時、元親四十七歳であった。

翌日、元親と忠兵衛、それに介添えの武士一名が白地城の天守閣最上階にのぼった。

「わたくしが黄泉の国への先導をお務め申します」

忠兵衛は平身して元親を仰ぎ見た。

「忠兵衛の先達（せんだつ）があれば黄泉への旅も楽しかろう」

「御意」

忠兵衛の目に涙が光る。

元親と忠兵衛は白装束、介添えの武将は襷（たすき）を掛けて二本の刀を携（たずさ）えている。白地城は静まりかえって人の姿はない。

忠兵衛は持参したお香に火を点け、香立てに据えた。元親は昨夜、眠れなかったのか憔悴した表情でお香から立ちのぼる一筋の紫煙に目をやる。そうして時が流れた。

「いざ」

介添えの武士がたまらずに一声を発した。

「まずはわたくしが先に参ります」

忠兵衛は単座すると懐を割って片端に置いた短刀を手にして鞘を払った。白装束の袖で白刃を巻く。

「お待ちしております」

そう忠兵衛が告げたとき、天守閣最上階の階段を無遠慮に踏みならして上がってくる人の気配がした。

「お待ちくだされ、お待ちを」

転がり込むようにして入ってきた武人の手に封書が握られていた。

「ただいま、羽柴秀長様からの使いの者が参られ、これを持参いたしました」

武人は荒い息を吐きながら元親に封書を差し出した。

「忠兵衛、しばし待て」

そう言って元親は封書を破るが如くに開いた。

「秀吉公からのお文だ」

元親は呟くと文面に目を通す。短刀を握ったまま忠兵衛は元親を凝視する。元親の手がかすかに震えている。

「秀吉公が和議に応じたぞ」

元親はそう呟いて床に崩れるようにして座すと、文を忠兵衛に渡した。

文には、一度は元親殿の首をとって四国を自分の領地とすることにしたが、弟秀長の再三の忠告に従い、元親殿の和議を承諾することにした。ついては土佐一国を安堵するので、承知願いたい。もし不服であるなら、戦さ準備をするがよかろう。決して止めはせぬ。承知であったら、元親殿の息親忠殿を秀長の陣中に届けられよ、と認(したた)めてあった。

天下を統(す)べるには「名」と「実」が揃わなくてはならない。「実」は四国を統治下においたことで結実しつつあった。だが「名」については秀吉には大きな引け目があった。

貧しい百姓の出、という引け目である。

病癒(い)えた秀吉は右大臣菊亭晴季(はるすえ)を動かして藤原氏しか就けない関白職を自分(おのれ)に与えるように朝廷に働きかけた。この時関白職は空白で、二条昭実(あきざね)と近衛信輔(のぶすけ)が争っていた。そのことを知って秀吉が動いたのである。秀吉の働きかけに帝(みかど)は困惑する。関白職は藤原一族が就くことが恒例化している。二条家も近衛家も藤原一族である。帝はこのゆえをもって秀吉の申し出を断った。

このときほど秀吉は「名」すなわち名族の出でないことに引け目を感じたことはなかった。

そこで秀吉は「名」を得るため前(さき)の関白である近衛前久(さきひさ)に莫大な賄(まいない)を送って前久の養子におさまった。

羽柴秀吉から藤原秀吉となったのである。

これを知った帝は驚愕したが、こうなっては秀吉の望み通り、関白職を認めるしかなかった。

七月二十一日、藤原秀吉は従一位関白に任ぜられた。

それに伴って妻であるねねの呼称を「北政所(きたのまんどころ)」、母なかを「大政所(おおまんどころ)」と呼ぶよう周知させた。平安期、藤原摂政関白の正妻の敬称に習ったのである。つまり秀吉は平安中期の藤原摂生政権を模したのだった。

ところが秀吉は民衆の不快な噂を耳にする。

秀吉が〈藤原〉姓を名乗ってまで関白の職を手に入れたのは秀吉らしくない、まるで〈武家クルヰ〉である、という噂である。

聞いた秀吉は激怒した。だが一方で民衆の噂に共鳴するところがあった。秀吉の胸中には〈藤原〉姓は借姓であり、卑屈、の二文字がこびりついていた。

そこで秀吉は大勢の知者を呼んで〈藤原〉姓について忌憚（きたん）のないところを述べさせた。

その結果、新姓を新たに帝から賜（たまわ）るのが秀吉らしいとの意見が多かった。知者たちが選定したのは〈豊臣〉であった。

九月九日、秀吉は豊臣姓を帝に奏聞し、勅許を得た。

秀吉は木下から羽柴、藤原、そして豊臣へと姓を変えることとなった。戦国期にあって姓を四度も変えた著名の武将はいない。秀吉の出自が百姓であったがゆえの改姓であることは明白であった。

第四章　大坂城・二の丸

（一）

真っ直ぐにのびた大路の彼方に大坂城天守閣が寒空にくっきりと浮かびあがっている。

五層からなる天守閣外壁は黒漆塗りの下見板と黒漆喰で塗り込められ、縁は金の金具で飾り立てられている。

なかでも城下の人々の目を奪ったのは、望楼（最上階）の外壁と欄干下に描かれた一双の鶴と虎であった。羽を広げた鶴が今にも飛びたとうとしている姿と、精悍な虎が大きく張り出した屋根を軽妙に走る姿が、黒漆の壁に浮き立って黄金色に輝いていた。

各階の屋根は青味がかった色の瓦で葺かれ、破風（装飾を目的に屋根につけられた三角形の小屋根）を所々に設けている。最上階の屋根に据えた黄金の鯱は、城を振り仰ぐ人々の目に天空を泳ぐかのように見えた。

城下は生玉筋中寺町、八丁目寺町などの町名がつけられているが、人々は近隣に建てられた領主の名や官職名を町名に代えて呼んでいた。細川越中守忠興の屋敷が建っている城南地区は越中町、小出伊勢守吉親の周囲は伊勢町、筒井順慶屋敷近隣の順慶町、さらには堀久太郎秀政の久太郎町などである。

築城当初は二十余りの領主や武将たちが屋敷を建て始めたばかりで、あちこちに空き地が目立っていたが、今は城周りに豪壮な屋敷を構える領主が増え、その隙間を縫うようにして商家が空き地を埋めつくしていた。

城東部には加藤清正、蜂須賀、堀、筒井など、城南地区には前田利家、黒田官兵衛、織田有楽斎（信長の弟）、西部には宇喜多秀家、鍋島勝久などが覇を競うがごとく広大な屋敷を造っていた。


鷹之助は城下をゆっくりと歩いていた。前方に大坂城が黒々と聳え立っている。櫓や塀の上に抜き出るようにして天守閣の石垣が見える。石垣の一つ一つの石が豆粒ほどの大きさにしか見えない。

城から南に向かって大きな路が二本通っている。谷町筋通りと上本町筋通りである。築城当時は通り名も付いておらず未整備のままで昼夜を分かたず人馬が引きも切らなかったが、今はきれいに掃き清められ轍の跡には絶えず土が盛られて整備が行き届いていた。

通りの両側に町家が建ち並び、屋内が見えぬよう戸口には暖簾がかかっている。壁は網代、板葺の屋根には風に飛ばされないように石と格子状に組んだ竹が乗せてあった。網代とは竹や葦またはヒノキ皮を素材として縦横に編んだものでこれを家の垣や壁材としていた。

路上には木売り、芋売り、燈心売り、米売り、蕪(かぶら)売りなどが、それぞれかつぎ棒で売物を運び、往来の人々に声を張りあげている。

子供らが雑踏を巧みに避けながら喚声をあげて駆け抜けていった。

見事なほどの青洟(あおばな)を垂らし、寒風をものともせず、薄着一枚、下半身裸の童(わらべ)が大声をあげて鷹之助のそばを通り抜けていく。童の股間にこびりつく一物が風に晒(さら)されて小さくちぢかんでいる様を見て鷹之助の顔がほころんでくる。

久し振りに味わううららか光景だった。歩くにしたがって城が目の前に迫ってくる。道筋は町家が少なくなり、高禄の武士(もののふ)や領主の屋敷が多くなった。

鷹之助は城の大手口へと足を早めた。

秀吉から登城せよ、との命が届いたのは、天正十三年の暮れも押し迫った十二月二十三日であった。

鷹之助は大手口から空堀を渡って城内に入り桜門に向かう。

城内に館、櫓(やぐら)、蔵、土塀などの建築物が建ってみると武骨だけの石垣の姿は一転して豪壮で華麗な景観に変わっていた。

桜門を過ぎると贅(ぜい)を凝(こ)らした唐風の大門が目に入った。これから先は表御殿曲輪(くるわ)となる。

大門には数名の番卒が待機している。名乗ると番卒の一人が先に立ち鷹之助を奥に導いた。

表御殿曲輪には多くの政務庁舎が建てられていた。

番卒は鷹之助を〈御対面所〉と呼ばれるひときわ大きな館に導いた。

「関白様がお部屋でお待ちです」

番卒は腰を折って告げると逃げるように大門に戻っていった。鷹之助は館内に入った。そこに茶坊主が控えていて、心得顔に鷹之助を奥に導き、広い部屋の前まで来ると、

「ここでお待ちください」

と告げ、足音も立てずに下がった。

部屋は二百畳もあろうかと思われる広さで、そこに羽柴秀長と黒田官兵衛が姿勢を正して座っていた。鷹之助は無言で両名に低頭し官兵衛の下手(しもて)に座った。

「兄じゃの直臣になったとのこと。なにより。変わりはないようだな」

秀長が笑顔で鷹之助に話しかけた。

「秀長様こそ」

と返した時、

「待たせたの」

正面奥から秀吉が供も連れずに現われると、三名の前に敷かれた金色の大きな座布団に胡座(あぐら)をかき、無言で手招きした。鷹之助らは膝行(しこう)して秀吉の近くに寄った。

「根来への出陣の折、大坂城に兵を集めたが四万の兵しか入れなんだ。余は三十万余の兵を統率しておる。そこでじゃ、今の城を五倍、いや十倍にいたさねばならん。すでに官兵衛に命じて縄張図は仕上がっておる。此度(こたび)は普請総奉行に秀長を申しつけた。鷹之助には穴太普請奉行と掘り方の奉行を申しつける。官兵衛、縄張図を鷹之助にみせてやれ」

鷹之助には唐突な話であったが、秀吉の口振りからすると秀吉と秀長それに官兵衛の三者では大坂城拡張工事の打ち合わせがすでに何度も行なわれていたようだった。

官兵衛は懐から折りたたんだ縄張図を取りだし開いて鷹之助の前に置いた。

そこに描かれていたのは今ある大坂城の外周に新たな平地を造成し、その外郭部に幅広の水堀を巡らすというものだった。図面には現大坂城を「本丸」と呼び直し、拡張する平地を「二の丸」と呼ぶように描いてあった。

二の丸の規模は本丸の七、八倍にもなる膨大な広さであった。

石垣や水堀等の普請（土木工事）に一年、館や楼、櫓、倉などの作事（建築工事）に一年半という期限が秀吉からの命令だった。

「わたくしは百姓あがり。土に馴染みはあるが石のことはさっぱりでの。石垣普請のこと重々頼みますぞ」

秀長は口の端に笑みをたたえたまま柔らかな口調で鷹之助に頭をさげた。

「おことはいつまでも土臭くて困ったものじゃ」

秀長に苦言を呈した秀吉であったが秀長に注がれる眼差しには信頼と親しみが宿っていた。

大坂城二の丸普請が公になると秀吉麾下の領主、武将は競って普請の助役（手伝い）を申し出た。その数は五畿七道、四十一領主に及んだ。

五畿七道とは畿内五国と東海道、東山道、北陸道、山陰道、山陽道、南海道、西海道のことである。

これら四十一領主がこぞって大坂城二の丸普請を申し出たのである。それは秀吉が押しも押されもせぬ天下人となったことを万人に報しめることになった。

（二）

天正十四年（一五八六）一月五日、鷹之助は穴太の郷から奈良、東大寺に向かった。

翌日、東大寺に着くと伴豊雄という壮年の男に会った。豊雄は東大寺の図師集団を束ねる頭領である。

図師の頭領を訪ねたのは大坂城二の丸築造にあたって、現地を正確に測る必要があったからである。実測の技は穴太衆も会得していたが、広大な二の丸予定地内には多くの町家や領主の屋敷が建っている。その家屋を撤去するには二の丸の区画線を正確に出さなくてはならなかった。穴太衆の測量術では、そこまで正確に測ることは難しかった。

古来より地形を測る術として三つの測量法が伝えられている。

一つは、開田・開墾に欠かせない灌漑用水路の高低を測る水準測量。

二つは、寺院の伽藍中軸線の方位を決定するための天体測量。

三つは、都の条坊を築造するにあたっての直角と直線を決める平面測量である。

奈良時代、これら三術を会得したものを算師と呼んだ。それがいつの間にか図師と名を変え東大寺でその術を伝えていた。

鷹之助の協力要請を聞いた伴豊雄は、快く引き受けてくれたうえで、

「戸波様の尊父が叡山の再興をするためにわたくしども図師の力を借りたいと、ここに参られました。あれからもう四年も経ちますが、弥兵衛様はご健在か」

と訊いた。

「父は叡山に籠もったきり、穴太の郷には戻ってきておりませぬ。しかしながら便りがないところを思えば、父は叡山再興に日夜邁進しているのでしょう。伴様には親子二代にわたってご指導をいただくことになりました」

二日後、伴豊雄は十名の図師を伴って大坂城に赴いた。

豊雄らは大坂に着いたその日、二の丸予定地を見て回った。そして翌日から官兵衛の画いた縄張図をもとに二の丸予定地の測量をはじめた。

物珍しさもあって、鷹之助は豊雄たちの測量作業を注意深く見守った。穴太の郷で古くから伝わる測量術と比べるとなにもかも違っている。

特に違ったのは、地表に針山が出現したかと思えるほどたくさんの木杭を打ち込んだことである。杭は長さ一尺五寸（四十五センチ）ほど、太さは一寸ほどである。これらの杭で地表の高低差、面積を測るようだった。打ち込まれた木杭のなかに、赤く塗られたやや大きめの杭が混じっている。

「あの赤く塗られた杭は？」

鷹之助は豊雄に訊いてみる。

「基準杭と申します。すべての杭の位置と高さはあの基準杭を基(もと)に数値で表すことになっています」

そう言って豊雄は数値を書き込んだ〈野帳(やちょう)〉と呼ぶ冊子を鷹之助にみせた。細かい数字がびっしりと記入してある。それを見ているだけで鷹之助は頭が痛くなる。

七日後、豊雄は二の丸予定地の測量図を鷹之助に届けると、十名の図師と共に東大寺に戻っていった。

鷹之助は官兵衛が画いた普請図と豊雄が残していった測量図を比べてみた。様々な箇所で大きな誤差があらわになった。特に家屋が建ち並んだ地区は官兵衛が示した範囲を大きく越えていた。

坂本城、長浜城、安土城、姫路城そして山崎城、それらの縄張（土木設計図）はおおよその外郭線をあらわしているに過ぎない。縄張図を基に地表に縄を張り、城域を決めていくがほとんど縄張図通りにはならない。それが当たり前だった。ところが豊雄ら図師が作成した縄張図は精緻(せいち)を極め、現地で縄を張ってゆくと、縄張図と現地に寸分の狂いもなかった。

鷹之助はこの縄張図をもとに石垣の総延長、石垣高さ、石の必要総個数、堀の掘削総土量、必要な材料、人足等などを穴太衆四十名と共に算出した。算出が終わるまでに五日間を要した。

その概要は次のようなものである。

一　城郭規模
・堀幅

四十間（七二メートル）

・石垣築造高さ

十一間（二十メートル）から十七間（三十メートル）

・石垣平均高さ

十二間（二十一・六メートル）

・石垣総延長

四千四百間（七千九百二十メートル）

・石垣坪数（石垣平均高さ×石垣総延長）

五万二千八百坪（十七万四千二百四十平方メートル）

・石垣用野石総数

六十九万個

・栗石（石垣裏込め用小石）総数

二百五万個

二　立ち退き対象家屋

大名屋敷五家、商家百余棟、町人（まちびと）住宅七百余棟、倉庫など二百余棟

三　採石場

未定

四　人足数

一日当たり七万人（工期一年）

五　人足小屋と材料収納倉庫

人足小屋二千八百棟

倉庫および便所二百棟

この概要書は直ちに普請総奉行羽柴秀長に提出された。

それから三日後、秀長は鷹之助と作左衛門を自邸に呼び出した。

秀長の邸宅は本丸奥御殿曲輪の一郭に建てられた大きな平屋で、通された部屋には二つの座卓が用意され机上には半紙と硯（すずり）、筆などの筆記用具が置かれて、そこに三人の右筆（ゆうひつ）（書記）が控えていた。

「よくぞまとめてくれた。疲れたであろう」

待っている二人の前に現われた秀長は部屋に入ってくるなり慰労の言葉をかけた。秀長の心配りに鷹之助は救われる思いがする。

「それにしても城石の数は膨大。一体どのようにして算出したのか」

秀長は鷹之助が提出した概要書を前もって読んでいたらしく頁をめくり、該当する項目を開いた。

「石垣用野石の寸法は差し渡し一尺から二尺（三十〜六十センチ）、奥行き半間（九十センチ）ほどでございます。この寸法の野石で一坪の石垣を築くには十三個が必要となります。長浜城、安土城そして大坂城本丸もほぼ同じ使用個数でした。となれば此度（こたび）の二の丸に用いる野石の数は石垣の総坪数五万二千八百坪に坪当たりの個数十三を掛けた数となります。それが六十九万個の算出根拠でございます」

　鷹之助の説明に秀長は表情を変えずしばらく黙っていた。だが膨大な数を当てずっぽうで出したのではないことがわかったのか頷いて、

「では栗石二百五万個の根拠は」

　と訊いた。

「栗石は主に石垣の隙間を詰めるのに用います。ほかに石垣背面の水はけ用、さらには普請するにあたり仮に敷く道などに使います。その数は石垣用野石の数の三倍ほどを要します。したがって六十九万個の三倍で二百五万個ほどになります」

　その数はもはや秀長が自分の頭の中で思い浮かべられる石の量をはるかに超えていた。そしてそれだけの石数を長浜、安土、姫路、大坂城本丸の四城普請の経験値から易やすと算出してしまう鷹之助の凄さを秀長はあらためて認識した。

「さてそれらの石をいずこより調達すべきか。この概要書では採石場は未定になっているが」

　秀長は思案気に眉を寄せた。

「暮れから正月にかけて穴太者を和泉、山城、大和に送り、石採りの地を探しましたが未だ見い出せぬままでございます」

「土佐の長宗我部元親殿は自領より船にて石を運びたいとの申し入れ。助役領主が自領内で調達するのがよいのではないか」

「土佐は良港を持っております。室戸岬から阿波の蒲生田岬さらに淡路島の東岸に沿って漕ぎ渡れば

摂津の港へはさほどの労もなく運べましょう。しかし港を持たぬ領主が自領で石を調達し運搬するとなると陸路しかございませぬ。これは難儀この上なく、領民の労苦ははかりしれませぬ。長宗我部様のご要望をお受けになれば、功を挙げんと雪崩をうつごとく、多くの領主もこれに習いましょう。遠国で陸路に頼るしかない領主の出費は如何ばかりか。どうか秀長様の一存にて何処ぞに採石場をお決め願えませぬか」

「和泉、大和、山城に見当たらぬとすれば、残るは河内と摂津」

「本丸普請で河内、摂津の採石場より運び出した石は膨大なもの。足場の良いところはすべて採り尽くしております」

「足場が悪いなら整備すれば済むこと。採石場は引き続き摂津と河内」

迷いなく言い切った秀長は、

「家屋一千棟の立ち退き期限を訊きたい」

と次の項目に移った。

「猶予期間は七日間と考えます」

鷹之助は即座に答えた。

「領主や商家はすぐに立ち退かせるとしても、しのびないのは町家七百棟」

「町家についても即刻の立ち退きを命じてくださること肝要かと」

町民たちは財をなげうって城下に家を建てたばかりである。それを取り壊して、また家を建てる余力など残されていない。それを鷹之助が知らぬわけではない。それでも敢えて町民立ち退きを秀長に頼むのは、立ち退いてもらわねば二の丸普請は一寸先にも進まないからである。

「わたくしは百姓あがり。家をたたんで引っ越す苦しさは重々承知している。さて、どうしたものか」

秀長の穏和な性格は生涯変わらなかったという。異父兄秀吉が権力の中枢に近づけば近づくほど尊大になるのに反して秀長は謙虚で周囲との和を一層重んじるようになっていく。

しばらく逡巡していた秀長は、

「領主や商人（あきんど）たちには即刻、家屋を撤去し更地にして立ち退（の）いてもらう。町民も立ち退いてもらうが町家はそのまま残してもよいことにする」

と告げた。

「立ち退いた町家はどなたが取りはらうのでしょうか」

夫役人足（ぶやくにんそく）に命じて撤去させてもかまわない、と思いながら訊いた。

「堺町奉行の松井友閑殿に頼んで堺より撤去費用を捻出してもらおう」

堺と聞いて鷹之助は今井宗久の顔を思い出した。宗久には本丸普請のおり、石運搬船の提供を受けた恩がある。おそらく秀吉に命じられれば堺は町家解体を無償で引き受けざるを得ないであろう。それでは宗久に顔向けできない、と鷹之助は思った。

「堺に引き受けてもらうとなれば、撤去の費用も莫大なもの。そこで少しでも堺の負担を減らすため、普請場の糞尿を堺に供して頂けませぬか」

普請場で働く人足らが日々排出する糞尿は夥（おびただ）しい量である。田畑の肥料として貴重な糞尿は商取引の対象であり大きな利潤をうむ。

「確かに七万人の人足が放(ひ)り出す糞尿は馬鹿にならぬ。堺に糞尿の差配を任すとしよう。さてその七万の人足数だが、七万と決めた根拠(わけ)は」

「本丸普請では一坪の石垣を築くのに延べ四百人ほどの手が掛かっておりました」

「わずか一坪にかほどの手間が掛かっていたのか」

　秀長は心底驚いたようだった。

「一日五刻（十時間）の就労を目安にして算出したものでございます。採石場での石の掘り出しと切り出し、積み込み、運搬、仮置き。二の丸普請の土の削平、堀の掘削、土砂の搬出入と処分、それに石置場から二の丸普請場までの仮路(かりみち)の設置撤去、石の運搬、石垣築造など全てを含んでの手間掛かりでございます。石垣の総坪数は五万二千八百坪、すなわちこれに四百人を乗ずればおよそ二千百十二万人の延べ人数となります」

「なんとも膨大な人数」

　秀長はため息とも驚きともつかぬ声をあげた。

「二の丸の普請期間は一年間。一年の間には雨や雪の日があります。それらを除けば就労の日数(ひかず)は三百三十日ほど。これをもとにして算出すれば一日の人足数は六万四千人、それに差配や食事、調整役などを加えると一日およそ七万人の出面(でづら)が必要かと存じます」

「七万の人足を普請に与力する五畿内七道の四十一家に割り振る、そういうことか」

「割り振るには各領主に不満が起こらぬようにしなくてはなりませぬ」

「すでに各領国の石高を右筆(ゆうひつ)に書き写させてある」

秀長は右筆に領国と石高を列記した紙面を持ってこさせた。

「領主四十一家の総石高は八百五十万石、国数は三十七国」

秀長は紙面を見ずに諳んじて、それを鷹之助の前に置いた。紙面には、

畿内五国　摂津、河内、大和、和泉、山城　百四十万石
東海道三国　伊賀、伊勢、志摩　六十八万石
東山道三国　近江、美濃、飛騨　百三十五万石
北陸道五国　若狭、越後、加賀、能登、越中　百五十二万石
山陰道七国　丹波、丹後、但馬、因幡、伯耆、出雲、石見　九十六万石
山陽道八国　播磨、美作、備前、備中、備後、周防、安芸、長門　百五十八万石
南海道六国　紀伊、淡路、阿波、讃岐、伊予、土佐　百三万石

と明記されていた。

「石高に応じて人足を割り当てよ、との兄じゃのご下命」

「百二十石に一人の割合で人足を徴用すればよいことになります」

右筆の一人がすでに算出してあったのか淀みなく告げる。

「わたくしの領国大和はおよそ四十五万石、何人になるのか」

秀長は右筆に訊いた。

「三千七百五十人かと」

　やや経って右筆が答えた。

　秀長はわずかに頷いただけで、

「ところで石高に応ずる割り当てだが、普請場に近い畿内と比べれば西国、四国など遠国から送られる領民の労苦は大変なもの。これを鷹之助殿は如何(いかが)思うか」

　と質(ただ)した。

「遠近を慮(おもんぱか)って人足数を増減するのはかえって諸領主の不満を増すと思われます」

「不満は増すかの」

「遠近は一概に決められませぬ。越中や丹後のように陸路での往還と、土佐や阿波のような海路での行き来は、同じ遠路でもその難儀さが異なります。さらに丹後の細川様、加賀の前田様らは本丸普請で、数々の功績がおありです。土佐の長宗我部元親様や新たに加わる毛利輝元様などに遠国の故をもって人足数を減ずれば、おそらく多くの領主から不満の声が挙がるは必定。石高のみで人足を割り振ることが賢明かと存じます」

　鷹之助が反対したのはこの理由だけではなかった。遠国の領主たちのなかには、自領で人足を徴用せずに大坂界隈に流れ込んできた流浪民を金銭で雇うこともあるかもしれなかったからである。

「石高のみで決めるとして、さて石垣の丁場割り（工事工区）がまた難儀。腹案があったら聞かせてほしい」

「公平を期し、いずこからも不服なき方策は籤(くじ)にてお決めになるのが最良かと存じます。幸い本丸普請の石垣と異なり、二の丸普請はどこの丁場にても難易の差はそれほどありませぬ」

各領主の得手不得手を調べ上げ、国情を勘案し、さらに領主の意向を汲み上げて普請の丁場割りを決めるとなれば、そこには自ずと優劣の順位がつく。優劣はそのまま領主の評価になり、減封、転封に繋（つな）がりかねない。ならば作為（さくい）が入り込めない籤（くじ）に頼るのが最良だ、と鷹之助は考えていた。

「籤とは思いのほか。だが言われてみれば妙案。籤にいたそう。さて次は人足小屋二千八百棟にうつるぞ」

すでに打ち合わせを始めてから一刻（二時間）ほどが過ぎていたが、秀長は休もうともせずに続けた。

「人足小屋は二間に十間、建坪二十坪。一棟に二十五人が寝泊まりします。七万の人足を収容するには二千八百棟を用意せねばなりませぬ」

長浜城、安土城それに大坂城本丸築造の時も人足小屋は同じ広さである。その人足小屋に一時期三十人を寝泊まりさせたら人足間での諍（いさか）いが極端に増えた。このことから鷹之助は二十坪の人足小屋には二十五人が限度であると考えていた。

これで鷹之助が提出した概要書の説明は終わった。一息入れようと鷹之助が膝を崩そうとした時、

「ではこちらから、そのほかの普請に関わる諸々について話す」

秀長は疲れも見せずそう言うと右筆に命じて数枚の書面を持ってこさせ、それを鷹之助に渡した。

そこには次のような項目が記されていた。

一　諸役

御城内御用	公事（くじ）訴訟
御石役	城石の管理
御進捗（しんちょく）役	石垣普請の進捗（工程）管理
穴太調整役	石垣の仕上がり面の整合・精査・指導
御町奉行	城下で普請人足が引き起こす諸難事の差配
大記録	何事によらず見聞したことを記録、普請奉行に日々報告
万（よろず）奉行	普請に用いる諸道具の請取（うけとり）請渡しおよび管理
小目付（こめつけ）	人足の油断（失態）あれば大目付への報告
大（おお）目付	小目付の上役、小目付の報告を吟味し、総奉行および奉行に報告
右筆	普請奉行の伺い書、指示書等の筆記および管理
見廻り番	普請場の警備
火之廻り番	普請場の火災防止

二　御法度（ごはっと）

普請場には無用な者を入れぬこと。
普請場へは刀・脇差を持ち込まぬこと。
普請場での喧嘩・口論があった時は侍も人足も小屋からは外へ出ぬこと。
喧嘩をしたる者は善悪にかかわらず両成敗とすること。

普請中の振る舞い合い（遊行）を禁ずること。

他藩との寄り合いを禁ずること。

善悪とも世間の評判をしてはならぬこと。

傾城（遊女）くるいは一切停止すること。

衣装から頭のつくりまで派手なことは一切まかりならぬこと。

町中に火災が起きても、火事場に行くことを禁ずること。

御城内に出入りする女中、下女等に一切の手出し無用のこと。また話しかけることもならぬこと。

三　組頭御役

穴太普請奉行の指示には違背せぬこと。

人足の安全と病に万全を期すこと。

日々の作業予定を立て、滞りなく進捗させること。

人足小屋の外に風呂を用意し、他所の風呂へは行かせぬこと。

身分の上下を問わず、毎日出勤を点検すること。

病で普請に出られぬ者ある時は、検使を遣わし病状を見とどけさせること。

就労時刻、卯の刻（午前六時）から酉の刻（午後六時）を厳守すること。

普請場内の清掃、整理に心がけること。


の三項目であった。

「七万の人足たちが諍いをおこさず普請に励んでもらうには上に立つ者の役どころを明らかにして責任の所在をはっきりさせなくてはならぬ。諸役は鷹之助殿の意向を取り入れたものとなっているが、なにか付け足さねばならぬものはあるかの」

鷹之助はしばらく紙面に目を落としていたが、

「御城内御用は難しいお役と心得ますが」

と、ため息ともつかぬ声で呟いた。

御城内御用に持ち込まれる訴訟（公事）のほとんどは領主と領主でのぶつかり合いで双方引くに引けぬものばかり。五百石取りの鷹之助では仲裁しきれない。

「このお役、任に就けるお方はただ一人。秀長様が御兼務なさる以外ございませぬ」

鷹之助はためらわずに言った。

「そう申すなら引き受けよう」

いとも簡単に秀長は引き受け、鷹之助の懸念を払拭した。

御石役に穴太者五名、御進捗役は戸波作左衛門に決まった。

穴太調整役とは各領主が受け持った丁場の石垣と石垣の出合丁場での不具合を調整する役のことであり、その役には穴太衆のなかから手練れの者を充てることにした。

「さて御法度だが、これは人足に厳しからず緩からずが肝心と心得るが鷹之助殿はいかに」

「秀長様の仰せられるとおりでございます。ただ就労規則を破った人足の刑罰がこの書面には記載してありませぬが」

「人を裁くのは難しいものじゃ。人足は三十余国から普請場に集まってくる。人足らの風習、お国訛り、装束、風土、何もかも異なろう。同じ過ちを犯してもその国々で罪科の重さは異なる。そこで就労規則に反した人足の刑罰については各々の領主に任せることにした。兄じゃの名において一律に刑罰をくだすのは反感を買うだけで益はない」

秀長はとつとつと思うところを述べた。

「さて残ったのは四十一家が送ってきた選りすぐりの組頭のこと。おそらく、組頭らの扶持（俸給）は鷹之助殿よりはるかに高いであろう。武士の悪い癖で人の軽重を扶持の多寡で推し量ろうとする。そのこと鷹之助殿は今までの城普請で何度も苦々しく感じていたのではないか。そこで此度は組頭が穴太普請奉行の統制下にあることをはっきりと明文化した。これで鷹之助殿は動きやすくなるはずだ」

細やかな秀長の気配りに鷹之助は感謝した。

おそらく普請総奉行が秀長でなく他の者であったなら、鷹之助の立場など歯牙にもかけずに右筆にすべてを任せ、細々した煩わしさから一歩間を置いた立場で対応したに違いなかった。

事実、本丸普請の折、総奉行の浅野長政は戦さの連戦で普請に傾注できる余裕がなかったことにもよるが、ほとんど鷹之助との打ち合わせはなかった。今更ながら秀長の誠実さに鷹之助は頭が下がる思いだった。

一月十五日、御町奉行配下の役人が二の丸予定地に建っている家屋の人々を路上に集めて、七日の猶予を持って立ち退くよう命じた。

　領主五家は即日から大工や家臣を送り込み、屋敷を解体して二日後には新たな地に退去。商人たちも四日後には商家を跡形もなく解体し更地にして立ち去った。

　立ち退き対象家屋の町人たちは新たな土地を与えられたが、家を建てる財力などあるはずもない。そこで堺衆が送り込んできた大工たちが家屋を解体し、木材を一つ残らず代替地へ運んで再築した。期せずして町家の移転は町人の負担なくして七日後には完了した。


　二十日、二の丸予定地内に人足小屋が建ち始めた。同時に膨大な普請用資材も搬入され、一月末には二千百棟の普請人足小屋と共同の水場、便所の二百棟が完成した。

　人足小屋が完成すると三十七ヶ国、四十一領主の地から人足（領民）、足軽、武士が到着し始めた。

　人足の賄(まかな)いをする女たちや生活必需品を供給する商人たちが近郷近在から集まり、大坂城下は再び活況を呈することとなった。


　二月一日卯の刻（午前六時）、二の丸予定地の寅（東北東）の方角にあたる地に秀長、鷹之助、穴太衆と四十一家の組頭、それに一万人ほどの主だった人足が参集した。

　周囲に紅白の幕を巡らし、赤飯を山盛りした平桶三十個と酒五百樽、肴(さかな)をうずたかく盛った盆五百枚などが置かれていた。

　中央には人の背ほどの高さに白砂が山状に盛ってある。

猩々緋・黄更紗・浅黄などの袖無し羽織に赤黒・白黒で染めた衣装を着け、縮緬手ぬぐいを頬かぶりした人足百人ほどが砂山を取りまいていた。

東の山の端が微かに白み始めた。

幕を背にして床几に腰掛けていた秀長は、生駒山の稜線が金色に輝き始めるのを見とどけると、席を立って右手を大きく挙げた。それを合図に着飾った男たちが木遣り歌を唱和する。選りすぐりの声自慢の男たちの歌は朝の静寂を破って朗々と流れていった。

秀長は傍に置いてある赤色の絹弦を張った弓を手に取った。すかさず鷹之助が三本の白羽の矢を秀長に渡す。秀長はそれを受け取ると丑寅（北東）に向かって矢をつがえ、次々に射た。

射終わると秀長は弓と引き換えに用意された鍬を受け取り、神妙な面持ちで白砂の小山に三度振り下ろした。

辰の上刻（七時）、参集した人足に供えられた赤飯、酒肴が振る舞われた。

巳の刻（九時）、ホラ貝を合図に人足が一斉に普請場に散っていった。

これより四日前、秀吉は小牧・長久手の戦い以後、敵対関係にあった徳川家康との関係を修復することに成功していた。すなわち秀吉は旭姫を家康に娶せて姻戚関係を結ぶことにしたのである。旭姫は羽柴秀長の実妹で、秀吉にとっては異父妹にあたる。秀吉、秀長は家康の義兄ということになった。

旭姫は尾張の副田甚兵衛（一説には佐治日向守）のもとに嫁していた。旭姫と甚兵衛を離婚させての強引な結婚でまさに典型的な政略結婚であった。それまでの二人は仲睦まじく暮らしていたという。旭姫はこの時四十四歳、家康は四十五歳であった。

人生わずか五十年と詠われた時代、旭姫はうば桜を通り越して老女と言ってよかった。秀吉は心痛んだのか甚兵衛に五万石を与えると申し出たが、甚兵衛はこれを断り、無念、憤怒のうちに自らの腹に白刃を突き刺し果てた。甚兵衛の憤死は極秘にされた。めでたい祝言に水をさすからである。

家康が旭姫を妻として受け入れたのは秀吉に懐柔された織田信雄の熱心な仲介によるところも大きかったが、正親町（おおぎまち）天皇の口添えを無視出来なかったためでもあった。

秀吉は正月三ヶ日を大坂城で過ごして後、京の常御所（つねのごしょ）に赴いて正親町天皇に拝謁（はいえつ）した。そこで秀吉は、旭姫を娶（めと）るように家康を説得してほしいと頼み込んだ。正親町天皇は気乗りせず、秀吉の願いに応じなかった。秀吉は毎日常御所に足を運び天皇に頼みつづけた。根負けした天皇が秀吉の頼みを引き受けるまでに五日間も要した。

そのことがあって秀吉は大坂城二の丸普請の鍬入れ式には間に合わなかったのである。

家康が秀吉の義弟になったことは、二人が同盟関係に入ったことを意味すると共に、天下の治まりは秀吉の手中に握られたことを全国の領主たちに周知させることにもなった。

秀長は常と変わらぬ穏やかな表情で、このことに関しては一切心の内を明かさなかった。

（三）

帰坂した秀吉は三日に一度の割でなんの前触れもなく加藤清正一人を供に連れて二の丸の各丁場を検分してまわった。

丁場ではいつ秀吉が現われるか予測がつかず、ピリピリと緊張した日々が続いた。秀吉検分の折に事故でも起こればその丁場を任されている領主の面目など消し飛んでしまう。

摂津や河内などの近隣の領主は密かに受け持ち丁場まで足を運び、普請の進み具合を検分して、少しでも遅れているようであれば人足の補充を速やかに行なった。

さらに秀吉は十日に一度の割で、普請の進み具合がもっとも早い丁場に褒賞をだした。その折、秀吉は褒賞該当者を異常なほど褒めちぎった。これが丁場間の競争を激化させた。

また秀吉は、来訪者があると本丸内と普請中の二の丸を一通り案内した後、必ず天守閣の最上階から城全体を俯瞰させた。来訪者がその壮大さ、贅沢さ、華麗さに圧倒され、驚嘆する姿を見るのを秀吉はことのほか好んだ。

従って普請場は常に来訪者たちが支障なく通れるように整理整頓がなされていた。

期せずして秀吉検分は普請の安全確保に大きな効果をもたらした。

それればかりではない。理不尽な労働を強要されて不満を持った人足が検分中の秀吉に直訴するかもしれず、組頭らは人足の不興を買う言動を控えるようになった。だが皮肉なことに秀吉の普請場来訪によって普請の進捗（しんちょく）が遅れ気味になった。

——軍場（いくさば）の方がどれだけ気楽か——

組頭の本音があちこちでささやかれた。

秀吉は検分が終わると必ず秀長と鷹之助を呼び寄せて、検分中に気がついたことを述べた。それは感想と言うにはほど遠く、

——ここの石垣をあと一間高くせよ——

——堀の深さをもう少し深くせよ——

——角石が小さい——

などと矢継ぎ早にまくし立てて変更を命じた。

堀をさらに深くするためには根石の据え付けからやり直さなければならず、その丁場を受け持った組頭は国元に人足の応援依頼のための早馬を仕立てることもしばしばであった。

二月は秀吉の頻繁な普請場来訪に組頭たちは振り回され、緊張したまま瞬く間に過ぎていった。

掘り方は秀吉の変更命令による手戻りはあったものの作業は順調に進んだ。

石垣普請に従事する人足たちは石を運び、据え付け、積み上げていく作業をくり返していくうちに石積みの技術を修得する者も出てきて、より早く堅固に積めるようになった。

二十六日、秀吉は京、内野（旧大内裏（だいだいり）跡地）に広大な館を建てることを公にした。これを知った秀

吉麾下の領主たちはまたしても先を争って助役を買って出た。

助役の領主のほとんどは大坂城二の丸普請の助役を担っているため、さらに自領の領民を徴用して京に送り込まねばならず、領民は多大な犠牲を強いられることになった。


三月十六日、長崎から上坂してきた在日イエズス会副管区長ガスパル・コエリョ一行が大坂城本丸を訪れた。四名の司祭、四名の修道士、セミナリオで学ぶ少年など総勢三十人ほどであった。

セミナリオとはイエズス会の教育機関（神学校）で天正八年（一五八〇）ポルトガルから来日したヴァリャーノが信長の許しを得て有馬と安土に設立したもので、信長亡き後も秀吉は引き続きセミナリオを認めていた。

秀吉は本丸内を自ら案内して、黄金の寝所や武具、財宝、衣類などを自慢げに披露した。城内を案内し終えると秀吉は鷹之助を呼び出し、ガスパル・コエリョらに二の丸普請を見せて廻るように命じた。

この一行の中に宣教師ルイス・フロイスが通訳として加わっていた。

乃夢は細川の屋敷で玉と共にフロイスと会っている。

二の丸の普請場を案内し終えて御遠侍（おんとうさむらい）へ戻るフロイスに、

「お訊（たず）ねしたき儀あって後日お目にかかりたいのですが、大坂ではどなた様の御屋敷に御逗留なさりますのか」

と鷹之助は遠慮がちに訊いた。

「細川様の大坂屋敷に三日ほど滞在の後、堺の角倉了以殿の別邸に参ります」

フロイスは何を訊きたいか、との問いかけもせずに一行に遅れぬよう鷹之助のもとを足早に去っていった。

ガスパル・コエリョらはこれから城内に設えた黄金の茶室で秀吉手ずからの湯茶を振る舞われることになっていた。

ちなみに五年後の文禄二年（一五九三年）、フロイスはこの時のことを、巨万の財宝と城の広大さに驚嘆と賛辞を記したあと、二の丸の堀幅は大河のごとくである、と本国ポルトガルのイエズス協会への報告書に書き綴っている。


翌々日、普請終了後の酉下刻（午後七時）、賄婦がいつも用意してくれている夕食を済ますと鷹之助は細川屋敷に向かった。正月以来普請場を離れるのは初めてだった。陽はすっかり落ちていたが町は人通りも多く、商家には煌々と灯りが点り、物売りたちが声を張り上げて昼のような活況を呈していた。

細川邸は以前鷹之助が訪れた時の印象そのままで、町の喧噪から取り残されたようにそこだけ闇が深く、ひっそりとして人影もなかった。

案内を乞うと顔見知りの男が現われた。小笠原少斎である。

「これはお久しゅうござる。してご用件は」

少斎は相変わらず無愛想だった。鷹之助は逗留しているフロイスに会いたいと頼んだ。足音も発てずに少斎は奥に消え、暫くするとフロイスが現われ、あてがわれた居室に鷹之助を導いた。その部屋だけ灯明が三本も点されており、灯りを落とした外の部屋が、よけいに人気の無さを感じさせた。部屋には足の長い卓と椅子が置いてあった。

「どうぞ」

椅子に座るよう勧めるフロイスが手をさしだした。鷹之助は誘われた形で手を出す。フロイスはその手を固く握って数度軽く振った。挨拶をする時にポルトガルの者はこうしてお互いが手を握り合うのであろうか。男同士、女同士ならかまわぬが、男と女の挨拶も手を握り合うのか、と鷹之助は思わずにはいられなかった。

「フロイス様にあることをお訊きしたいがために伺いました」

「城のことですね」

フロイスは心得顔で頷くと部屋の角に置いてある行李の蓋を開けて何やら取りだすと卓上に広げ、

「これは羊の皮に描いたポルトガルの城です。戸波様は石垣を築く巧者だと関白（秀吉）様が仰せられておりました。さらに関白様はポルトガルには戸波様のように石を高く積める匠など居らんだろう、とも自慢げに話されました」

と羊皮紙に描かれている円筒形の塔を指さした。

「これが城ですか」

それはどう見ても城には見えなかった。

「城です」

「この建物は如何なる材で建てられているのですか。石ですか、それとも木材ですか。それからこの高さは」

フロイスのもとを訪れたのは乃夢の消息を知りたかったからで、それが後回しになって城の話題になった。

羊皮紙に描かれた建造物は、同じ寸法に切り出された石らしきものを用いて規則正しく積み重ねられていて、ひとつの乱れもない。しかも円筒に積み上げられた塔と塔の間をつなぐ壁も同じ素材を用いているように見えた。壁には窓らしきものが数ヵ所開けられている。円筒に積み上げられた内側は空洞で、そこが部屋になっているようだった。

石垣を築いた上に木材を用いて櫓、館などを建てる日本の城とポルトガルの城とは全く違っていた。

「この同じ大きさに切り揃えた石らしきものは」

「石です。ポルトガルには優れた石切り職人が居ます。彼らは岩山から石を切り出し、四角く切り揃える、それも寸分違わず同じ大きさにです」

「切り揃えた石の大きさは」

「定かではありませんが、幅は四半ブラザほど、高さは半ブラザ、奥行きは一ブラザほどではないかと」

「ブラザとは」

「おおそうでした、ブラザはポルトガルの言の葉。一ブラザは一間より握り拳一つほど短い長さでしょうか」

一ブラザはおよそ一・六九メートルで、フロイスの言葉から想像できることは、細長い矩形（直方体）だということくらいであった。

「これらの石を交互に積んでいくのです。積み重ねられた石と石の間には漆喰（しっくい）を丁寧に敷き施して隙間（すきま）が無いようにします」

「漆喰を用いるのですか」

漆喰は消石灰に粘土や糸くず、ふのりなどを混ぜて練ったもので、瓦と瓦の接着剤、あるいは家屋の防火用として壁の上塗材に使用した。

「石と石を漆喰で固く突き合わせます。ですからこの絵図のように敷き均（なら）した隣り合う石と石、上下となる石と石、それらには隙間が全くありません」

「穴太積（あのうづみ）は石一つ一つの姿を重んじ、石が行きたいと思うところに行かせて積み上げる。石はお互いに支え合い助け合って息をしているのです。ポルトガルの石積みは石を殺して息をさせぬ技。それで石垣は崩れないのでしょうか」

「石を殺すのではありませぬ。人の手によって削りだし、割り込み、刻んで石の良いところを引き出して形を均一にするのです。石の姿はみな同じ。どこへどの石をやろうとも構わないのです」

「石にはその石の持ち味というものがあります。同じ形に切り出すことが石の良さを引き出すとは思えませぬが」

「戸波様は穴太の郷を束ねていると聞きますが、如何なる掟書（おきてしょ）をもって郷人を律しておりますか」

フロイスは石積みと関わりのない問いをした。

「掟などと大それたものはありませぬ。長い間生き抜いてきた人々の知恵を尊重し合って暮らしている。そこに自ずと守らねばならぬ掟が芽生えたに過ぎませぬ」

「数百の人々を治めるには他を犯さずお互いを重んじていれば、それなりにまとまりましょう。では百万の人を治めるには掟も作らず、お互いを重んじていれば済むのでしょうか」

そこでフロイスは探るような目を鷹之助に向け、

「関白様をご覧なされ。日本（ひのもと）を統（す）べるために次々に厳しい掟を発布しております。関白様に従う御領主はひたすら関白様の機嫌を損（そこ）ねぬよう掟を神のお言葉の如くに拝聴し従う。関白様は日本すべてが同じ規範に則（のっと）ることで天下を治めようとなさっております。同じ規範に則らぬ限り何百万、何千万もの人を治めることは難しいのです。わたくしたちがこの地に赴いたのは日本（ひのもと）の天下人（てんかびと）が発布する規範の中にイエス・キリスト様の教えを反映させたいがため。秀吉様が一人でお作りになる規範では日本（ひのもと）全ての人々を幸せにすることはできませぬ。人の英知がつくりだす規範ではたかだか穴太に住まう人々の数ほどしか幸せになれないのです。まして関白様は明、朝鮮をも統一して治めると仰せられております。そうなれば億の人々を治めることになるのです」

「秀吉様が明、朝鮮を御支配なさると仰せられましたのか」

鷹之助は驚愕して聞き返した。そんなことは秀吉側近からも聞いたことはない。まだ日本も統一されていないのだ。

「わたくしも耳を疑いましたがこれは確かなことです」

ガスパル・コエリョ一行を山里曲輪内に建てられた茶室に招いて茶を供したとき、秀吉はコエリョ

に、
――下賤より身をおこして最高の地位に到達した今は、その威名を後世に残す以外には、諸国をとろうとも、あくほど持っている金銀をさらにふやそうとも思っていない。ただただ日本(ひのもと)を無事安穏に治めたい。そして国内を鎮定したうえは、これを秀長に譲り、余は朝鮮と明国との平定にもっぱら心を用いるつもりでいる。朝鮮に渡海するための軍船二千隻(せき)を用意するため諸国に造船用の木材を伐採させている。そこでこの二千隻の軍船の旗艦として強大、強固な軍船二隻をコエリョの国から斡旋(あっせん)してほしい。斡旋料、軍船代金は思いのままである――

と述べ、それをフロイスに通訳させてコエリョに伝えた、というのである。

鷹之助は黙って聞いていたがそのような遠大な話をにわかに信じることもできず困惑するだけであった。それに気づいたのかフロイスは急に表情を和らげた。

「話が横にそれました。石の話に戻りましょう。わたくしが見る限り、戸波様が築かれる石垣はまさに穴太の民と同じ。お互いに尊重し、行きたいところに行かせる。小さな石垣には向いておりますが、何万、何百万もの石を積むには不向き」

「不向きではありませぬぞ。現に吾らは穴太積(あのうづみ)にて数百万もの石を自在に積み重ねて参った」

「なるほど言われるとおりでございます。では関白様が今の二倍もある高い石垣を積め、とお命じなされたら」

フロイスの言葉が強烈に鷹之助の心を射た。

「二倍とは三十二間（五十七・六メートル）」

呟いて、とても積める高さではないと思った。

「一つ一つ石を見極め、丁寧に積み重ねていく。戸波様の卓抜した技なくしてはあの大坂城の二倍もの高い石垣は積めないでしょう。技を学ぶにはどのくらいの歳月がかかりますのか」

「学ぶことはこれから先、生きていく限りと心得ております」

「怒らずお聞きください。ポルトガルでは石を積むことなど誰にでも出来るのです。しかも大坂城の石垣の二倍も高くです。技などなくていいのです」

「わたしを愚弄するおつもりか」

「ですから怒らずにと申しました。もう一度このポルトガルの城の絵図を見てください」

フロイスは羊皮紙を鷹之助の方へ押しやった。

「この石は何の技も持たぬ領民が積み上げたものです。高さは大坂城の石垣よりずっと高いと思いませんか」

「確かに」

「切りそろえた石を平らに敷き重ねて天に至ります。このため石の大きさはどれもこれも全く同じ大きさです」

「十や二十ならいざ知らず、何十万個もの石を寸分の狂いもなく同じ大きさに切り揃えることが叶いますのか」

どう考えても信じられない。

「切れます。岩山から石を切り出す人と石を同じ大きさに切り揃える人は別々で、それぞれ専門の職人の集団が行ないます。さらに石を運搬する者も石を積み上げる者もすべて別の集団です。これらの集団は決して相互の指図は受けないのです。だからこそ狂いのない均一な石積みが出来るのです」

「では集団の相互間の統制や調整は誰がとるのでしょうか」

「神です。各集団より選ばれし者が集まり、イエス・キリストの御名において決めていきます。話しを戻しましょう。誰でもが技も用いずに石を高く高く積み上げるには、石を等しく切り揃え、一分の狂いもない大きさにすることが何よりも大事なのです。百や千の石を積むならそのようなことは要らないでしょう。百万ともなれば規定の大きさに切り揃えた石でなければなりませぬ。整然と規則正しく積み上げられた石の壁を日本(ひのもと)の民の幸せと仮定しましょう。石一つを日本の民一人とすれば、整然と積み重ねるために決められた大きさに寸分も狂いなく切り揃えることが肝要なのです。石を切り揃え、凹凸をなくすことがすなわち規範であるのです。日本ではこの規範を決めるのは秀吉様です。日本の民、数千万人の幸せを秀吉様一人が決める規範で可能なのでしょうか。これが出来るのは、主イエス・キリスト様の教えを請うしかないのです」

フロイスは言って、胸の前で手を合わせ十字を切った。鷹之助はフロイスの比喩が少しばかり強引に思えたが、切り揃えた石さえあれば技も習得することなく何故高く積めるのかをもっと詳しく聞きたかった。

「切りそろえた石で積めばなぜ高く積めるのか、わたしには合点が参りませぬ」

鷹之助の疑念にフロイスは羊皮紙を取りあげ、端をつまんで卓上に立てようとした。羊皮紙は折れ曲がり倒れ重なった。次にフロイスは羊皮紙を程よく丸めて同じことをした。すると筒状になった羊皮紙は佇立して倒れることがなかった。

「日本の石垣は一枚の羊皮紙。ポルトガルの城は円筒状の羊皮紙」

「こうした積み方ならば技も要らずに吾らが苦心惨憺して積んだ石垣よりも高く積めるのでしょうか」

「恐らくは天まで」

「……」

「昔、人々は天に坐す神に会おうとして塔を造りました」

フロイスは静かに話し始めた。

「昔、そう、ずっと昔のことです。人々は巨大な円筒の建物を造って、その頂きを天に届かせようとしたのです。この建物を『バベルの塔』と呼びました。天に届きそうになったとき、神は人の傲慢さを怒って、その塔を崩してしまわれた」

再びフロイスは胸の前で十字を切ると両手を組んで、なにやら呟いた。

「その時も同じ大きさに切った石で塔を造ったと言われるか」

「文箱ほどの大きさの枠に水で練った土を入れ焼き固めたり、天日で乾かしたものであったようです。これを円筒の形に組み上げて上に上にとそれこそ十年も二十年もかけて積んでいきました。山の頂より高くなり、さらに雲を突き破り、高く高く積まれていったのです」

天日に干した文箱の形の土塊とは今で言う、レンガのことである。

「どう積んだか今となっては定かではありません。しかしその手法が今のポルトガルの築城術に生きているからこそ、高く強い石積みの塔や壁が築けるのです」

聞くことすべて驚きであった。どう考えてもうまく理解できない。だが高い石垣を築くには石の大きさを寸分違わずに同じにし、これを用いて円形に積み上げれば大坂城の石垣よりはるかに高く積めるような気がした。

「おお、これは玉様」

突然フロイスが大きな声をあげた。鷹之助がふり返るとそこに侍女二人を伴った細川玉が立っていた。

「お久しゅうございまする」

鷹之助は席を立って頭をさげた。

「ほんにお久しゅう」

玉は卓を挟んで二人の前の椅子に腰掛けると侍女に持たせた白湯と菓子を卓上に出して薦(すす)めた。侍女が持ち運んできた燭台が加わって部屋はさらに明るさを増した。灯明の下(もと)でフロイスの肌は赤色の混じった白にみえたが、玉の肌は澄んだ青磁のように透き通った白さだった。玉は相変わらず歯(は)黒染(ぐろめ)は施していなかった。

「乃夢殿からの消息はおありか」

玉は鷹之助が白湯を飲むのを待ってから訊(たず)ねた。

「ありませぬ」

大身の妻という立場では望んだとて許されるはずもないことだが、長崎に行きたかったのは乃夢よりも玉ではなかったのか、と鷹之助は今でも思っている。

　玉が加わったのを機に鷹之助は、

「実は今夜訪れたのはフロイス様に乃夢の消息を尋ねたいため。わかっていることがあったら教えていただけませぬか」

　と頼んだ。

「そのことです」

　フロイスは鷹之助と乃夢の仲をすでに知っている口振りで、

「乃夢殿と初めてお会いしたのは、この玉様のお屋敷でした。乃夢殿は主イエス様の教義についてわたくしが教えることがないほどに諳んじており、セミナリオ（教会）の修道士らよりもはるかに深く教義を理解しておりました。実に聡明なお方です。恐らくはその聡明さ故に並の者が感じなくてすむ様々な事柄に目をつぶることができずに多くの悩みを背負っていたのかもしれませぬ」

　フロイスの顔が心なしか曇ったように鷹之助には思えた。

「なぜ乃夢が長崎まで出向いて受洗したかったのか。女ひとりなんの伝手もなく受洗のために遠く旅するなど、未だわたくしは腑に落ちないのです」

　いわゆるキリシタン大名は摂津の高山右近（ジュスト）をはじめ蒲生氏郷（レオン）、黒田官兵衛（シメオン）、織田有楽斎（ジョアン）などそれぞれが洗礼名を持っていた。彼らは大坂や堺のセミナリオでコエリョらにより受洗してもらい、長崎まで赴いて受洗する者はいなかった。

「乃夢殿の心の奥を知る方はイエス・キリスト様のみ。長崎へは受洗するためだけでなく、神の国へ行かれることを企てておられたのでしょう。そのためにはポルトガルへ出航する船が来港する長崎の地に行くことが一番だと思われたに違いありません」

「乃夢がポルトガルに」

鷹之助の驚きはすぐに寂しさに変わった。

乃夢の父貞信が蛇石に押しつぶされて命を落とした頃から、乃夢は寡黙となった。細川邸に入り、玉に接してからは心の通じ合えない女になっていた。

「乃夢殿は長崎のトードス・オス・サントスという南蛮寺の司祭、ビレラ様のもとで日々を送っているはず。ビレラ司祭はわたしの友人です」

「乃夢殿が長崎に参りたいと心の内を話されたとき、妾は迷うことなく長崎行きをすすめました。乃夢殿ならば妾が生きたかった通りの生き方を現のものにしてくれる、そう思ったからです。乃夢殿は長崎行きを決めるまで随分と悩まれたようです。特にあなた様とのことについては何度も逡巡なされた様子。ねね様の御好意によりここに初めて参られたときは、か細く頼りなげでしたが、公教要理を学ぶに従って刮目するほどの変わりよう、何かを悟られたような神々しささえ感じられました」

玉が述懐するように乃夢は大きく変わった。その変わり方に鷹之助はどこかで違和感と不快感をもったが、生まれ育った穴太の郷に帰ってくれば、かつての明るい乃夢に戻ると信じていた。

「乃夢殿を解き放してあげなされ。殿子はどんなに歳を召されても女子を娶ることができまする。鷹之助殿にはねね様や秀吉様のまぶしいばかりの後ろ盾がございます。これから後、相応しい女子が数多現われましょう」

玉は灯りが届かぬ部屋の隅の暗がりに目をやった。灯明の明かりが玉の瞳の中で艶（なまめ）かしく揺れていて、眉抜きした広い額が白く輝いていた。

「わたしがこの国へきてから二十三年経ちますが、これほど明晰な女（ひと）に会ったことはありませぬ。主イエス様の教義を広める男たちすなわち修道士は居りますが、修道女すなわち女の伝道者は未だ育っておりません。乃夢殿は日本（ひのもと）で初めての修道女になれるお方です。そのためにもポルトガルからローマに渡り、セミナリオの総本山に行かれて、さらに教義を広く学ばれ、再び日本に戻られることを、イエズス会のコエリョ様をはじめ多くの宣教師たちが望んでいるのです。乃夢殿は四年前にローマ法王様に遣（つか）わされた四人の若者に会うため大村純忠（すみただ）様の領国に行くに違いありませぬ」

天正十年一月一日、大村、有馬、大友の九州三領主は家臣の若者四人、伊東マンショ、千々岩ミゲル、原マルチノ、中浦ジュリアンをローマ法王のもとに派遣していた。

希有壮大なフロイスの話に鷹之助は返す言葉もない。手の届かぬ遠国へ行ってしまったことを今更ながら思いしらされたが、だからといってきれいに乃夢への思いを捨て去ることなどできることではなかった。

（四）

天正十四年（一五八六）四月五日、豊後の大友宗麟が大坂城を訪れた。

九州大名のなかで唯一人秀吉に帰服している宗麟が島津の領内侵入に堪えかねて秀吉の救援を得るべく上坂したのだった。

大坂城で秀吉の謁見を受けたその席に羽柴秀長、宇喜多秀家、細川幽斎、前田利家、安国寺恵瓊、千利休が列していた。

謁見後、一行は利休の案内で山里曲輪内に建てられた茶室に赴いた。曲輪は草木が植えられて名のごとく山里の雰囲気を醸し出していた。その一郭に茅葺きの小さな庵が建っている。豪奢な本丸の屋敷群とは対照的な佇まいである。

秀吉はここで茶湯を供し、九州への出兵を約しておおいに宗麟を労った。

同月二十二日、秀吉は京の東山に大仏殿（後の方広寺）の創建を発願してその下準備として麾下の領主に大仏殿用の建築資材調達を命じた。

調達を命じられた領主は頭を抱えた。

大坂城二の丸普請、内野館造営、そして大仏殿創建と次々に大土木工事を打ち出す秀吉に麾下の武将は等しく困惑する。

何故、秀吉は大仏殿創建を思いついたのか。

日本には三百有余年にわたって東（鎌倉）と西（奈良）に大仏が対峙するように建立されていた。十九年前の永禄十年（一五六七）、西の大仏（東大寺大仏）は松永久秀の兵によって焼かれ崩れ去った。そこで秀吉は新たな大仏を奈良でなく京に造り、自分の名を後世に残そうとしたのであろう。

東大寺の大仏完成には二十余年の歳月が掛かっているが、秀吉は自身の歳を考えたのか五年で創建するよう諸領主に強要した。

これに大仏を鋳造する僧侶、鋳造師たちがこぞって苦情を申し立てた。五年で奈良の大仏より大きな金銅仏を鋳造するのは無理なのだ。だが秀吉は五年の期限を延ばすことはなかった。代わりに金銅仏でなく木芯乾漆仏で造ることにした。

乾漆仏の大きさは六丈三尺（十九メートル）で東大寺のそれよりも一丈四尺（四・二メートル）も大きくなった。当然大仏を覆う殿舎（大仏殿）も東大寺のそれを凌駕することになる。

五月、初夏の日差しが二の丸普請場に照りつけていた。

鷹之助は普請場を検分してまわっていた。そこへ毛利家の丁場を預かる組頭が追いかけるようにして近づくと、宿舎に来てほしいと、困惑を隠せぬ様子で訴えた。

不審に思いながら鷹之助は組頭の後について宿舎まで赴くと、そこに長宗我部、小早川、吉川、大友、仙石の組頭たちが待っていた。

「そうそうたる顔ぶれ、穏やかではありませぬな」

鷹之助は六人に向き合った。

「お越しいただいたのは他でもない」

皆を代弁するように毛利の組頭が口を開いた。

「実はご存じの通り、内野館の普請には毛利家もお手伝いをさせていただいております。毛利家は安芸、長門、周防、石見などを安堵(あんど)され百二十万石。おそらく人足数は当家が随一。ここにはおよそ一万人、内野館には三千人ほどが参じております。数日前、秀吉公から当家に内野館の普請人足の数を倍にせよとの命がくだりました。国元では百姓らを徴用して内野館の普請場に送ろうとしましたが、この時期農繁期のまっただ中、百姓らは頑(かたく)なにこれを拒みました。それも無理ないことで、大仏殿創建に先立つ木材調達を毛利家が数日前に拝命したばかり。ために多くの百姓たちを徴用して木材の切り出しや運搬に当たらせております。そこに内野館でござる。百姓らにこれ以上徴用を強要すれば、一揆が起こるかもしれませぬ。そんなこともあって、徴用の目途(めど)がつくまでこの丁場で働く領民一万のうち三千人を内野館普請に回せ、と国元から言ってきております。どうかこの窮状を穴太普請奉行殿にはご得心いただき、内野館へ三千の人足を送ること、お認め願えませぬか」

「徴用の目途はどのくらいでたちますのか」

「十日ほど、と国元からは言ってきております」

「一万が七千に。普請が遅れますが、その手当は」

「朝夕とも普請刻限を引き延ばし、遅れぬよう励む所存。なにとぞ合点してくだされ」

毛利の組頭は深々と頭をさげた。するとそこに集まった他の組頭も等しく低頭した。

驚いたことに他の五家の組頭も同じ窮状を訴え、人足の減員を認めるよう鷹之助にせまった。毛利、長宗我部、小早川、吉川、大友、仙石の六家を合わせると大坂城普請から内野館普請にまわる人足は六千余名にのぼった。

「内野館普請に携わる人足は六家のみではありますまい。他の御領主の方々はいかように処置なされておりますのか」

「内野館普請奉行が増員を要請したのは西国と四国の領主に限られているようなのでございます」

長宗我部の組頭の声は辺りを憚るように低かった。

摂津や河内など畿内の領地を治める領主は秀吉子飼いの家臣たちが多い。それに反して西国や四国の領主は秀吉と一戦を交えた後、帰服している。そうしたことが内野館普請に微妙な影をおとしているようだった。

「合点したいのだが秀長様に諮らねば、なんとも返答のしようもござらぬ」

「吾らも普請総奉行に話を通すのが筋と心得ており申す。なれど秀長様は京に赴きご不在。ここは穴太普請奉行の戸波様に御承諾いただくしかありませぬ」

一歩も退かぬ構えである。

秀長は数日前普請場を後にし、京で実母のなか、実妹旭姫と落ち合い、旭姫の婚礼が行なわれる五月十四日までは京に留まることになっている。その間、普請の総指揮は鷹之助が担うことになっていた。

鷹之助は瞑目した。

六千余名の人足を内野館普請に回せば二の丸普請の完成が遅れるのは目に見えている。国元からの人足補充には十日かかるという。その間、就労時間を朝夕半刻（一時間）ずつ延ばせば、減員による穴埋めは幾分補えるかもしれない。さいわい冬と異なり日脚が伸びてきている。

「すべてわたしの腹に収めましょう」

組頭たちは一斉に安堵のため息をもらした。


六家は朝夕それぞれ半刻（一時間）ずつ就労時間を延長して工事の遅れを補った。

だが翌日から六家が担当する丁場で遅れが出始め、日を追って遅れは顕著になり、七日目、とうとう毛利の丁場で死者がでた。次の日はさらに二人の死者。毛利の丁場では今まで死者は出なかった。それが三人の死者である。しかも終業を半刻のばしたその時刻内での発生であった。これは明らかに過重労働によるものである。

鷹之助は毛利の組頭を呼んで、

「これ以上人足の酷使はなりませぬぞ。昨日と今日で十二人が大怪我をし、三人が命を落としております。さらに怪我人や死人がでれば普請の刻限を元に戻さなくてはなりませぬ」

と苦言を呈した。

「心得ており申す」

組頭は苦り切った顔である。

「普請刻限を元に戻して皆に休息を与えては」

「それはわしに腹を切れと申されることと同じ。曲げて今しばしお見逃しいただきたい。昨日より大坂城下に毛利の者が出向き、数多（あまた）の町人（まちびと）を集めてござる」

城下で人足を雇いあげるということは、国元での領民徴用がうまくいっていない証（あか）しのように鷹之助には聞こえた。

二日後、二千人ほどの人足が毛利の丁場に加わった。案の定、大坂に流れ込んできた男らを雇い入れたのである。これで普請遅れの幾分かは取り戻せるかもしれない、と鷹之助は思った。

翌日、鷹之助のもとを作左衛門が渋い顔をして訪れた。

「その顔付きを見るとなんぞ、また厄介なことが起こったようだが」

鷹之助が訊（き）いた。

「これから毛利様の丁場までご同行願います」

作左衛門はさらに渋い顔で言った。鷹之助はさほど驚かない。城下で雇った者たちが普請にすぐ役立つとは思えず、おそらくはみ出し者が喧嘩でもして物議を醸しているのだろう、それを仕切るのは毛利の組頭の役目だ、と高（たか）をくっていた。

毛利の丁場に赴（おもむ）くと大勢の人足が鋤鍬（すきくわ）やモッコを放り出して参集していた。

何やら組頭が大声を挙げているが、人足らはそっぽを向いて話にのってくる様子もない。

毛利の丁場を指導している穴太者が二人に気づいて近づいてくると、

「わたしが口を入れる筋ではありませぬので、ほとほと困っております」

と困惑した顔で告げた。人足の管理監督は組頭の責務である。鷹之助はしばらく静観することにした。

集団は三つに分かれていた。一つは組頭を取りまく武士や足軽およそ二千、それと向き合った五千余人の百姓ら領民、そして少し離れた所に臨時に雇われた二千人ほどの一団である。

「ここに居る者誰ひとり、得心しませぬぞ」

領民のひとりが組頭に怒鳴った。鷹之助とさして変わらぬ若者である。

「おぬしら、領国に妻子、縁者が居るであろう。ここで騒ぎを起こせばどうなるかわかっておろうな」

人足として普請に従事している武士、足軽に取りまかれていることもあって組頭は居丈高だ。

遠望していた作左衛門が、

「もめ事はなんじゃ」

と眉をひそめながら毛利担当の穴太者に訊いた。

「口入れ屋を通じて雇いあげた者が騒ぎのもと」

穴太者が応じた。口入れ屋とは今でいう職業斡旋業者のことである。

「故郷にも居れず大坂に逃げてきた者たちをかき集めて人足として雇いあげた者たち。何をしでかすかわかったものではない」

何を今更、といった作左衛門の口ぶりだ。

「騒ぎは揚銭のことのようです」

揚銭とは労賃のことで、穴太者が仲裁に入れる筋合いのものではない。

「人足を雇えば揚銭を払わなくてはなりませぬ。巷では毛利家があの者たちに相当の揚銭を払ったといわれております。それを知った毛利様の領民が怒り心頭に達したのが騒ぎのもと」

人足を集めるには口入れ屋に斡旋料を払って頼むことになるのだが、城下ではほかに幾らでも仕事があるから条件をよくしなければ人が集まらない。それを見越して口入れ屋が毛利家の足下を見、雇われる者が口入れ屋の足下を見る。労賃と斡旋料はまたたく間に高額になった。毛利家は国元から早馬を飛ばし、不足した資金を送ったという。

「新参者が吾らと同じ塩と撞米（白米）で雇われるなら、よろこんで受け入れる。のう皆の衆」

若者の呼びかけに賛同の喚声があがる。

「吾らが貰う塩と撞米の倍をあ奴らが貰ったとしても、それは目をつぶる。だが日雇賃十文はあんまりだ。それだけの銭があるなら吾らに一文でもよいから回せ」

国元から大坂の普請場までの路銀（往復旅費）は徴用された領民の自前である。そのうえ、鋤鍬モッコも持参。また、日雇賃（日当）は一つかみの塩と一日七合の撞米だけである。その撞米七合も毎日の食事で消えてゆく。十文は米が一升楽々買え、さらに酒や肴も手に入る額である。

農繁期に入った今、領民は一日も早く故郷に帰り、家族と共に田畑に出たい。それが出来なければ城普請で一文でも労賃を得て故郷に残した妻子の食い扶持の助けにしたい。普請に就いている武士と足軽には幾ばくかの手当が支給されている。それも徴用された領民たちには不満の一つであるのだ。

「吾らにも銭をよこせ」

領民たちの声を一にした叫びが丁場に響き、数百人が手に持った鋤や鍬を高く掲げた。

「騒ぎは御法度。なりませぬぞ」

思わず鷹之助はその場から大声をあげた。領民たちが一斉に鷹之助を注視した。鷹之助は五千余人の視線を浴びながら組頭のところまで歩いて行った。

「御家中の方々はこの場を離れて持ち場に戻られよ。ここで騒ぎを起こせば方々は輝元様から御処分を受けますぞ」

領主の名を聞くに及んで武士らは怖じ気づいたのか組頭を残して持ち場に戻っていった。

「如何なされるおつもりか」

組頭は突然介入してきた鷹之助に不快げな顔を向けた。

「そこもとが腹を切ったくらいではこの騒ぎ収まりませぬぞ。秀吉様の耳に届けば毛利様の領地替え、或いは召しあげ」

「心得ており申す」

組頭は怒りのやり場がないのか足を二度三度と激しく踏んだ。

「雇い入れた方々を解雇されよ」

「解雇いたせば普請の遅れは取り戻せませぬぞ」

「このままでは領民のすべてがそっぽを向きます。普請は領民にいかに快く働いてもらうかにかかっております」

「普請奉行様の仰せられる通りだ」

若者が大きく頷き、

「故郷に残した親や縁者を思えば、吾らとて騒ぎなど起こしたくない。だがにわかに雇い入れた者たちに十文の揚銭、吾らには一文も出さぬ。それはあんまりだ。朝夕普請刻限を半刻のばして吾らは働きに働き、あげく働きすぎで三人の者が命を落とした。雇いあげた者たちが吾らの力になるなら我慢もしよう。誰ひとり使いものにならん。それどころか足手まとい。頭数さえ揃えればどうにかなると思う組頭に吾らはとてもついていけぬわ」

「この急場、おぬしらにわずかな揚銭でも渡したいと思わぬではない。わしの一存で出来るのならそうしておるわ。揚銭の差配は国元。いかんともし難いのじゃ」

うんざりした組頭に、

——日雇人足を追い出せ。役にたたんぞ——

——揚銭を出せ——

領民らが口々に叫ぶ。

「少しでも揚銭を貰えるよう組頭と話し合ってみることにする。ここはひとまず丁場に戻ってくれ」

鷹之助は領民に頭をさげる。

「さあ、戻ってくれ、持ち場につかれよ」

作左衛門がその場の険悪な雰囲気を変えるような明るい声で両手を何度も前に突きだして領民の中に割り込んでいった。

その夜、城北、玉造町に建てられた毛利屋敷を鷹之助と作左衛門が訪れた。

百二十万石を誇る屋敷は広大で塀越しに見える檜皮葺の大屋根が上弦の月に黒く浮き上がっている。大門は閉ざされて通用門のみが開かれ、そこに家紋の〈一文字に三つ星〉を墨書した大提灯が掲げられ、辺りを微かに明るくしている。

数名の武士が通用門を警護していたが、その中に裃姿の武士がひとり混じっていて二人を迎えた。

「毛利家家老大野主馬にござる。此度は毛利家のもめ事に手を煩わせましたること、まことに痛み入る」

すでに組頭を通じて騒ぎは家老に届いていて、門前に出迎え、自らが邸内に導いた。

「毛利様内々のご事情。口を挟むべき筋合いのものではございませぬが、いきがかりでこのような仕儀になりました」

灯明が点る広い部屋に通された鷹之助は頭をさげた。

組頭は家老から離れて部屋の隅に控えており、その隣に領民の先頭に立った若者が座していた。

「仔細は組頭から聴き申した。一触即発の場、よく収めていただいた。このようなことが起こるとは思いもよらなんだ。さてそこでじゃ、いかに収めるかお二方の忌憚ない話を訊きたい」

毛利百二十万石の家老であってみれば、二万や三万石の扶持（俸給）はとっている、いわば小領主と同格であるが物言いはいたって丁寧である。

「まずは組頭殿と控えている人足を近くにお呼び願い、五名にて話をしとうございます」

鷹之助はそれぞれ立場の異なる者がお互いに腹蔵なく話し合うことが肝要と考えていた。

五人が顔を揃えたところで鷹之助は、

「組頭殿は普請の進捗を思えばこその振る舞い、ことの顚末はどうあれ咎はありませぬ。またこの人足殿も同様。もしお二方の非を大野様が咎めるようなことになれば、御進捗役を通して秀吉様にお伝えせねばなりませぬ。まずはこの御両者に一切の責なきこと、咎の沙汰はなさらぬようお願い申し上げます」

と穏やかであるが強い調子で切り出した。

「毛利家には毛利家の掟がござる。しかしそれは国元でのこと。大坂表のことについてはこの主馬が任されておる。穴太普請奉行のご意見とあらば、それに従いましょう。とは申せ百姓等を煽動し、毛利家に楯突いたこの者は毛利家の掟にて裁かせていただく」

主馬は若者を一瞥して冷ややかに答えた。

「それで収まるなら吾らはここに参りませぬ」

作左衛門が若者を庇うように口を入れた。

「この者の首を刎ねれば百姓等は恐れ入って普請に精をだすであろう」

領民(百姓等)をそそのかした張本人が若者であると思っている主馬は腹に据えかねているらしかった。

「吾は皆の不満を代弁したまで。御領主に逆らう気など毛頭ない。吾の首を刎ねれば領民の中から吾に続く者が数多現われ、毛利家の非を訴える者が続出しますぞ」

若者はすでに覚悟を決めているらしく座したままふてぶてしく告げた。

「その暴言、きっと沙汰いたす」

主馬は逆上して言ってはみたものの、ことの重さに仰天した。脅せば若者は平身低頭して言いなりになると高をくくっていたのだ。

「このままごたごたが続けば普請総奉行のご裁可を仰ぐことになりますぞ」

作左衛門が苦々しげに言った。

「そのこと重々承知しておる。実は過日関白様から大仏建立の木材調達が毛利家に下り、大檜千三百本を調達すべく領内の山中をくまなく探し歩いている最中。そちらにも多くの杣人（木こり）や百姓を徴用しておる。これに内野の館、大坂城普請が重なって毛利家では苦慮している」

主馬は苦いものを飲み込むように口をゆがめた。その話はすでに組頭から聞かされていた。

「このままでは前にも後にも動きませぬ。とりあえず城下で雇った者たちを解雇なされよ」

作左衛門がためらいがちに勧める。

「解雇すれば領民共がさらに図に乗り、なにを言いだすかわからぬ」

組頭が口をはさんだ。

「石も積めぬ者たちに十文も払って雇い入れ、吾らにびた一文出さぬはあまりに理不尽」

若者がすかさず言い返す。

「雇い入れた人足を解雇しようがしまいがうぬ等に銭は払わぬ」

主馬は若者を睨みすえる。

「十日前から内野館普請のために三千の仲間を引き抜かれ、朝夕半刻ずつ就労刻限を広げて欠けた仲間の分を補えとのご下命。三人の死人がでたのも酷な就労のため。こうした理不尽に誰ひとり得心する者はおりませぬ。このままでは石に殺される、どうせ死ぬなら獄門の方がまし。これ以上無理を押しつければ関白様、さらには国元の御領主への直訴も辞さぬつもり」

若者は顔色一つ変えないで言ってのけた。

「獄門の方がましだとは何ともふてぶてしいもの言い。だがそこまで覚悟しておるならば、吾らも腹をくくらねばならぬ」

恫喝（どうかつ）すれば苦もなく靡（なび）くと安易に考えていた主馬は目を細め口を歪めた。

「不満、不審を抱えたままで普請に邁進（まいしん）しても気はそぞろ、災事が多発します。かの方々の不満を取り除く手立てを考えることが肝要と心得ます。如何でしょう、普請刻限を広げた分に銭を払っては」

作左衛門は家老と若者の穏やかならぬやり取りにハラハラしながら切り出した。

「銭を払えば悪しき先例になる」

主馬は一歩も退かぬ構えだ。

「まずは城下より集めた方々を解雇いたし、その上で国元から新たに徴用した人たちが来るまでの間、幾ばくかの銭をこの者たちに支払うこと叶いませぬか」

鷹之助が頭をさげた。

「雇い揚げた者たちには七日の間、働くことで折り合いをつけておる。明日より解雇となれば違約の銭を払わねばならぬ」

主馬は苦り切った顔をした。

「恐らくは口入れ屋も異議を申し立てましょう」

組頭が申し添える。

「違約の銭を惜しむか、普請に励む領民を重んじるか、迷うことでもござるまい」

鷹之助は語気を強めた。主馬は鷹之助を上目で睨むと目を閉じ腕組みをした。

そうして暫く押し黙ったまま時が流れた。鷹之助は決断しないのなら席を立つつもりであった。

「わかり申した。口入れ屋を通して集めた者らは明日解雇いたす。そのうえで領民に銭を支払おう。銭は朝半刻、夕半刻の一刻で二文。支給するのは国元から徴用された領民が普請に加わるまでの間、これでよろしかろう」

さすがは百二十万石の重責を果たす毛利家の家老、決めるとなれば明快であった。

「ただし、騒ぎを起こしたこの者の責は免れぬ」

家老は冷ややかに若者を見て、

「暫く屋敷に留め置け。領国(くに)に戻して首を刎(は)ねる」

と控えている家人に命じた。直ぐに二人の侍が立ち、若者を左右から挟(はさ)んで部屋から連れ出した。

「差し出がましいことを申しますが、それでは先ほどのわたくしの申したことと違います」

若者の潔(いさぎよ)さに感じ入っていた鷹之助は若者をどうしても助けたかった。

「いや、当家の掟で裁かせていただくと申したはずだ。あ奴は石見銀山の穿通子(せんつうし)。名は三宅三郎太と申して、若いが銀山では一目置かれておる腕っこきだ。一万の人足を束ねるには度胸と知恵が何よりも大事。あ奴にはその両方が備わっていると見込んで、わし自らが人足頭(がしら)に取り立てた。だが少しばかり図(ず)にのりおったわ」

穿通子とは銀を得るために岩盤を刳り貫く技を持つ男たちにつけられた尊称である。

銀山には多数の男たちが働くが、穿通子と呼ばれる者は一握りしかいない。石見の穿通子はどこの銀山の穿通子よりも優れていると言われている。

「どうでしょう、わたくしにあの者を預けてくださらぬか」

「ほう、穴太普請奉行殿に。あの跳ね返り者、いかがなされるおつもりか」

「これから先、普請はさまざまな難事に遭うでしょうが、そうしたとき人足の心内を知り抜いた者がそばに居れば心強いというもの。きっと役に立ちましょう」

「あ奴は両刃の剣。どちらに転ぶかで益にも害にもなる。よろしい。奉行殿に預けましょう」

快諾した主馬が今夜の足労に謝意を表するため別室にて宴の用意がしてある、と誘うのを鷹之助は丁寧に断り、三郎太を伴って作左衛門と共に毛利屋敷を後にした。


斬首を覚悟していた三郎太は意外な成り行きに戸惑った。

鷹之助の寓居は十坪ほどで屋敷と呼べるような代物ではなかった。鷹之助は部屋を二つに区切り、そこに三郎太を住まわせた。二人は寝食を共にすることになった。

三郎太はなぜこのように遇されるのか解せなかった。しかし鷹之助が好意を抱いて接してくれることだけは身にしみてわかるのだった。

三郎太が鷹之助にひきとられて八日目、毛利の丁場に領国から徴用された領民三千余名が加わった。この日より早出、居残り普請は中止され、領民たちへの銭の支給も停止された。

鷹之助はしばらくの間、三郎太を毛利の丁場に伴わなかった。三郎太の心境を慮ったからである。

だが新しい人足が加わったのを知ると三郎太を伴って毛利の丁場に赴いた。

三郎太に気づいた仲間たちが鋤やモッコを持ったまま続々と集まり、たちまち三郎太を取り囲んだ。

――おう、息災だったか――

――安堵したぞ――

――皆、案じていたぞ――

三郎太は一人一人に目を移しながら無言で頷く。領民の面差しはいずれも三郎太の安否を気遣う優しさと温かさに溢れていた。

「普請に戻れ。持ち場につけ」

組頭が銅鑼を叩いて大声で怒鳴った。領民は三郎太の無事に安心したのか素直に持ち場に戻っていった。残ったのは鷹之助と三郎太、組頭だけとなった。

「戸波様には礼を申さねばなりませぬ」

組頭があらたまった顔で頭をさげた。

毛利屋敷で話し合った翌日、組頭は領民らに早出と居残り普請に二文の銭を払うことと日雇人足の解雇を伝えたが、領民は喜びながらも三郎太が戻ってこないのはなぜかと激しく迫った、という。

「穴太普請奉行に身柄を預けたと伝えたが皆は信じず、真のことを言えと脅しおった。考えてみれば三郎太を穴太普請奉行に預けるなどあり得ぬことで領民らが信じぬのも当たり前」

事実を確かめようと数人が鷹之助の普請小屋に走ったが、そこに人影はなかった。

三郎太の所在がはっきりするまで普請はしない、もし三郎太に大事が起これば秀吉に直訴すると息巻いた。半刻過ぎても領民は誰一人立ち働く者もなく、三郎太を探しに行った者の帰りを待った。

「今更ながら三郎太の人望のすごさに驚かされ申した」

組頭はしみじみと呟いた。

領民の不安が頂点に達しようとした時、三郎太が穴太普請奉行の供をして無事でいることが判明した。それを知った領民から喚声があがり安堵しながら持ち場に散っていった。

「もし大野様が三郎太を国元に送り返し、首を刎ねていれば丁場は再び修羅場。毛利家はほかのお大名の笑い者になるところでございました」

組頭はその時のことに思いが至ったのか眉間に皺を寄せ不快な顔をしたが直ぐに破顔して、

「わざわざのお出向き、ご足労にございます。どうか厳しきご検分を」

と自信ありげに頭をさげた。

鷹之助は毛利家の丁場を注意深く検分したが、作左衛門の特別な指導もあって左右両丁場の石垣と見事に整合し、遅滞している箇所はないように思えた。

「さすが毛利様、見事な立ち直りでございます」

鷹之助は組頭に頷いてその場を離れた。

「三郎太、これで彼らも憂いなく普請に精を出せるぞ」

「丁場は明日より再び遅れますぞ」

次の丁場に向かいながら三郎太は浮かぬ顔で言った。聞き咎めた鷹之助が理由を訊ねると、

「新参の領民は使いものになりませぬ」

憮然として答えた。

それから三日後、再び毛利の丁場を検分すると三郎太の指摘通り、わずかではあるが遅れがでていた。

「何故わかったのだ」

鷹之助はその根拠を知りたかった。

「新参者の肌の色を見なされ。肌白の者たちと赤銅色に潮焼けした者たち、それに胸板の薄い者ばかり」

「それが遅滞の根拠だと」

「色白の男たちは寺々で読経三昧をしていた僧侶。鬼のような肌の持ち主は漁師。なよなよとしておる連中は帳場に入り浸っていた商人。誰ひとり石や土に触れたことのない者たち」

「僧侶までおるのか」

「夏場を向かえて百姓は繁忙の最中。新たに徴用に応じられる百姓など毛利領内に残されておりませぬ」

三郎太は憤懣やるかたない、といった顔をした。

六月一日、秀吉と秀長が京より大坂城に戻ってきた。二の丸は一挙に緊張し、組頭たちは表情を険

しくして人足たちに丁場を整理整頓するように厳しく申し渡し、自らも目の色を変えて丁場内を走り回った。

「皮肉なものだ。吾ら穴太衆が日々、口を酸っぱくして普請場の清掃や資材の整理を命じても片づかなかったのが、秀吉様の御帰坂が伝わると普請場は見違えるようにきれいになる」

鷹之助は三郎太に苦笑混じりに言った。

六月八日、山里曲輪で秀吉は大茶会を催した。茶会の顔ぶれについては鷹之助等には伝わってこなかった。ただ茶会の最中、秀吉が突然不機嫌になり茶会を中止した、という噂がまことしやかにながれてきた。

六月十四日、秀吉は堺の代官松井友閑を解任し、新たに石田三成を任命した。友閑と堺町衆は友好的な関係だったが、それは堺を意のままに操(あやつ)るには友閑では力不足であることも意味していた。

石田三成は近江坂田郡石田村の生まれで十五歳の時に秀吉に見いだされた。三成は才知に優れ、常に秀吉の意向を察して秀吉の思うとおりの動きをした。それはかつての信長と秀吉主従の関係に似ていた。新任の石田三成に今井宗久がどんな接近を試みるのか、鷹之助はふと宗久の苦笑している大きな顔を思い浮かべた。

このころ秀吉はほぼ毎日二の丸の各丁場を訪れたが、さして口出しもせずにむしろ組頭たちに慰労の言葉をかけることの方が多かった。組頭たちはみな気味悪がったが、家康と旭姫の婚儀が無事終わって心も穏やかになっているのだろうとささやき合った。

第五章　金明水

（一）

六月二十五日、秀吉は鷹之助を本丸の御遠侍所に呼び出した。普請場から駆けつけると部屋に秀長が侍していた。待つまでもなく扇子一本だけを持った秀吉がこざっぱりとした装束で現われ、二人の前に胡座をかいた。鷹之助は平伏して暫く面を上げない。

「よい、よい」

秀吉は気軽な口調で言って鷹之助の面を上げさせると、

「普請は順調のようだの。その調子で続けてくれ」

と述べ、

「おことを呼んだのは普請のことではない。過日、山里曲輪で茶会を催したこと、おことも存じておろう。井戸から汲んだ水で茶を点てたが、これが実に不味い。茶会はわしの一存で取りやめとした。山里の井戸水が不味くなったのはどうも二の丸普請を始めた頃からだ」

秀吉の口調がややきつくなった。過日の茶会で秀吉が不機嫌だったという噂は本当だったのだ。

二の丸普請で一部土中を深く掘り下げた際、多量の湧水があった。そこで湧水が止まるまで水を汲み上げた。井戸の水質が変わることは十分にあり得ることだった。

「おことは城内の井戸のことごとくを知り尽くしているはず。山里の井戸はおそらく浅いのであろう。そこで山里曲輪内に深い井戸を掘り、わしの舌に適う水を掘り当ててくれ」

「兄じゃは大坂城に家康殿をお招きしたいと考えておられる。その折、茶会を催して家康殿をもてなしたいのだ」

「如何ほどのご猶予を頂けますか」

「九月までには何とかせねばのう」

秀吉は曖昧に答えた。その曖昧さは家康が上洛する期日がまだ決まっていないからだろうと鷹之助は思った。

「掘るとなりますれば、山里曲輪に常時人足が入りますが」

「かまわぬ。明日より山里曲輪は閉じることにする」

「掘る所を選ばねばなりませぬ。その際樹木も取り除きますが」

「茶に適した水が汲めるなら山里曲輪内のどこを掘ってもよい。おことの勝手で決めよ。おことの意は秀吉の意、そう皆に伝え置く」

細かいことなど訊くなとでも言いたげである。

「明日から山里曲輪を下見させていただきます」

「そういたせ。里山への往来は勝手とする。番卒にそのこと周知させておく」

それで話はすんだとばかりに秀吉は破顔して、

「ねねがおことに会いたがっていた。折をつくって館を訪れよ」

と優しい声をだした。


翌朝、鷹之助は三郎太を伴って山里曲輪に向かった。曲輪までの道には三ヵ所も番所が建てられ番卒が目を光らせていた。鷹之助のことはすでに申し渡されているらしく低頭して鷹之助の通行を許した。

ここに入るのは二年ぶりで様相が一変していた。樹木が緑濃く茂り、曲がりくねった小径が作られている。所々に簡素な茶室が建てられていた。

井戸は曲輪の北東端にある。そこからは水堀を隔てた先に普請中の二の丸が望めた。

鷹之助と三郎太は秀吉が不味いと苦言を呈した井戸端に立ち、つるべを落として水を汲み上げ口に含んだ。鷹之助には水が美味いのか不味いのかわからない。三郎太は少量ずつ何度も舌で味わうと、

「石見の澄んだ味から比べれば話にならぬ」

と素っ気ない。

「秀吉様は美味い水が湧く井戸を掘れ、と仰せられている。三郎太、そのような水をこの山里曲輪内

に求められるか」

「やってみなければわかりませぬが、この井戸より深く掘り抜けば叶うかもしれませぬ」

「この井戸の深さは十二間（二十一・六メートル）もある。それにここは石山本願寺と言われたように大小の石がさまざまに混じっている。十二間よりも深い井戸を掘れるか」

「鷹之助様が掘れとお命じになるなら、この三郎太、身命を賭して掘り抜いてみせます」

三郎太のひと言に鷹之助は救われる思いがした。

二人は曲輪内をつぶさに見てまわった後に、曲輪のほぼ中央部、樹木の生い茂る所を新しい井戸に決めた。

「明日から早速準備にかかります。ついてはここに生えている樹木を引き抜き、更地にしなくてはなりませぬ。それは鷹之助様にお願いします」

「承知した。して更地の広さは」

「まずはあの不味（まず）い水の井戸と同じ十二間の深さまで掘り下げねばなりませぬ。そこで、十二間四方を更地にしてくだされ」

「十二間とはずいぶん広い。井戸穴は三尺（九十センチ）ほど。なぜそのように広く更地にせねばならぬのか」

「この地中には大小の石があるとのこと。こうした地を十二間の深さまで掘るには陸掘（おかぼ）りが適しております」

「陸掘り、とは耳慣れぬ言葉（ことのは）だが」

「石見では銀を掘り当てるにあたって、坑道を掘り進めるやり方と坑道に頼らず地表から掘り採るやり方があります。地表を広く掘り下げていく掘り方を、陸掘り、と呼んでおります」

「陸掘りでやるとしても十二間四方も掘り広げることはなかろう」

「地中を垂直に掘り進めれば崩落します。そこで崩落を起こさぬようすり鉢の形に掘り下げます」

今で言う露天掘りのことである。

「すり鉢の差し渡し（直径）はいかほどになるのか」

「土の質にもよりますが掘る深さと同じとお考えください」

「なるほどそれで十二間四方と申したのか。それにしてもここにそのような大すり鉢を作るのか」

「深い井戸を掘るにはそれなりの段取りを要します。まずは十二間四方の更地を作ることから始めなくてはなりませぬ」

三郎太の自信に満ちた口振りに鷹之助は深く頷いた。


翌朝、鷹之助は人足三十人ほどを手配して十二間四方の草木を残らず取り払った。更地にするまで三日かかった。

三郎太は更地の中央部に杭を打ち、そこに六間（十一メートル）の縄を付け、縄端を回して円を描いた。直径十二間の円が更地に描かれた。

四日目、三郎太は二人の男を山里曲輪に伴ってきた。

「この者らは二の丸普請に加わっている与助と伊佐次。共に石見銀山で働いておりました」

三郎太は鷹之助に二人を紹介した。

二人は異常に胸が厚く肩と腕の筋肉が盛り上がっている。それに反して下半身は並の人と変わらず、どこか均整がとれていないのは三郎太と同じであった。一度三郎太にそのことを訊いてみると、

――銀山の掘師は狭い坑道の中に座りこんで腕だけで土や岩を刳り貫きます。ために足は萎え、腕ばかりが逞しくなるのです――

と教えてくれた。

与助と伊佐次は見慣れぬ鍬を携えていた。鍬の柄が一尺ほどしかなく、しかも二本刃で百姓らが使う三本刃とは明らかに違っていた。

「与助と伊佐次に陸掘りをしてもらいます」

三郎太がそう告げると二人は鷹之助のもとを離れ、円の内側を中心に向かって掘り始めた。それを三郎太はただ見ているだけで手伝う素振りもない。

「三郎太、おぬしは手を貸さぬのか」

不審に思った鷹之助が咎めるように訊く。

「柔い土を掘るのは鶴嘴掘りと申して、もっぱらこれに従事する人足が行ないます。与助と伊佐次は鶴嘴掘りの手練れ。穿通子は岩を刳り貫く技しか持ち合わせておりませぬ。わたくしが手出しをすれば遅れるだけ」

あり地獄のような形で円の中心部に向かって法面をつけて掘り進めていくふたりの手際良さは、なるほど三郎太が言うように手を貸す余地などなかった。三郎太は掘り出された土砂を平鍬ですくい取

り竹製の背負籠に入れて地表に運び出す作業に没頭した。

夏が過ぎようとしていた。

四十一領主が一家保身をかけて築いた石垣は日々目に見えて高くなっていく。

鷹之助は石垣の裏側に詰める栗石（裏込石）のことで常々気に掛かっていることがあって二の丸の検分を終えると栗石置場に足を運んだ。

御石役に任じられている穴太者の御坂甚平が鷹之助を目ざとくみつけ駆け寄ってきた。栗石置場などに滅多に顔をみせない穴太普請奉行が突然訪れたのに戸惑っているようだった。

「栗石はどこから持ち込むのか」

鷹之助は気になっていることを訊いた。

「摂津近辺の石は取り尽くし、二ケ月前から大和の奈良界隈からでございます」

「奈良に採石場があるとは聞いてないが」

鷹之助は栗石置場にそれとなく目をやる。石の形や大きさは様々で、なかに自然石と明らかに異なる切石や加工石が混じっている。

「摂津に代わる地は今のところ奈良近辺以外ありませぬ」

甚平は鷹之助が切石や加工石に目を注いでいるのに気づくと小声になった。

「栗石として相応しからぬ石材が多く見えるが野石（自然石）は手に入らないのか」

栗石置場には一石五輪塔、墓石、石仏などがそのままの形で運び込まれていた。その数は一寺や二寺に安置されている墓石や五輪塔の数でなく何十、いや百寺は超えていると思われた。

「そのことにございます。見た如く多くの墓石や五輪塔が混じっています。初めこれらの持ち込みを断っておりました。すると持ち帰った人足らはそれらを半割や四半割にして再び持ち込んできます。それを拒みますと、さらにこぶし大に小割りして持ち込むようになりました。もはやそうなりますと手の打ちようもありませぬ」

甚平は何度も頭をさげ、しきりに首周りの汗を手の甲で拭う。

「寺々からの苦情は」

「奈良の五十余寺の寺主連署で墓石、一石五輪塔を城石として用いぬよう請願書が届いております」

「それをわたしに告げなかったのは」

「お報せするまでもないと断じました。寺には墓石用の石や道普請用の石材が備蓄してあります。二の丸普請に合力するのは寺とて当たり前。進んで石材を供する寺もあれば、出さぬ寺もあります。出さぬ寺にも事情はありましょうが、最優先されるべきは二の丸普請用としての石の供出と考えます。出さぬ寺々から盗むこともやむを得ぬと人足らは思ったのでしょう」

「そこに積んである石をみると名を刻んだ墓石が数多ある。どう見てもそれらは寺が備蓄していたものとは思えぬのだが」

「ある寺では墓石すべてが盗難にあい、廃寺に追い込まれたとの風聞もあります。檀家では自警団を組んで墓地を連夜見回っているとのこと」

「どうにかせねばならぬ」

「これはこの甚平が悩むことでございます。しかるべき量の栗石を集めなくては二の丸の竣工は叶いませぬ。二の丸普請を無事に終わらせること、世に穴太の名を挙げること、それが甚平のたっての願いにございます」

「しかし大和の寺々すべてから墓石や五輪塔を運び込んだとして、それでも栗石が不足することは目に見えている。その手立てはあるのですか」

「辻々に立てられた道祖神、家々の石臼、漬け物石、それでも足りなければ屋根の置き石までも運び込みます」

石集めに対する甚平の凄まじい執念を目の当たりにした鷹之助は、今更ながら自身の甘さを思いしらされた。

甚平の父は安土城の石積みの最中に病に倒れ、穴太に戻って療養したが亡くなった。甚平が御坂家を継いだのはわずか十歳の時である。鷹之助と面識はなかったが、御石役に抜擢したのは作左衛門の強力な推薦によったもので、死んだ甚平の父と作左衛門が旧知の仲であったからだ。

近隣のあらゆる石を容赦なく取り尽くし、奪い尽くして栗石に転用しない限り大坂城二の丸の石垣は完成しない。そのことを甚平に教えられた思いだった。

（二）

すり鉢状に掘り込まれた掘り底は当初予定していた十二間の深さを超えて十三間（二十三メートル）ほどに達していた。まさに巨大なすり鉢、あり地獄のような形であった。途中まで茶褐色をした柔らかい土塊だったのが掘り底では石が混在した黒色の硬い土層となった。

七月十二日、秀吉は京より帰坂し、そのまま井戸掘削現場に赴いた。

「なんと大っぴらに掘ったものじゃ」

秀吉は驚きの声をあげた。鷹之助はすり鉢状に掘らねばならなかった経緯をかいつまんで説明し、多くの樹木を切り払ってしまったことを詫びた。

「よいよい。これで美味い水が湧くなら結構。掘り上がった後にさらに美味さを増すように井戸の底に黄金を沈める」

古来より金は万物を清めるとの言い伝えに則った思いつきであろうが、黄金が人にあたえる霊力を秀吉は誰よりも信じていた。

十七日、秀吉は内野館検分と大仏殿創建の準備打ち合わせのため再び京に向かった。

その二日後、井戸掘り現場に鷹之助が出向くと三郎太が渋い顔で、

「大岩に突き当たりましたぞ」

と告げた。

「大きさはわからぬか」

「まわりを突棒で探ってみましたが皆目見当もつきませせぬ」

「刳り貫けるか」

「大岩の厚みが一間なのかあるいは十間に及ぶのか」

三郎太は首を横に振る。

「掘り直すかあるいはこのまま続けるか。どうしたものか」

鷹之助は迷う。

「今夜、戌下刻（午後九時）に、ここにお越し願いたい。その後で掘り直すか否かを決めても遅くないと思われます」

三郎太は何か思うところがあるのか、それほど落胆している様子はない。


その夜、井戸掘り現場に赴くと三郎太、与助、伊佐次の外に壮年の男一人が加わって鷹之助を待っていた。

「この者は吾らと共に普請に加わっておりますが、ここに参るまでは石見銀山で山師をしておりました。岩石に隠された金や銀を探し出す術を心得ております」

三郎太は手にした灯明を男に近づける。彫りの深い目鼻であるが芯が細い感じの顔である。

「三郎太、ここに銀などはないぞ」

鷹之助は訝しみながら訊いた。

「岩にとびきり詳しい男です。石見銀山ではこの男が岩山を刳り貫く方角を決めます。山師も大勢おりますが、この男が告げたとおりに刳り貫くと銀の埋蔵が多い坑道となります。ほかの者では常に当たり外れがありますが、この男に限っては外れがありませぬ」

山師は鷹之助に一礼すると灯明を手に持って、掘り底まで降りていった。

「暫くの間、静粛に願います」

三郎太が神妙な顔付きになる。

山師は灯明を岩盤の上に置いた。それから仔細に岩肌を観察し、やおら岩に耳をつけ目をつぶり動かなくなった。

鷹之助らは息をのんで男を見下ろす。

山師はいつまで経っても耳を岩につけたままだ。掘り底で揺れていた灯明の炎が、まったく揺れなくなった。

男は動かない。

どれほどの時が流れたのか、一瞬風のさやぎも虫の声もすべてが止まった。

そうして再び風が樹葉を揺らし始めたとき山師がゆっくり岩から耳を離し、地上に上がってきた。

「どうであった」

待ちきれず三郎太が急かす。

「水の音が聞こえる」

山師の素っ気ない言葉に三郎太は頷(うなず)いて、

「岩の大きさは」

と性急に問うた。

「銀も含まぬ駄石(だいし)の見立ては初めて。だが所詮、石は石。わしの見立てに狂いがなければ幅は広いが厚みは一間（一・八メートル）から二間ほど。おそらくその下に水道(みずみち)がある」

「ありがたい。それだけ分かれば目途(めど)が立つ」

三郎太は緊張を解いた声で鷹之助をふり返った。

「この者の申すこと信じてよいのか」

耳を岩につけただけでその厚さがわかるとは到底信じられない。

「薬師(くすし)は病人(やまいびと)の胸に耳を当てて心の臓の音を聴き、病を見立てます。石とて同じこと。石の鼓動は聴きにくい。聴くには周りの音を消さねばなりませぬ。風の音、人の息、虫の声、灯明の揺れる炎さえも妨げになります。聴き取れるまで一刻でも二刻でも岩に耳を当てて待つ。今夜は石の心の臓を聴くには良い晩でした」

山師は淡々と述べた。

翌朝から三郎太は井戸底の大岩に座り込むと鏨(たがね)と鎚(つち)を用いて躰(からだ)がやっと収まるほどの穴を穿(うが)ち始めた。穴が小さければ小さいほど岩石を砕く量は少なくて済む。

円の直径は二尺強（七十センチ）である。こんな小さな穴を二間も垂直に刳り貫けるのかと鷹之助は案じたが穿通子の三郎太にとっては当たり前のことのようだった。

この朝から三郎太は一切口をきかなくなった。目つきが鋭くなり、顔付きがきつくなった。

二の丸普請は夏場を無事に乗り切れそうだった。さしたる病も流行らず、飲み水による腹下しで人足が休むようなことも少なかった。

石垣は全高の半ばを越えて普請は後半に入った。

すり鉢状の形は残されたままで、三郎太が岩盤を刳り貫くこと二十日余り、深さは一間四尺（三メートル）に達していた。

岩盤の上に三又を組み、つるべ井戸のようにして三郎太の躰に綱を括り付けてある。刳り貫けたとき湧水で三郎太が溺れぬように、いつでも地上に引きあげられるよう与助と伊佐次がそこに待機していた。

しかし名だたる穿通子でも岩の刳り貫きは遅々として進まなかった。石見銀山の石質から比べるとこの岩は硬いらしく、三郎太は作業を何度も中断して摩耗した鏨を研ぎ直した。

八月十四日、井戸掘りの首尾が気になったのか、秀吉は京から戻ってくると休みもせず山里曲輪に足を運んだ。

「まだ水は出ぬか」

秀吉はひととおりの経緯（いきさつ）を鷹之助から聞くと掘り底に立って岩に鏨を叩き込む三郎太を見下ろした。

「あと三尺ほどで大岩を刳り貫けると思われます。しばしのご猶予を賜（たまわ）りませ」

今はもう大岩の厚さは一間から二間、と言いきった山師の言葉を鷹之助は信ずるしかなかった。

同月十六日、秀吉はかねてより九州豊後の大友宗麟が切望していた島津義久討伐を秀吉麾下（きか）の九州、四国、中国の領主らに命じた。

二の丸普請場にこの報が伝わるや島津討伐に加わる領主、長宗我部、仙石、黒田（官兵衛）、竜造寺、毛利、吉川（きつかわ）、小早川の組頭や人足として加わっている武士、足軽がにわかにそわそわしはじめた。中には早々と帰り支度をはじめる者もあり、二十五日には足軽と武士一万二千人ほどが討伐軍の一員としてそれぞれの領国に帰っていった。

九月一日、羽柴秀長が久しぶりに大和郡山城から上坂し、普請場に姿をみせた。

秀長と鷹之助が会うのは七月三日以来二ヶ月ぶりである。鷹之助は秀長と普請場に向かう道すがら二ヶ月間に起こった普請の諸々をかい摘（つ）まんで話した。

秀長は内に鬱屈（うつくつ）した何かを抱え込んでいるのか鷹之助の話をほとんど聞いていないようだった。常の鷹揚（おうよう）な所作は見られず苛々（いらいら）した様子が窺（うかが）えた。

「どうもはかばかしくない」

鷹之助と肩を並べて普請場に向かいながら秀長が呟く。鷹之助は、その理由を訊き返さなかった。秀長の語調から聞いてはならぬ内容に思えたからである。

「岡崎に居わす家康殿に二度ばかり上洛を促したのだが丁重に断りを入れてきた。兄じゃはひどく不機嫌になられて、必ずや上洛をさせよ、とわたしに命ぜられる。なぜわたしばかりに、と思ったのだが身内以外にこのことを頼むのは憚られる、との思いが兄じゃにはあるようだ」

と、今度ははっきり鷹之助に語りかけた。

大坂城下の口さがない者たちは、

――人生わずか五十年の世で、齢四十四の旭姫を家康に押しつけて強引に姻戚の縁を結んだ。しかし家康は自領の岡崎城から一歩も出ずに義兄となる秀吉に礼もとらずにいる。秀吉がこれにどう対処するのか――

と噂しあっていた。おそらく秀長にもこの噂は聞こえているはずで、秀長の心中を察すると鷹之助は軽々しく口を挟むことなど出来なかった。

「兄じゃが戦さを避けて日本を治めるには是が非でも家康殿が臣下の礼をとってくださらなければならぬ。家康殿の上洛は欠かせないのだ。家康殿に美味い水で茶を供するのも兄じゃと家康殿が親しく話し合えるための道具立て。はやく井戸が掘り上がればよいのだが」

秀長は抑揚のない口調で言ってから、

「それにしても不憫なのは旭」

とため息をついた。

秀長と旭は幼少から兄妹仲はよかったといわれている。副田甚兵衛に嫁がせたのも秀長が一役買っている。二人の間に子はなかったが、その分仲睦まじく傍で見ていても幸せそうだった。二人を引きはがし家康に嫁ぐよう説得したのは秀吉で、天下の治まりを考えてのことであった。

旭姫の不幸と引き替えに天下の治まりを得る、それが崩れるようでは旭姫を嫁がせた意味がない、そう秀長は思っているのであろう。そしてまた家康が上洛し秀吉に臣下の礼を尽くすことを天下に知らしめることが秀吉にとってはどうしても不可欠であるのであろうとも鷹之助は推察した。

「冬までに家康殿を大坂城に迎える手筈を整える。それまでに山里曲輪の井戸を作り終えること頼んだぞ」

そう話す秀長の苦衷を察して鷹之助は低頭した。

九月六日、与助が息せき切って二の丸普請場に居る鷹之助を呼びに来た。

山里曲輪に駆けつけるとそこに三郎太が待っていた。

「これを見てくだされ」

三郎太は懐から石片を取りだし鷹之助に手渡した。石片は水気を含んでいるのか黒味を帯びてしっとりとしている。

「あと一尺ほど刳り貫けば水が噴き出しましょう」

「直ぐにでもやってくれ」

「いえ、その前にすり鉢状に掘り広げた所を埋め戻さなくてはなりませぬ。湧水の勢いが強ければ穿った穴から吹き出し、すり鉢状に掘り広げた法面はたちまち洗掘され、その崩壊土砂が岩穴を埋めてしまいます。そうなっては手がつけられませせぬ。そこでお願いがあります」

「わかった。これから後はわたしが引き受ける。手間を掛けた。しばらく休んでいてくれ。井戸の形が整ったならば、再び三郎太の手を借りよう」

鷹之助は大きく頷いた。

鷹之助は普請場に戻ると作左衛門を呼び出した。作左衛門に井戸掘りの実情を告げ、

「作左、手練れの穴太者を一人手当てしてほしい」

と頼んだ。井戸掘りのことは作左衛門に伝えていたが細かいことはなにも話していない。御進捗役で忙殺されている作左衛門に余計な心配はかけたくなかったからだ。

「最も手練れな穴太者はこの作左、後はドングリの背比べですかな」

作左衛門は自から名乗りをあげたいような口ぶりで応じた。

「作左にやってほしいが御進捗役はこれからが正念場、そうもいくまい」

作左衛門は暫く考えた後、

「芳蔵をお薦めします」

と自信ありげに告げた。

芳蔵は作左衛門が懇請して進捗役の補佐に抜粋した穴太者である。作左衛門より一回り年下であるが無口であるためか頼りない感じを受ける。穴太者らは石に向かっている芳蔵を、修行僧のようだ、と敬して遠ざけたが、石積みの腕前は誰もが高く評価していた。

翌朝、鷹之助は芳蔵を伴って井戸掘り現場に行った。

「芳蔵、これを見てくれ」

二人してすり鉢状の底に立った鷹之助は懐(ふところ)から一枚の絵図を取り出して岩の上に置いた。

絵図には自然石を円筒形に積んだ図が記されている。

芳蔵は食い入るように図を見ていたが、やがて、

「積みたい」

一言呟(つぶや)いた。

「この岩穴の上に絵図のように石を積む」

「石を数珠玉のように円状に積んでいくのですな」

「積めるか」

「積む高さは」

「ここからすり鉢の上、すなわち地表まで、およそ十三間（二十三・四メートル）」

「それだけの高さとなれば積む一つ一つの石に狂いが生じないように定規(じょうぎ)をあてがわねばなりませぬ。まずは円筒の定規を作ることから始めねば」

「円筒の定規はすでに桶職人に作らせている。この絵図をみてくれ。これは昨日桶職人に渡した絵図だ」

鷹之助はもう一枚の絵図を芳蔵にみせた。

そこには直径が三尺（九十センチ）、高さが四尺（一・二メートル）の寸胴(ずんどう)桶が描かれていた。寸胴

桶とは天端と底端の直径が同じ桶のことである。

「このような桶を定規として用いたい」

「おもしろい。となれば、次は石の吟味ですな」

鷹之助に向けた芳蔵の眼差しは獲物を追う獣のように鋭かった。

芳蔵はその足で石置場に行くと、日が暮れるまで石選びに没頭した。石の数は八百個ほど、どの石もきれいな丸みを帯び、大きさが揃っていた。


城下の桶職人に作らせた桶（型枠定規）二十個が届いたのは二日後だった。

芳蔵はこの桶を岩穴の上に、まず一個だけ据えた。岩穴の直径より桶の直径の方がわずかに大きい。

芳蔵は桶の外周に石を一つ一つ丁寧に置いていった。石と石が隙間なく接するように調整しながら慎重に石を据え付けていく。石は芳蔵の手にかかると行くべき所、収まるべき所にぴたりと収まり、特に円を結ぶ最後の石が寸分の狂いもなく収まると、ゆるぎない堅固な円となった。それは数珠の輪を彷彿させた。

こうして桶を型枠定規として桶の高さまで石を積み、外周に栗石を詰め、さらにその周囲を土で埋め戻し突き棒で突き固めた。

芳蔵は二つ目の桶を一つ目の桶の上に載せ、同じように桶の外周に石を据えてゆく。黙々と石を組み込む芳蔵の姿にはひとを寄せつけない厳しさがあった。

二十個目の桶が置かれ、全ての石組みが仕上がったのは五日後だった。すり鉢状に掘られた地形は埋め戻されて平坦な更地となった。

「いよいよ、定規（桶）を取り外しますぞ」

芳蔵が久しぶりに声を出した。

型枠代わりに用いた桶を取り除いても組み込んだ石は自立して崩れないはずである。円形に組み込まれた石の外周に埋め戻された土には石を内側に押す力が働く。この力（土圧）によって石と石は更に緊結される。土圧は、ちょうど桶の側板を締めつけるタガの役目を果たすのである。

与助と伊佐次によって縄で井戸内に吊された芳蔵は上段から下段へと慎重に桶を取り除いていった。

井戸の内壁はみごとな円筒の石組となっていた。

芳蔵は組み込まれた石の一つひとつを鏨で叩いて音を確かめる。発する音は高く澄んでいる。地表上から底まで水糸を垂らすと寸分の狂いもなく石壁面は垂直に組み上がっていた。

鷹之助は今更ながら芳蔵の技に驚嘆した。

いよいよ岩盤を刳り貫く最後の時がきた。

三郎太は与助と伊佐次の手で命綱に吊るされ、井戸底まで降りた。そこに座り込むと鎚と鏨で岩を刳り貫き始めた。

小半刻（三十分）が過ぎた。間断なく続いていた岩を砕く鎚の音が突然やんだ。

「出たぞー」

穴底から三郎太の声が響き、同時に命綱が二度三度と大きく揺れた。吊り上げの合図である。三郎太は吊り上げられ、井戸から出てきた。

「湧水の量は」

鷹之助が井戸をのぞき込む。

「豊富でございます」

三郎太の下半身はびしょ濡れだった。


井戸掘りの成功は直ぐに秀吉に報(しら)された。

秀吉はかねてより用意していた金塊を井戸の底に沈めるよう命じた。鷹之助は金塊の盗難を防ぐため井桁状に刳り貫いた平石を金塊の上に被(かぶ)せることにした。

人々はこの井戸を〈金明の井戸〉と呼び、そこから汲んだ水を〈金明水〉と呼んだ。

千利休が茶にこれほど適した水はないと褒(ほ)め称(たた)えた、との噂が流布されるに及んで金明水はその名をいやが上にも高めることとなった。


「ご苦労であった」

秀長は普請場で鷹之助にねぎらいの言葉をかけた。

「金明水は人々の口にのるが、それを掘った者たちのことはひと言ものらぬ。不満もあろうが、いずれ兄じゃから褒賞も出よう」

秀長の言葉はいつも思いやりに溢(あふ)れている。普請総奉行が秀長でなかったら、こうも懸命に城普請に励めなかったかもしれない、と鷹之助はしみじみ思う。

「やっと家康殿が重い腰をあげてくれた。金明水で家康殿を饗することが叶う。しかし、ここまでこぎ着けるには骨が折れた」

秀長はそう呟いて目を細める。

何度も家康に上坂を促したが快い返事は得られなかった。旭姫を介して姻戚になったとはいえ、家康上坂には危険が伴いすぎる。徳川の家臣は上坂にこぞって反対した。

どうしても大坂城に呼んで臣下の礼をとらせたい秀吉は母（大政所）を人質として家康のもとに送る見返りとして家康上坂を求めた。そこまでされては断ることもならず、家康は上坂を承諾した。

「家康殿の来坂に備えてまた繁多になる。引きつづき普請は鷹之助殿に任せる」

「心得ております」

「それに旭の体調がすぐれず母に会いたいとのこと。旭を気遣う母は一日でも早く旭に会いに行くと申してきかぬ。その準備もあるのだ」

秀長は思案げに顔を曇らせた。


十月四日、九州の島津討伐に向かった毛利・小早川・吉川の中国勢が豊前小倉の高橋元種が守る小倉城（現北九州市小倉北区）を陥した。

十四日、家康が浜松を、大政所は大坂をそれぞれ申し合わせて出発した。

寒気が少しずつ強まり、朝夕の訪れが早くなっていた。

十五日、吉川元春が出陣先の豊前小倉で病没した。五十六歳であった。

十八日、家康と大政所がほぼ同じ時刻に岡崎城に到着した。それを旭姫が迎えた。

二十日、家康は大政所と旭姫に見送られて岡崎城を出発し、大坂に向かった。秀吉麾下の諸領主、武将が続々と上坂してきた。

二十六日、家康が大坂に到着し、秀長邸に迎え入れられた。秀吉は自ら秀長邸に赴くと家康の手を取り、涙して来坂を謝し、腰を低くして天下統一のための協力を懇請した。

この日より四日間、大坂城二の丸普請はすべて休止となった。人足には紅白の餅とひとり一合当ての酒が振る舞われた。

二十七日、秀吉は大坂城表御殿大広間で三百余名の諸領主、武将を引見(いんけん)した。

その中に家康の姿があった。引見とは、目下の者と対面する、ということである。秀吉は、家康が自分(おのれ)より目下の者である、ということを諸領主、武将たちに見せつけたのである。

二十八日、秀吉は山里曲輪内の四阿に家康を招き金明水で茶をふるまった。

三十日、秀吉、家康、秀長は共に京に向かった。

二の丸普請は再開された。残された工期はふた月、しかし普請場に緊張感はない。秀吉をはじめ上坂した領主たちがこぞって京に赴いたためである。

人足らは普請の手を休めて秀吉と家康の噂で持ちきりだった。

その噂というのは、秀長邸に家康を迎えた秀吉は家康の手を取って上坂してくれたことを涙して感謝したが、翌日の大坂城表御殿大広間での引見では三百余名の諸領主、武将が並み居るなかで、ことさら家康を一瞥し、

——家康殿、上坂大儀——

と一言だけかけて、ねぎらいの言葉さえなかった、などと言うものだった。さらに金明水のことも噂にのぼった。

それは家康が、これほどうまい水を飲んだことはない、大樽に入れて帰国の際、持ち帰るよう命じた、などとたわいもないものだった。

鷹之助は人足の噂話を見過ごすことにした。人の口に戸は立てられぬ、強圧的に禁ずれば余計に噂は大きくなる、と思ったからである。

十一月五日、従三位（じゅさんみ）の家康、秀長が揃って正三位に叙せられた。

二の丸の石垣は笠石が乗せられ石垣背面に充塡（じゅうてん）した土の突き固めと地均（じなら）しに入っていた。ここまでくると普請の山場は超えたと言ってよい。

頃を見計らっていた作事（建築工事）方が二の丸に乗り込んできた。普請場は普請方と作事方が錯綜（さくそう）することになった。

作事奉行は本丸の作事を担った奈良、東大寺の大工棟梁中井正吉（まさよし）が引き続き担当することになった。

第六章　島津征伐

（一）

天正十四年（一五八六）十一月七日。正親町天皇が譲位し、和仁親王（後陽成天皇）が即位した。九日、京に滞在していた秀吉と秀長は新天皇に拝謁して祝辞を述べた後、大坂に戻った。十二日、井伊直政（家康の家臣）に警護されて大政所が岡崎城から大坂城に戻ってきた。二十日、秀吉は毛利、小早川、吉川らに任せていた島津征伐に自ら赴くと麾下の諸将に申し伝え、その出陣を来春とした。

これを受けて四十一家の領主たちは二の丸普請に派遣した自領の侍、足軽らに帰郷命令を次々に発した。

彼らは喜色を隠しもせず普請場を後にした。

石を積んでも名はあげられないが戦さで手柄を立てれば禄の加増も夢ではない。とくに島津との戦いは誰もが勝ちを疑っていない。彼らには戦さへ赴く悲壮感など微塵もなく、普請場から抜けられる喜びの方が大きいようだった。

普請場に残った人足は百姓、商人、町人、漁師たちばかりとなった。

鷹之助は秀長に普請の工期を十二月末から一月末へ、ひと月間延ばして貰うよう要請した。

これを聞いた作事奉行、中井正吉は強力に異を唱えた。

鷹之助は正吉を普請場に訪ねた。

「こちらから伺うつもりでした」

正吉は木材の吟味をしながらやんわりと言った。

「昨晩、普請総奉行の秀長様より普請方の窮状を考えよ、と言われておりましてな。むげに作事方の我を通すこともならぬのですが、二万の職人を束ねておりますゆえ言うべきところはきっぱりと申さねば棟梁としての器量が問われます」

「九州への出兵準備で普請に加わっていた者の半数がここを去りました。竣工が来年にずれ込む丁場が出て参ります」

「全て明け渡せるのは何日になりますかな。決まらねば棟上げが行なえぬ。棟上げには秀吉様のご臨席をいただきます。その日付がわからぬとなれば、この中井正吉、叱られます」

「棟上げの儀はすべての丁場を引き渡さなくとも行なえるはず。順次仕上がった丁場から引き渡します」

「二万の職人を集めたのは一挙に作事にかかるため。順次となりますと職人の手が遊びますな」

「こちらは戦さに人足をとられて思うように普請が進まぬ。曲げてお願い申す」

「秀長様のお言葉もある。致し方ござらぬ。で、今年中に引き渡せる丁場は如何ほどか」

「十四丁場となります」

「丁場は全部で四十一でしたな。で、残りは」

「およそ一ヶ月後」

「一月末までかかりますか」

「むろん仕上がり次第、順次引き渡す心づもり」

「速(すみ)やかに願います。そちらの引き渡しが遅れたからといって作事の竣工日は延ばしていただけない。そこをお察しくだされ」

正吉の苦渋は鷹之助にも痛いほどわかっている。島津征伐から大坂城に凱旋(がいせん)した時、二の丸に多くの館が建ち並んだ景観を秀吉は望んでいるに違いない。その秀吉の意に添いたいと正吉は考えているのだろう。

翌日、作左衛門が普請場に残った人足の明細を鷹之助のもとに持ってきた。

それによれば、石垣方四万五千余名が二万三千余名、堀方一万五千余名が一万余名に、採石場の二万余名が四千余名に減ったことが判明した。減員総数四万三千余人、残った人足は三万七千余人であった。

鷹之助は今年中に引き渡す十四丁場に全力を傾けることにした。そこで十四丁場以外の二十七丁場は休止し、そこに従事していた人足を十四丁場に振り分けた。今まで一領主一丁場を原則としていた普請がここで崩れることになった。

一つの丁場で国元の異なった領民が共に仕事をするようになると、あちこちで諍いが起きるようになった。

諍いの一因はお国言葉にあった。人足のほとんどは百姓で何代も一所に土着して独特の話し言葉を有している。異なる地方の人足がお互いに言葉を交わすのだが思うように通じないのだ。

摂津と豊後の百姓が言い争いをするがお互い何を言っているのかわからず、時が経つほど感情的になっていく。感情がむき出しになれば更に言い合いは地言葉が多くなり、果ては摑み合いの大騒ぎとなる。双方の組頭が割って入るが、そのころには喧嘩の輪は大きくなって数十人の乱闘となる。本来なら人足としてかり出された武士が静止するのだが、その武士のほとんどは戦さ支度で国元に帰ってしまって諍いを分ける者も少ない。

それに追い打ちをかけたのは十二月末の竣工予定を年を越した一月末にしたことであった。新年を故郷で祝えると心待ちにしていた人足の間には、ひと月余計に働かされることへの不満が鬱積していた。

ただ悪いことばかりでもなく人足らの間には武士や足軽らに気を遣わなくてすむようになった分、のびのびとした空気が漂っていた。

十二月十二日、島津軍が豊後に侵攻し利尾山に陣を敷く。

そこを拠点として大友宗麟の属城鶴賀城（現大分県大分市上戸次）への攻撃を開始する。

これを知った仙石秀久、長宗我部信親らは鶴賀城の救援に向かった。

すると島津家久は鶴賀城攻略を即時にやめて、仙石、長宗我部の軍を迎え討つ。

緒戦は戸次川を挟んで開かれた。

剛勇でなる島津軍の猛攻はすさまじかった。攻め立てられた長宗我部信親はあえなく討ち死してしまった。一方、秀久は敗走を重ねて豊後どころか自領である四国の讃岐まで逃げ帰る始末であった。

島津家久は利尾山に凱旋すると再び鶴賀城を包囲して、これを苦もなく陥した。

こうした戦況は早馬で大坂に居る秀吉に逐一報された。

長宗我部信親を見殺しにして自分だけ讃岐に逃げ帰った仙石秀久に激怒した秀吉は即刻領地讃岐を没収し、あらたに尾藤光房をあてた。また秀吉は九州諸大名、特に黒田官兵衛、竜造寺政家らに島津軍と不用意に戦わぬよう厳命した。


仙石秀久の更迭は大坂城二の丸普請にも影を落とした。

普請場に秀久の始末が報されると、その翌日、讃岐の組頭が姿を消した。大坂城下にある秀久の屋敷は召しあげとなり、讃岐の新領主となった尾藤光房が入ることになった。

困惑したのは讃岐から徴用された百姓たちである。新しく決まった領主の組頭が姿を見せないのだ。あまりに急な領主交代であったのと光房の家臣団は島津征伐の出兵でほとんど九州に出払っていたからである。

讃岐の百姓たちは不安を隠そうともせず、直ぐにでも帰郷したがっていたが、どこからもなんの指示もない。右往左往しているうちに撞米(つきごめ)と塩の支給もままならなくなった。

この現状を見かねた鷹之助は、堺に出向いて今井宗久に会い、撞米と塩を堺の町衆に立て替えて貰(もら)うよう頼み込んだ。宗久は、尾藤家の体制が整った段階で精算することを条件に、鷹之助の頼みを受け入れた。

（二）

暮れが迫っていた。

仙石秀久と尾藤光房の領主交代などでごたごたしていた二の丸普請場に緊張が戻ってきた。

各国の領主が新年の祝賀を秀吉に奏するため続々と上坂して自領が担っている丁場を見回るようになったからである。秀吉は九州島津と戦っている西国と四国、九州の諸武将に上坂を見送るよう命じていた。しかし諸将たちはこれを無視して密かに上坂し城下に構えた自邸に入った。

その上坂組のなかに黒田官兵衛も混じっていた。官兵衛は自邸に入ると九州からの長旅の疲れも見せず、二の丸普請場に鷹之助を訪ねた。

「なんと堅固な石垣を積まれたことよ」

官兵衛は目を細めて石垣を見やった。

「官兵衛様の縄張(なわばり)に沿って築くよう心がけて参りました。卓越した縄張であればこその石垣でございます」

世辞でなく心底鷹之助は官兵衛の設計した二の丸に心服していた。天下人秀吉の城に相応(ふさわ)しい構えと巧みに設けられた曲輪の妙は、敵が城内に侵攻しても容易には本丸に近づけない仕掛けが到るところに施されていた。それは官兵衛の軍略に関する深い知識と経験によって生み出されたもので、おそらく官兵衛以外の者では、これほど巧みな城構えの縄張（設計）は画(か)けなかったであろう。

「作事が終われば城の体裁も整う。だがこの城に秀吉様が留まることはなさそうだ」

「今、何と申された？」

「内野の館が間もなく普請を終える。秀吉様はそこにお移りになって政(まつりごと)を執(と)られる」

官兵衛は笠石が据(す)え付けられ始めた石垣の線形を眩(まぶ)しげに遠望する。

「なんと秀吉様が京にお移りになる」

全く予期しないことであった。

「秀吉様が去った後の大坂城はどうなりますのか」

「ただのありふれた城となろう」

「大坂城は広大で高い石垣を備えておりますぞ」

「ならば訊くが大坂城を鷹之助殿が攻め落とすには何万の兵があればよいか」

官兵衛の表情がきつくなる。

「何万の兵があろうとも大坂城は不落」

「なるほど秀吉様が大坂城で指揮を執る限り、百万の兵が攻めようとも城はびくともせぬ。しかし秀吉様が居わさぬ大坂城なれば五万の兵でよい」

官兵衛は表情も変えずに言ってのけた。

「そう言えるのは官兵衛様だからこそ。他の武将では五万どころか十万の兵で攻めようとも大坂城は落ちませぬ」

「鷹之助殿の思い入れの城であってみればそう申したいのはわかるが、わたしでなくとも五万の兵で大坂城は落とせる。秀吉様もそうお思いになっておられる。となれば大坂城はさらに堅固にしなければならぬ」

「これ以上どう普請すれば難攻不落の城になると申されるのですか」

「難攻不落の城などこの世にはない。だが大坂城を難攻不落の城に近づけることは叶う。それを目指して秀吉様は命のある限り、大坂城に手を加え続けることになろう。本丸を囲む二の丸、二の丸の外に三の丸、三の丸の外に四の丸、五の丸。切りがない。大坂城下はおろか摂津、河内、和泉の全てを城内に取り込んでも難攻不落の城にはなるまい。すなわち大坂城は永遠に作り続けることになろう」

「普請は果てなく続くと」

「いや、終わりはある」

官兵衛は一瞬言葉を切った後、

「秀吉様の命が尽きる時じゃ」

と言葉を押し出すように呟いた。

秀吉が官兵衛に遠国九州の三郡しか与えなかったのはなぜか。軍師としての才覚で官兵衛の右に出る者はいない。官兵衛が大国の領主になることをどの武将も当然と思っていた。おそらく官兵衛自身が誰よりもそのことを信じていたはずだ。

此度の九州出陣に際しても秀吉は毛利・吉川・小早川・長宗我部、仙石軍の要として官兵衛を軍奉行に任命している。毛利などの石高から比べれば官兵衛のそれは余りに低かった。秀吉は今でも官兵衛を軍師として重用している。しかし秀吉は官兵衛の底知れぬ心の内を見通せない。官兵衛が強大な兵を持てば何をしでかすかわからぬという疑心が秀吉の心中にあるからこそ、官兵衛を小領主として遇しているのではないか、と鷹之助は推察していた。

「ところで仙石殿のことは聞き及んでいるか」

喋りすぎたと思ったのか官兵衛は話を変えた。

「そのことでこの普請場も混乱しました。それにしても仙石様の領地召しあげは厳しい処分でしたな」

「戦さに勝ち負けはつきもの。とは申せ、死しても踏ん張らねばならぬ戦さがあっての、それを仙石殿は見誤った」

官兵衛は同情する素振りもみせない。

「仙石様は今どこに」

「高野山に追放された」

秀吉は切腹までは命じなかったらしい。こうした詳細な情報は普請場には届いてこない。

「鶴賀城が島津軍によって包囲されたという報に接した仙石殿は、鶴賀城に援軍を出そうとした。それを長宗我部信親殿と十河存保(そごうながやす)殿が引き留めた。だが仙石殿は聞く耳を持たず、兵を率いて戸次川(へつきがわ)を渡ってしまった。仙石殿を見過ごすこともならぬ信親殿と存保殿は仕方なく戸次川を渡った。川縁(べり)で待ちかまえていた島津軍は満を持してこれを迎え討った。壊滅よ。信親殿と存保殿、それに多くの兵が討ち死じゃ。だが仙石殿は青い顔をして逃げ帰った。しかも陣に留まらず、そのまま九州から自領の四国讃岐まで逃げていったのだぞ。よほど怖かったのであろう。わしであったら高野山などに送らず切腹を申しつけるわ」

官兵衛は吐き捨てるように言った。


十二月三十日、中井正吉が作事方の主だった大工たちを引き連れて普請場に乗り込んできた。迎えたのは鷹之助ら穴太衆である。

大工らが穴太衆に注ぐ眼差しには、精密さを必要とする大工仕事の方が石を積む穴太衆に比べて格が上である、という思いがありありと宿っていた。

確かに天守閣など城館が建ってしまえば、世の人々は建物のきらびやかさと白壁や板塀の美しさ、大屋根の流麗な曲線に目を奪われ、石垣などに目もくれなかった。

ところが穴太衆は、城というものは高い石垣と深い水堀がすべてで、建物などはその付属物に過ぎないと思っている。だからこそ穴太衆は大工らの目線に余計腹立たしさを感ずるのだった。

　大工らはこれ見よがしに携えてきた大きな木製の直角三角形の定規を穴太衆の前に置いた。

　定規は地表や建物の水平、垂直、直角などを測るのに用いる。

　直角をつくる方法は古来より広く知られていた。

　九章算術という教本に〈ピタゴラスの定理〉の証明がなされ、辺長が3対4対5からなる三角形を作れば直角三角形になることや円周率の近似値もこの書には記載されている。

　九章算術は古代中国に成立した算術書で紀元前百年頃に編纂された。この書は奈良朝の時代に中国から日本にもたらされた。内容は土木、建築に関する計算技術の解説である。東大寺の大工棟梁がこの書を連綿と引き継ぎ学んで今に至っている。

　中井正吉は九章算術を会得した一人であった。

「ご足労おかけいたします」

　鷹之助は正吉に軽く会釈をすると懐から石垣の丁場割図を取り出し正吉に渡した。今日、引き渡す丁場を示したものだ。すると正吉は鷹之助に習うようにして自分の懐から図面を取りだし、二枚の図面をつき合わせた。つまりは穴太衆が作った図面は信用ならないというわけだ。これを見た作左衛門は、

「石垣は現場渡しでよろしいですな」

　と不快げな声で念を押す。

「致し方ござらぬ」

正吉は図面から目をそらせて渋々頷(うなず)く。

現場渡しとは出来上がった石垣そのままをすべて受け取る、すなわち図面通りでなくとも正吉らが引き継ぐということである。

石垣の形状が図面通りに仕上がることはまずない。設計図はあくまで目安、指標にすぎない。

一方、作事方は石垣の引き渡しが終わってから現場に合わせて建物の木材切り込みをしていたのでは工期に間に合わない。そこで当初の設計図をもとに前もって木組みを刻んでいくことになる。

こうした事情によって、普請方から作事方への引き渡し時には、互いが譲れぬ内情を抱えて険悪になることが多かった。

「お立ち会い願いますかな」

正吉は図面を見ながらが大工たちに目配(めくば)せした。それを合図に大工らは笠石の上に携えてきた直角三角形の定規を立てた。

「大げさな定規であら探しでござるか」

作左衛門が雑言(ぞうごん)を吐く。大工たちにその声は聞こえたはずだが聞かぬふりをして作業を始めた。

直角三角定規の一番短い辺を地表に置き、天を向いた頂点から吊るした水糸(みずいと)が定規の二番目に長い辺と平行になれば笠石は水平ということになる。

「何とも細かい、嫌みな検分じゃ」

穴太衆のひとりが口をゆがめて吐き捨てた。

石垣の仕上り天端(てんば)に多少の傾きがあっても、穴太衆は気にしない。石垣の最上部に載せる笠石は野石（自然石）である、凹凸があるのは当たり前、水平ではないのである。

だが石垣を基礎として倉や櫓、塀を構築する大工にとっては、笠石が平坦であるかどうか最もこだわる箇所である。

両者のこうした考え方の違いがしばしば引き渡し時に大きな問題となる。

「石垣は西に向かって行くに従い低くなっておりますな」

三角定規で水平度を測っている大工が渋い顔をした。

「如何ほどの下がりかの」

作左衛門も渋い顔だ。

「東の端から西の端までの間で一尺（三十センチ）。随分と大きゅうござる」

大工が苦言を呈する。

「ほう、わずか一尺でござるか。これは上出来」

作左衛門の語調は挑発気味だ。

「これだけの狂いがあると、ここに建てる櫓や土塀の木材切り込みを修正せねばなりませぬな。作事は普請と異なり、手を増やしても工期が短くなるというものではない。厄介でござる」

正吉は口をへの字に結んだ。

「石積みとて同じこと、下から順に積み増してゆく。中空に石は積めませぬ」

作左衛門がすかさず言い返す。

「重々存じている。だがのう作左衛門殿、二万に余る大工や左官らの中には普請方の苦労がわかっておらぬ者も多い。引き継ぎには不快なことも多かろうと存ずるが、そこは曲げてご容赦願いたい」

作事方の大棟梁として譲れぬものが正吉の心の内にあって、多くの大工や左官、木挽き職人、瓦職人らを束ねる身であってみれば引き継ぎにきつい注文を出すのは当然であった。

引き継ぎの業務はこの日、終日続いた。


天正十五年（一五八七）元旦、秀吉の祝賀を受けるべく諸領主、諸将が大坂城本丸表御殿曲輪の御対面所に参集した。

御対面所は通常、襖によって六つの部屋に仕切られているが、襖を取り払うと百二十一畳の大広間になる。ここに領主、主だった武将が座して大広間を埋め尽くした。この末席に鷹之助の姿もあった。

大太鼓が響き、それに合わせて秀吉が現われ、一段高いひな壇に座した。参集者たちが平伏する。

鷹之助の席までは秀吉の声は届かない。鷹之助はひたすら祝賀が終わるのを待った。

あとひと月で石垣普請も終わる。穴太に戻りたい気持ちが新しい年を迎えると強くなった。帰郷したところで乃夢が待っているわけでもない。だが比叡から吹き下ろす凍てつく風が無性に恋しかった。

参集者がどよめいた。自身の思いに浸っていた鷹之助は上座を透かし見た。しかし秀吉の姿は武将たちの背に隠れて見えなかった。

参集者の中ほどに若衆が割って入り、手に持った文書を展げて声高に読み始めた。

領主、諸将は一言も聞き漏らすまいと若衆の方に躰を心持ち傾ける。鷹之助も謹聴する。

去年暮れ公にした九州遠征軍の編成についての申し伝えであった。

若衆が告げたところによれば、遠征軍は三十一領主、二十五万人、それに一年分の兵糧、馬二万頭と飼料一年分という膨大なものだった。

また出陣に関しては、今月二十五日を期して宇喜多秀家軍およそ一万五千余が先陣を切り、それを皮切りに二月末までに秀吉麾下の諸領主が逐次征途に就くということになった。秀吉自身は三月一日に佐々成政、浅野長政ら側近の諸将を率いて島津討伐に向かう、というものであった。

鷹之助に従軍の命は下らなかった。


翌正月二日、秀吉は主だった武将を山里曲輪に集め盛大に茶会を催した。

諸将らは金明水で点てた茶を飲み干して、口々にその味の良さを褒めちぎった。

鷹之助はこの席に呼ばれなかった。


四日、二の丸普請が再開された。残る工期はひと月を切った。

五日、大坂城に参集した領主が夜の明けるのを待って次々と自領に戻っていった。

正月気分はこの日を境に潮が退くように失せて、城下は町人や商人ばかりの町になった。

城廻りに構える諸領主の館は警護の武士だけを残して大門を閉ざし、夜間の大提灯も取り込んで深夜ともなると人影は全く途絶えた。

常なら組頭の監視の目を盗んで人足たちは夜の城下に酒や女を求めて出歩く。しかし、あとひと月足らずで故郷に戻れるとあって、人足たちは遊ぶのを自粛するようになった。これが城下の夜を寂しくした一因でもあった。

一月十日、秀長が戦さ準備のため大和郡山城に戻っていった。

一月三十一日、二の丸は普請方から作事方に引き渡された。

鷹之助は人足小屋を訪れ、出来る限り人足たちに礼を述べてまわった。

二の丸普請でおよそ百余名が命を落とし、五万余の人足が怪我、病を負った。無傷で自領に戻れる者は幸運だったのかもしれない。怪我、病気が癒えてない者は同じ郷の者に助けられて帰郷する。仲間の遺髪を懐に入れて帰る者もいた。

二月半ばになれば二の丸内に建てられていた人足小屋はことごとく撤去され、そこに多くの館や櫓(やぐら)、蔵などが建つことになる。

作事方の宿舎は城下に設けられることになっている。

城下の住民は普請人足が城下に住むことを嫌ったが、作事方である大工や左官、瓦職人たちについては受け入れ、街なかに宿舎を造ることに反対しなかった。その理由(わけ)は職人たちが労賃を貰っていたため町内に落とす金も普請人足に比べればはるかに多く、また乱暴な振る舞いをする者も少なかったからである。

二月五日、羽柴秀長の軍が先陣の宇喜多秀家軍を追うようにして大和郡山城を出発した。

この日を境にして秀吉麾下の諸将が次々に九州、島津征討に自領から軍を進発させた。

二月七日、残務整理を終えた穴太衆が穴太の郷に帰っていった。だが鷹之助は三郎太と共に大坂に留まることにした。秀吉の出陣を見送ってから帰郷することに決めていたのだ。

（三）

天正十五年（一五八七）三月一日、生駒連峰の稜線が赤く染まっていた。

微かに吹く風には晩春を感じさせる蒸し暑さが混じっている。

二の丸の広場は佐々成政、浅野長政以下の諸将、武士、足軽など二万五千の兵で埋めつくされていた。色とりどりの旗差し物が何千本とゆらぎ、兵の喋る声と軍馬のいななきで城全体が燃え立つような熱気を帯びていた。

どの武将も思いっ切りきらびやかな形をしている。この日のために設えた兜、装束、旗差し物、馬の轡さえもぴかぴかに磨きたててあった。

戦さに赴くというより征途の行軍を楽しむ風で悲壮感も張りつめた様子も一切なく、お祭りのように浮かれた笑いやさざめきが兵全体を覆っていた。

生駒の稜線が茜色から白色に変わり、陽が二の丸広場を照らしたその時、太鼓とホラ貝の野太い音が二万五千余の兵を圧して響いた。

ざわついていた兵が瞬時に押し黙り、天守閣の最上階を振り仰いだ。

太鼓とホラ貝の音がやむ。

一瞬、風のさやぎ、軍馬のいななき、兵の息づかい、旗差し物のはためきまでが止まったかに思えた。

天守閣の壁に金箔で描かれた一双の虎に朝日が当たり金色に輝く。まるで今にも動きだし大屋根の上を駆けめぐるかのようだ。

天守閣土台石垣の裾に隊列を組んだ五百人ほどの足軽鉄砲隊が筒先を空に向ける。

ダダダーン。一斉に放つ空砲の硝煙に天守閣が覆われる。

煙はすぐに消えて天守閣最上階に豊臣秀吉が悠然と姿を現わした。

二万五千余の兵が天守閣を揺るがす大喚声をあげた。

秀吉は着けている陣羽織を兵に見せるようにゆっくりと一回りした。陣羽織は真っ赤な絹の下地に五三の桐の家紋を金糸で刺繍したものだった。

秀吉は兵を見下ろし、右手に持った金の桐文蒔絵軍配を高々と掲げた。全ての兵が咆哮し、手を打ち足を踏み鳴らす。

佐々成政、浅野長政らが秀吉を仰ぎ見て鬨の声をあげた。それに習って二の丸を埋め尽くした兵が右の拳を天に突きだして声を揃えた。鬨の声は城全体を揺さぶった。

秀吉は満面に笑みをたたえて頷くと軍配を一閃させた。鬨の声は一瞬にして止み、二万五千余の兵は九州に向けて進軍を始めた。

大坂城には留守居役として三好秀次が残った。

鷹之助は兵を見送ると三郎太を伴って穴太の郷へ向かった。

（四）

秀吉の九州征途軍を見送って穴太の郷に帰郷した鷹之助は当初、里暮らしが退屈でしかたなかった。しかし十日経ち、二十日過ぎして、比叡山から吹き下ろす風に心ゆくまで浸っているとそうした思いは薄れていった。

作左衛門は鷹之助の館に入り浸り、日がな一日昼寝に余念がない。築城に従事している時はけわしい顔が多かったが今は柔和で好々爺そのものである。

三郎太は穴太の若者に混じって灯籠や五輪塔作りを手伝っていた。石にかけては誰にもひけをとらぬと豪語していただけあって、鏨と鎚を巧みに使ってそれなりのものを作り上げてしまう。石臼の微妙な磨りつぶし面を仕上げるには苦労しているものの、それも会得するにさしたる時を要することはなさそうであった。

秀吉が大坂城に凱旋(がいせん)したとの報が穴太の郷に届いたのは鷹之助が帰郷してから四ヶ月過ぎた七月半ばであった。

凱旋の華々しい噂の中に秀吉が吉利支丹を追放した、という噂が混じっていた。

吉利支丹という言葉に鷹之助は乃夢を想い、暗い気持ちになった。消息の知れぬ乃夢ではあるが、乃夢のことは常に胸中の奥底にあった。鷹之助は久しぶりに大坂に出ることにした。

大坂の町は凱旋の兵とそれを目当てに商売をする商人たちで賑(にぎ)わっていた。鷹之助は城下に居を構える秀長の別邸を訪れた。

別邸内には秀長と数名の供回りの若衆それに下僕だけしか居なかった。主だった家臣、兵らは大坂に寄らずにそのまま大和郡山に凱旋したとのことだった。

「軍場(いくさば)でも大坂城のことが気に掛かっていたのだが、ここに戻って城を目にし安堵(あんど)した。亡くなられた家次殿も彼岸から城を眺めて満足していることだろう」

凱旋の祝辞を述べた鷹之助に秀長は穏やかに告げた。

「相変わらず渋い顔をして見ているのかもしれませぬ」

「せめて今の城の姿を家次殿に見せてやりたかった」

しみじみとした秀長の声で鷹之助の胸中には家次の生前の姿が過(よ)ぎった。

「島津様との戦さはいかがでしたか」

鷹之助は家次の面影を吹っ切るように話題を変えた。

「剛勇でなる島津軍であったがこちらは二十五万の兵。島津殿が頭を丸め、命乞いをして戦さは終わった」

五月八日、勝ち目がないと悟った島津義久は剃髪して秀吉の軍門に降った。秀吉は島津一族が領していた地ことごとくを没収し、そのうえで義久に大隅国（現鹿児島県東部）のみを情与し、大友宗麟に豊後（現大分県大部）一国を安堵した。また戦功があったとして佐々成政に肥後国（現熊本県大部）を与え、博多を秀吉の直轄地とした。

「そうであった。兄じゃは官兵衛殿に豊前国の京都、築城、上毛、下毛、宇佐の郡内を治めるよう命じられた」

「官兵衛様がとうとう大領主になられましたか」

「十二万石。大領主とは言い難い。官兵衛殿の心中は複雑であろうがともかくめでたいことだ」

秀吉がようやく官兵衛への警戒心を解いたのかもしれない、と鷹之助は思った。

「もう一つ鷹之助殿に伝えておかなければならぬことがあった。内野の館を『聚楽第』と呼び換えることになった。そのこと存じておるか」

「いえ、聞いておりませぬ」

「兄じゃは内野の館に帝（後陽成天皇）をお迎えするにあたって、それに相応しい名を探していた。それが聚楽第に決まった。聚楽、とは長生不老の楽しみを聚（集める）、ということだ」

「穴太の郷に居りますと世上のことは何も入ってまいりませぬ。そうですか、内野館が長生不老の館となるのですか」

「五日後、兄じゃは聚楽第で主だった諸将から戦勝の祝いを受けるため上京することが決まった。その後参内し、帝に九州平定を奏上なさり、さらに八月の五日には家康殿がお祝いに上洛することになっている」

わずか半年、穴太の郷にこもっている間に世情が大きく動いていた。

「兄じゃはいずれ聚楽第に居を移すお考えだ」

そのことは官兵衛からすでに聞いていたが、秀長の口からあらためて聞かされると、移る時期が迫っているのかもしれなかった。

「ねね様もお移りになるのでしょうか」

「義姉上は大坂城に残る」

「聚楽第の防備が万全とは思いませぬが」

聚楽第が城としての機能を備えていることは確かであるが大坂城から比べればはるかに劣っている。

「今の兄じゃは城に守って貰わなければならぬほど弱くはない。兄じゃはこれから天下の政に多くの力を注がねばならぬ。そのため聚楽第に居を移すのがよいのだ。それに聚楽第にはすでに母と旭が移り住んでいる」

「旭様が聚楽第に？」

旭姫は家康の室（妻）となって岡崎城で暮らしているはずである。

「妹には駿河の水が合わなかったのかもしれぬ」

秀長は言いよどむようにして目を伏せた。秀長が旭姫のことを口にするとき、一度も楽しそうな顔をしたことがない。口振りから旭姫は病を得て養生のため母なかと共に聚楽第に居を移したようだった。

「御両所様は聚楽第に御座すよりも大坂城で秀吉様、ねね様と共にお暮らしになる方が心休まるのではありませぬか。大坂城であれば防備も万全です。それとも秀吉様にとって大坂城は不要なものとなったのでしょうか」

鷹之助は大坂城普請にかけた労苦がむなしいものに思えた。

「大坂城があるからこそ聚楽第に移ることが叶う。大坂城は豊家の拠り所。兄じゃが出た後の大坂城をさらに堅固にしなければならぬ。この後三の丸、四の丸の普請を兄じゃは考えているようだ。まだまだ鷹之助殿をはじめ穴太衆の助けを借りねばならぬ」

三の丸、四の丸と聞いて、黒田孝高(官兵衛)が城の防備のあり方について話した時の厳しい顔を思い出した。そして官兵衛の顔が浮かぶと、秀吉が九州征討の最中に発した伴天連追放令を思い出した。

「話はちがいますが秀吉様が伴天連を罰したとのこと、真でございますか」

鷹之助は恐る恐る訊いた。

「あれは六月十九日だったと覚えている。島津殿の戦後処理を筑前筥崎(現福岡県福岡市東区箱崎)の陣屋で行なっている最中、兄じゃは突然、ガスパル・コエリョ殿のもとへ平素の行ないに関する詰問状を送りつけ、次の日、諸将を集めて伴天連の追放を言い渡した」

「コエリョ様は秀吉様の逆鱗に触れるようなことをなさったのでしょうか」

「兄じゃは九州の地に赴いて長崎の置かれている状況を目にして驚くと共に怒ってもいた」

　長崎は大村純忠が統治を任されていた。しかし純忠の治める地は財力に乏しいこともあってポルトガルから軍資金を借入れ、その担保として長崎を差し出した。したがって長崎はポルトガル領（長崎教会領）となっていた。

「長崎を拠点に伴天連の布教をなすのはけしからぬ、と兄上は申されて伴天連たちを国外に追放する令を発したのだ」

　秀長はその時のことを思い出したのか困惑した顔つきになった。

「多くの領主、諸将が受洗しております。わたくしが存じているだけでも高山右近様、黒田官兵衛孝高様、蒲生氏郷様、織田有楽斉様それに大友宗麟様、大村様、有馬様などの領主や諸将、その家臣の方々など数えあげればきりがありませぬ。その方々は如何なされたのでしょうか」

　乃夢は長崎からスペインに船で向かったか、あるいは長崎のどこかに今でも住んでいるはずだ。伴天連追放となれば乃夢をとりまく状況は厳しくなるに違いない。

「みな戸惑っていた。宗麟殿は兄じゃの話を聞きながら下を向いたまま震えておった。右近殿は追放令を撤回してもらおうと後日、長崎の伴天連たちを伴って兄じゃに会おうとしたが一喝され追い返される始末」

「官兵衛様は」

「伴天連たちが混乱を来さぬように様々な相談にのったり、それとなく援助をしているらしい。が、官兵衛殿が改宗したか否かは定かではない。それより大村純忠殿が伴天連追放令を知った直後に亡くなられた。伴天連と兄じゃの間に挟（はさ）まれて命を縮めたのかもしれぬ」

伴天連追放令は出されたが、今のところは伴天連たち、すなわちスペインなどから来日した司祭のみの追放であり、武将や百姓、商人を対象とした追放令ではないようだった。

純忠の死を秀吉は哀れと思ったのか息子の喜前（よしあき）に純忠が治めていた旧領を安堵した。

秀長の別邸を辞したのは陽が沈みかける頃であった。その夜は中井正吉（まさよし）の宿舎に宿を借りた。正吉は上京中で、留守を預かる正吉の代理役の棟梁が丁寧に対応してくれた。

（五）

天正十六年（一五八八）五月。

先年発布した伴天連追放令の実があがらぬことに業をにやした秀吉は長崎の地を没収して直轄領とした。そのうえで、吉利支丹嫌いで名高い鍋島直茂（なおしげ）を長崎の代官に任命した。

直茂は長崎に滞在する吉利支丹教徒を武力で追放した。

閏（うるう）五月。

肥後領内で土豪たちの一揆が起こった。肥後領主になりたての佐々成政は一揆を鎮圧しようとしたが、うまくいかず、隣国領主の助けを借り、やっとのことで切り抜けた。

秀吉は成政の不手際を厳しく問い、領国を没収して尼崎に呼び戻した。成政はそこで自刃する。

思えば成政の一生は秀吉に振り回された一生といってよかった。尾張にあって信長に仕え、越中富山の城主となった。信長の死後は信雄（のぶかつ）（信長の次男）を助けて秀吉と戦い、信雄が秀吉の軍門に降（くだ）っても富山城に籠もって頑強に抗したが利あらず、自分（おのれ）の死をもって城兵の命を救うよう秀吉に申し送ったが、秀吉はそれを拒否。しかしながら前田利家や織田信雄の助命嘆願で一命を保ち、その後秀吉に従って忠義に励んだ。その功が認められて再び一国の城主となったが、領内統治のわずかな失政を秀吉に咎（とが）められ最期を迎えたのである。

武将らはこの処置に震え上がり、かつての信長の再来かと恐れた。天下人となった秀吉には人を慮（おもんぱか）る心魂が失せたようだった。

秀吉は成政から没収した肥後国の半分十九万五千石を加藤清正に、後の半分を小西行長に与えた。期せずして清正は大領主となった。

第七章　石垣山城

（一）

天正十七年（一五八九）正月。
秀吉の側室、茶々の懐妊が公にされた。
聚楽第は元旦早々、祝いの品をもって訪れる領主や武将、商人で引きも切らなかった。
秀吉は京の近く淀（現京都市伏見）の古城を茶々の産所ときめた。
そこで京都奉行の前田玄以（げんい）に城の大々的な改修を命じた。

茶々は秀吉が密かに恋い焦がれていたお市の方の娘である。お市の方は織田信長の妹で北近江の領主浅井長政に嫁し、三人の娘をもうけた。信長と長政は義兄、義弟の仲になったが、敵対する間柄になった。

信長は秀吉に命じて長政の居城（小谷城）を攻めさせる。その折、秀吉の陣屋にお市の方と娘三人が送り届けられる。浅井一族は小谷城とともに滅んだ。命を永らえたお市の方と娘三人は信長の許（もと）で暮らすことになった。

それから九年後、信長が本能寺で明智光秀に弑逆（しぎゃく）される。信長の後継者に誰を据えるかで柴田勝家と羽柴秀吉が対立する。この対立が尾を引いて勝家と秀吉は敵対することになる。

その最中（さなか）、お市の方が勝家に再嫁する。

この報は武将たちの間で驚きをもって伝えられた。あまりに唐突であったからである。

しかし勝家にとってお市の方を嫁にすることは驚きでも唐突でもなかった。実は勝家は密かにお市の方を嫁にほしいと何度も信長に願い出ていたのである。あまりの熱心さにほだされた信長はお市の方の再嫁を認めた。その直後、信長は弑逆された。

その二人は信長の三男信孝の取り持ちで祝言をあげた。信孝は信長の後継者として勝家が強く押した人物であった。

茶々と妹二人はお市の方に伴われ勝家の居城、越前北庄（きたのしょう）城に住まうことになった。

それから一年も経たずに秀吉と勝家は戦うことになる。

戦さは秀吉に味方する者が続出するに及んで勝家の敗北が濃厚となった。

勝ち目のないことを悟った勝家はお市の連れ子三人を秀吉の許に届けた。

勝家とお市の方は北庄城に籠もり、城に火をつけて共に自害する。命永らえた三人は前田利家に預けられた。時に長女茶々十七歳、二女お初十五歳、三女小督(おごう)十三歳であった。

二年後、秀吉は茶々を側室にする。秀吉は四十九歳、ねねとの間に子供はなかった。

そして今、熱望していた秀吉の血をひく子供を宿した茶々は二十三歳、秀吉はすでに五十三歳になっていた。

つまり人生わずか五十年と言われたこの時代に秀吉はその歳月を生き切り、余生といってよい歳を迎えて初めて自分(おのれ)の血をひく子を得ようとしていたのである。

茶々の懐妊が公にされ、それを知った鷹之助は複雑な気持ちであった。ねねがなんと思っているのかが気になったからである。おそらく、ねねは心のどこかに一抹の寂しさと哀しみを宿しているように鷹之助には思えた。また茶々の心情も鷹之助には気になるところであった。茶々の実父浅井長政と義父柴田勝家を殺し、さらに母を自害に追い込んだ張本人の子を宿したその心中を察すると鷹之助は素直に喜べなかったのである。

夏、改修した淀の城で茶々は男子を出産、鶴松と名付けられた。茶々は秀吉の跡継ぎを産んだことから淀城に因(ちな)んで、淀の君、あるいは淀君、と呼ばれるようになった。

晩夏、秀吉は鶴松を真綿に包むようにして、茶々もろとも大坂城に引き上げてきた。

その後を慕うように全国の領主や武将が大坂城に祝いの品をもって詰めかける。

秀吉は諸将や領主、はては町人にまで金銀をばらまき、大坂の町はいやが上にも鶴松誕生の祝いで華やいだ。

その慶賀に水をさすように、小田原の北条氏直（うじなお）だけは祝いにも駆けつけず、代理として叔父の氏規（うじのり）を送っただけで自身は小田原に居座り続けた。

九州島津を下した今、天下統一は残すところ関東、東北だけということもあり、秀吉は何度か氏直に上京を促していた。だが関東の雄、氏直にとって秀吉の呼び出しに応じて京に赴くには北条五代の誇りが許さなかった。

そんな折、鶴松の誕生は氏直上京に格好の機会であったはずである。鶴松祝賀のための上京となれば秀吉に呼び出されたという屈辱は薄められ、自ら上京したという格好がつくからだ。

だが氏直はこの機会を逃し、それどころか広大堅固な小田原城を拠（よ）り所として兵糧を運び込み、土塁を補強、改修して戦闘準備に日夜を費やした。

秀吉が九州征討の後、関東平定に動かなかったのは北条家と徳川家が姻戚関係にあったからで、家康に配慮したためである。

秀吉の上洛要請を氏直が無視した時点で秀吉の胸中は、北条討つべし、との思いで満たされたに違いなかった。なぜなら秀吉は鶴松誕生に狂喜しているように見えたが、淀城にわずか三ケ月足らず逗留しただけで大坂城に引き上げてきたからである。

十一月二十一日、秀吉は東海道（伊勢、伊賀、志摩、尾張）諸国、中国、四国、九州の各領主に小田原出陣の準備を命じた。

この命は穴太の郷を治める鷹之助にも届けられた。軍役と夫役が免除されている鷹之助であったが秀吉の命に否応はなかった。出陣準備に穴太の郷は忙殺された。


天正十八年（一五九〇）正月。

正月の祝賀に影を落とすように旭姫が聚楽第で病死した。

秀吉は旭姫の喪が明けぬ二十一日に織田信雄の女をあわてて養女にした。

それから秀吉は祝賀で居残っていた家康の息、長丸（秀忠）を聚楽第に呼び出すと、そこで信雄の女（秀吉養女）と結婚するよう強要し、これを承諾させた。

婚儀は聚楽第で日を空けずに行なわれることになった。

秀吉が強引に二人の婚儀を急いだのは、旭姫の死去で徳川家康との縁戚が切れることを恐れ、家康の息子と秀吉の養女を娶せることで、徳川との絆をつなぎ止めたかったからである。

この婚儀が公になると多くの領主が祝儀のため聚楽第に駆けつけた。そのなかに旭姫の実兄、羽柴秀長の姿はなかった。おそらく聚楽第で死去した旭姫の四十九日の法要も終わらぬうちに、同じ聚楽第で秀忠との婚儀が行なわれることに耐えられなかったのではないか、と鷹之助は心を痛めた。

一月二十五日、徳川家康軍二万余、織田信雄軍一万二千余の兵が東海道を下ると、三好秀次、細川忠興、毛利輝元などの軍勢が続々と小田原目指して進軍を開始した。

前田利家、上杉景勝らは東山道を進み、脇坂安治（やすはる）、九鬼嘉隆、長宗我部（ちょうそがべ）元親らの水軍は兵糧を満載した船で駿河清水港へと舵を切った。

鷹之助は総勢五十名の穴太衆（あのうしゅう）を率いて大坂城に入って出陣の報（しら）せを待つ。

その陣中に秀長から鷹之助に一通の書状が届いた。

自分は船で清水港へ向かったが病を得たので郡山へ戻り、養生することにした。鷹之助を戦さに加えるように勧めたのは自分である。その理由（わけ）は小田原城が大坂城よりはるかに大きく堅固だともっぱらの評判であるからである。それをよく見聞し、今後の大坂城の拡充普請に生かしてほしい。軍場（いくさば）で困ったことがあれば家臣の藤堂高虎（たかとら）に何事によらず相談すればよい。

そのようなことが丁寧に記されてあった。

秀長が病気であることを初めて知り、同時に小田原攻めに参戦できないほど病は重いのかとも思ったが、こうしてわざわざ手紙をくれることができるゆとりがあるなら、それほどではあるまいと鷹之助は思い直した。

三月一日、小田原へ向かう秀吉の軍勢を見物するため、京五条大路には洛中、洛外、奈良、堺、大坂などから町人（まちびと）、百姓、商人、漁師、僧侶らが押しかけた。

人々は今か今かと背伸びし、目を細めて、同じ方向を見ている。遠方で喚声があがるのが聞こえ、やがて騎乗した武将たちが姿を現わした。馬軍の数は一千騎ほどか。馬の背に金糸、銀糸で縁取った布を打ち掛けて、揃いの着物を着た馬子に轡（くつわ）をとらせて進んでくる。

その後を極彩色の旗差し物を掲げた足軽が大路一杯に広がって続く。

鐘と太鼓、それに笛まで加えた鳴り物が観衆の耳を圧倒した。

さらに黄母衣衆二十四名が騎乗姿で現われた。母衣とは大きな薄絹の内部に直径が一間ほどの竹籠を入れて風をはらんだような形に作り、これを鎧の背につけて飾りとした派手な指物のことである。黄母衣衆とは母衣の色が黄色であることから名付けられ、秀吉自慢の護衛隊であった。

二十四名は道一杯に輪状の隊列を組んで進んでくる。輪の中央を白馬にまたがった武将が着飾った足軽に轡をとらせて悠然と進んでくる。豊臣秀吉であった。

観衆は黄母衣衆に囲まれた秀吉の装いに唖然とし、やがてどよめいて、やんやの喝采をおくり、手を打ち、足を鳴らした。

作り髭を蓄え、お歯黒をして目には微かに隈取りさえ入れている。金糸をふんだんに織り込んだ陣羽織を着付けた姿は白馬と相まって秀吉の奇抜さをいやが上にも盛り立てた。さらに宝石と金をちりばめ、紫の房で飾り立てた太刀が華やかさを添えていた。

兜は一の谷兜の後立てに二十九本の馬藺（いぐさの一種）を用いて、黒漆で仕上げてある。まるで仏の後背のような形の兜は、人目を引くに十分であった。そして手には愛用の桐紋蒔絵軍配をゆったりと握っていた。

秀吉に続く武将たちも鎧兜に思い切り贅をこらし、旗差し物を押し立てて通り過ぎてゆく。

すべてが派手で陽気だった。先頭が砂塵の彼方に消えても、後方はまだ見ることさえできない。群衆は時の経つのも忘れて見入った。

その軍列にそぐわない一団が混じっていた。五十人ばかりの一団は徒（かち）で、旗差し物も立てず、馬一頭さえも伴っていない。さらに奇妙なのは鎧兜も具足もつけず、刀や槍さえ持っていなかった。真っ黒な筒袖の上衣と裁着袴（たつつけばかま）。長い鉄棒を肩に担いで、鏨（たがね）、玄能、楔（くさび）などを入れた袋を背負い、腰に何十本もの縄を垂らしている。

その集団の先頭を戸波鷹之助が黙々と歩いていた。

三月十九日、秀吉の軍は駿府領内に入った。

駿府の長久保城（現愛知県駿東郡長泉町）に待機していた徳川家康が一行を出迎えた。

家康のもてなしを受けた翌々日、秀吉軍は東海道を東進し、三月二十七日、箱根山が望める三枚橋城（現静岡県沼津市）に軍を入れた。

それから先、小田原に行軍するには箱根山と足柄山を越えなくてはならない。

北条方は箱根峠から西におよそ一里半（六キロ）、三島から四里半（九キロ）ほどの地にあった古城跡地に新城（山中城）を構築し、さらに箱根の南、伊豆韮山（にらやま）に以前からあった城（韮山城）を修築して小田原に秀吉軍を入れまいと待ち構えていた。

秀吉はこの二城、山中城と韮山城を落とすことに決める。

韮山城攻撃は織田信雄（のぶかつ）を総大将として、蜂須賀家政、福島正則、細川忠興、蒲生氏郷などの軍があたった。

一方、山中城は三好秀次を総大将に中村一氏、堀尾吉晴、山内一豊らの近江勢、それとは別に堀秀政、木村重高の軍が赴き、さらに徳川家康の軍が別道を通って山中城に迫った。鷹之助ら穴太衆は秀次軍の最後尾（殿）を進む。

秀次軍と堀・木村軍は山中城の近傍にそれぞれ陣を取る。

秀次軍の陣からは北条氏勝、松田康長、間宮康俊、朝倉景澄らの武将が守っている山中城が望めた。

山の斜面を削り、土塁を築き、空堀を深く掘った山城である。

石垣らしいものは見当たらず、城は三つの曲輪からなっている。曲輪はそれぞれ障子の桟の形をした空堀で隔てられていた。掘り残した桟の部分は武者走りとなっていて、それ以外は四角い蟻地獄が口を開けているような堀が幾つも穿たれている。

こうした堀は〈障子堀〉〈畝堀〉と呼ばれ、鷹之助もかねがね耳にしていたが実際に目にしたのは初めてだった。

武者走りは幅が狭く、攻城兵一人しか通れない。城を守る兵が武者走りに立ちふさがり、堀に突き落とし槍で突き殺す。障子堀、畝堀は少数の兵で大勢の攻城兵を迎え討つには優れた備えである。しかしそれは旧来の刀槍での白兵戦のことで鉄砲の戦いではさしたる防備とはならない。

鷹之助は戦う前からすでに勝利を疑わなかった。

三月二十九日早朝。

山中城正面を秀次軍、南面は堀・木村軍、北面の虎口（逃げ口）は小田原から元山中へ通ずる間道を進んだ徳川家康軍が取り囲んだ。総勢七万の兵である。

戦いは巳の刻（午前十時）に開かれた。

だが鷹之助ら穴太衆はそのまま陣に残った。五十人ほどだった一団は五百人近くに膨れ上がっていた。一昨日と昨日の二日間で富士の裾野から集めてきた百姓たちである。百姓たちは手に手に鋤や鍬を持ち腰に長い縄を巻き付けていた。

ホラ貝の音と陣太鼓を打ち鳴らす音が山中に響いた。

鷹之助らは息をつめて山中城に目をこらす。百姓らは怯えて落ち着きがない。

秀次軍と堀・木村軍は互いに競いながら揉み込み、土塁を突き崩して城へと遮二無二突き進む。

先陣を秀次軍が取った。秀次軍は真っ先駆けて障子堀の武者走りを伝わって城に近づく。

待ちかまえていた城兵が長槍をもって寄せ来る兵を突きたてる。兵は均衡を失って障子堀の底に転げ落ちた。はい上がろうともがく兵に城兵は雨の如く矢を射掛ける。たちまち堀の底は秀次軍の死人で埋まった。だが秀次軍は怯まず次々新手を繰り出して城兵に襲いかかった。支えきれずに城兵は城内に退却し、城門を固く閉ざした。

秀次軍、堀・木村軍が城門前に群がった。城門上から熱湯、大石が両軍に浴びせられた。石に押しつぶされる者、熱湯に逃げまどう者で門前は騒然となる。だがそうした城兵の攻撃もすぐに終わった。投げ降ろす石も熱湯も尽きたのである。

秀次軍の中からカケヤ（木製の大きな槌）を持った一団が現われ、門前に立った。男たちは無言。カケヤを城門に激しく打ち当てた。打ち当てること数十回、城門は打ち壊された。

秀次軍、堀・木村軍が一番槍を競って城内になだれ込む。

三千五百余の城兵は矢を射掛け槍を繰り出し応戦するが、後から後から突入する両軍の兵に斬り立てられ押し込まれ、やがて虎口めがけて敗走を始めた。

かねてよりこの敗走を見越して徳川家康軍一万五千余の兵が虎口に満を持して布陣していた。

家康軍は鉄砲を並べて逃げまどう城兵を猛射する。次々に城兵が倒れていく。運良く弾丸をかいくぐって逃れた城兵は家康軍の兵が刀槍で斬り裂き突き殺した。

松田康長、間宮康俊、朝倉景澄は討死。北条氏勝は辛くも逃れて玉縄城（現鎌倉市城廻）へと落ちのびていった。氏勝が家康殲滅隊から逃げ果せたのは奇跡といってよかった。

陽が真南を指す頃、勝敗はついた。一刻（二時間）で山中城は陥落した。

山中城を占領した三軍は勝ち鬨の声をあげるでもなく自軍の戦死者を運んで城を後にした。

山中城は北条方の戦死者を残して無人となった。

その時を待っていたかのように鷹之助率いる五百余人の一団は陣を後にして山中城に赴き城内に散っていった。

穴太者に指揮された百姓たちが腰に巻いた綱を手にとって城のあらゆる建物の柱という柱に巻き付け、引き倒し始めた。

全ての建物が引き倒されると城内に置き去りにされた北条方の兵の骸を引っ張ってきて障子堀の底に投げ込み、その上から土砂を被せて埋めにかかる。堀、溝、土塁、すべてを鍬と鋤で黙々と埋め戻していく。だれも一言も声を発しない。

二日後、山中城の主だった畝堀、障子堀、家屋は跡形もなく消えた。手伝わせた百姓たちはそれぞれの里に帰っていった。

　秀吉が鷹之助に与えた任務は〈城割〉、すなわち落城した敵方の城を再度使用できぬように破壊することであったのだ。秀吉は山中城が石垣で防備されていると思ったのかもしれなかった。だからこそ石積みの巧者である穴太衆に城割を命じたのだ。だが山中城は土塁と畝堀、障子堀によって防備された山城で、石垣などほとんど見当たらない。鷹之助は土塁を崩し均し、畝堀や障子堀を埋め戻すことで秀吉の命令に応えた。

　秀吉は山中城陥落の報を受けると箱根湯本の早雲寺に本陣を置いた。

　早雲寺は北条五代の祖である北条早雲の菩提寺である。その菩提寺に敵が陣を敷く、という屈辱を北条氏直は座視するしかなかった。


　鷹之助ら穴太衆五十余名も早雲寺の外れに陣を与えられた。わずか二百坪の狭い陣である。

　そこに早雲寺本堂に参じよ、との伝令が届いた。

　急いで早雲寺に赴くと本堂で三名の武将が談笑している。なかのひとりが鷹之助に気づくと手招きした。田中吉政であった。大坂城本丸普請で掘り方を担当した吉政とは旧知の仲である。鷹之助は本堂に上がり吉政の隣に座った。

「存じておろうが、こちらが筒井定次様。お隣が藤堂高虎殿」

　吉政が鷹之助に二人を紹介した。鷹之助は両者に軽く頭をさげてから高虎に、

「大和大納言（羽柴秀長）様から出陣間際にお文を頂きました。大納言様は海路で小田原に向かう船

中で病を得て郡山城に戻られたとか。ご容体はいかがでしょうか」

と訊いた。

「殿からの便りは陣中に届いておらぬ。便りのないのはよい報せ、と申す。必ずやご快復なさるであろう。ご案じなさるな」

それを聞いて安堵した鷹之助は定次に向き直り、

「大坂城普請の折、今は亡き順慶様にはひとかたならぬご配慮を賜りました」

と述べ低頭した。定次は筒井順慶の養子で鷹之助より二つ年下であるから二十八歳である。

「配慮とは大和の民、総掛かりで運んだ大石のことでござるな。あれは義父思い入れの大石であった。その義父が身罷って早、五年」

その五年の間に筒井家は大和から伊賀上野に転封され、石高も二十万石と半減している。

「顔が揃ったようだ。関白様をお迎えに参る」

高虎が座を立ち、本堂を後にした。残された三人は黙して秀吉を待つ。

ほどなく秀吉が壮年の男を連れて高虎と共に現われた。鷹之助らの前に座した秀吉は、

「この者は先ほど余に耳よりの情報をもたらせてくれた。おこと、余に申したことと同じことを、この四名に話して遣わせ」

と男に命じた。男は鷹之助らに、

「わたくしは北条家の臣、松田憲秀の家中の者で牧野五郎衛門と申す。わが殿はかねてより秀吉様にお力を貸したいと思っておられた。殿は関白様の御本陣が早雲寺では小田原城から遠すぎる、そこで

小田原城を眼下に望める近場に御本陣をお移しになられるようお薦めして参れ、とわたくしを差し向けたのでござる。その地とはここより一里（四キロ）ほど東に聳える笠懸山」

そう告げて平身した。

「さて。そこでじゃ、笠懸山がいかなる山であるか、高虎らで検分して参れ。案内はこの牧野なる者にさせよ。もしこの者が不審な動きをいたしたら、斬り捨ててよい」

秀吉は命じて本堂を足早に去った。

四人は五郎衛門を先に立たせて本堂を出ると小径を東に辿る。しばらく進むと小径は川に沿うようになった。

「早川と申して箱根連山から湧き出す水を集めて相模の海に流れ下っております」

五郎衛門は歩みを止めずに言った。川沿いを半刻（一時間）ほど歩くと寺が見えてきた。

「海蔵寺という古刹でござる。寺の脇から道は山頂に向かいます」

五郎衛門は四名を導いて寺の脇道に入った。そこから道は急峻になった。山道の両側に木々が覆い被さって山頂は望めない。

「これを登り詰めれば笠懸山の頂でござる」

五郎衛門はこの山を何度か下見していたのであろう、迷わずに登っていく。

四半刻（三十分）ほどで山頂に着いた。

笠懸山の高さは海抜二百五十メートル、麓からの比高は百九十メートルほどである。

早川の渓流をはさんで真向かいに小田原城が手にとるように見下ろせた。

「この山頂に城を築いたとしても数千の兵士しか入れまい。関白様の本陣となれば兵数は万を超える。ここでは狭すぎて兵らは身動きがとれぬ。ひとたび小田原勢が攻め寄せれば、関白様の本陣は大きな痛手を受けるやも知れぬ。ここに陣を移すこと、利あらず。そう思うが筒井様のお見立ては如何（いかが）かな」

高虎は定次が備えている軍略知識の深浅を試すかのような訊（き）き方をした。

「石垣を築き、山頂を削平（さくへい）いたせば本陣を移すことも敵（かな）うであろう。のう戸波殿」

定次はむっとしながら鷹之助に同意を求めるように念を押した。

「おそらくは……」

鷹之助はそこで言葉を濁（にご）した。高虎の〈利あらず〉との言が正論に思えたからである。しかしそれとは裏腹に鷹之助の胸中には、笠懸山に高い石垣を築いてみたいという強い願望が芽生えていた。

吉政は黙したまま眼下に広がる相模湾、酒匂（さかわ）平野を眺めていた。

山をおりた高虎たちは早雲寺に戻り、秀吉の許（もと）に出頭した。

「高虎、如何（いかが）であった」

待ちかねていた秀吉が訊いた。高虎は定次と吉政を交互に見て、

「山頂から小田原の城が足下に望めます。かの地に城を築き、そこに本陣を移せば小田原城内に籠もる兵ことごとくは関白様を仰ぎ見ることになりましょう」

と言上（ごんじょう）した。鷹之助は山頂で、利あらず、と言い切った高虎がそれとは真反対な意見を具申したことに驚いた。

鷹之助は定次と吉政が何か反対意見を申し立てるのではないかと思ってふたりを窺ったが両者は黙したままであった。

しばらく考えていた秀吉は牧野五郎衛門に、

「松田憲秀殿に申し伝えよ。小田原城が落ちたあかつきには褒美をとらせるとな」

と言い置いてさらに、

「笠懸山に二万の兵が入れる城を築き、本陣を移す。今、信濃や伊豆で城攻めをしている吾が軍は命をかけて戦っておる。それに比して小田原を取り囲む兵どもは暇を持て余しておる。遊ばせてはおかぬ。包囲軍の中から三万の兵を選び出し、使い回してかの山をすべて石垣で覆い尽くせ。期限はひと月、ひと月だぞ。その後ふた月をかけて天守閣や館、櫓を建てる。縄張は高虎に命ずる。山を削り、石垣を築くのは吉政と鷹之助が組んで当たれ。さて城石調達だがこれは定次、おことが徳川殿と諮ってなんとかせよ」

秀吉は声高に一気にまくし立てた。


「まさか大坂より遠く離れたこの地で鷹之助殿と再び城普請をするとは思いもせなんだ」

秀吉の許を辞してそれぞれの陣屋に戻る途中、鷹之助と二人きりになった吉政はいかにも嬉しそうに話しかけた。

「吉政様と力を合わせれば関白様がお望みになる城を築けましょう」

「それにしても関白様のご下命はなんとも厳しいものですな。あの狭い笠懸山に二万の兵が入れる城を築け、しかも山すべてを石垣で覆え、ですからな」

「吉政様が厳しいと思われていたのなら、なぜ藤堂様の具申に異をお唱えにならなかったのでしょうか。藤堂様は笠懸山の頂に立った折、『ここに陣を移すこと、利あらず』と断じたはず。それが手のひらを返したような関白様への具申。わたくしには合点がまいりませぬ」

「山から下(お)りて関白様の尊顔を仰いだ高虎殿は、あることに気づかれたのであろう」

「あること、とは」

「軍略家として笠懸山を見るのではなく、関白様のお立場に立って笠懸山を見なければならぬ、そのことに気づかれたのだ。かの山に城を築くのは小田原城を攻めるためではない」

「では何のための城」

「見せ城じゃ」

「はて、耳慣れぬ言葉(ことのは)」

「笠懸山からは相模の海と酒匂平野を見下ろせる。逆に申せば小田原城の兵、関白様麾下(きか)の兵からも山頂を望める、ということだ。その山頂に天守閣を築き、そこに太閤様がお立ちになれば、敵味方の兵ことごとくが太閤様を仰ぎ見ることになる。双方の兵は関白様に睨まれているようで心穏やかでは居られまい。長い籠城戦となれば包囲軍に油断や弛(たる)みがでるのは明らかだ。だが関白様が笠懸山の頂から物見、監視しているとなれば兵らの規律と士気は保たれるはずじゃ。その一方で小田原城を守る敵兵らは関白様の威圧感に困憊(こんぱい)し、戦意も失せるにちがいない。つまり笠懸山に築く城は敵と味方、双方の兵に見せるため。すなわち見せ城じゃ。そのことに藤堂殿は気づかれたのだ」

吉政の説明で鷹之助は高虎の具申の意図がやっと腑に落ちた。

「となれば笠懸山に築く石垣は小田原の兵ばかりでなく、関白様の兵にも目を見張らせるような豪壮な作りとしなければなりませぬな」

「関白様の威光を知らしめる城を築こうぞ」

吉政が頼もしげに鷹之助を見遣ったとき、吉政の陣屋が見えてきた。そこで鷹之助は吉政と別れて穴太衆の陣屋に向かった。

「秀吉公のお呼びは何でしたのか」

早雲寺に行ったきり戻ってこない鷹之助を案じていた作左衛門がのぞき込むようにして訊く。穴太衆も鷹之助を注視する。

鷹之助は笠懸山山頂に城を作ることを告げた後、

「これから皆は笠懸山に赴き、山容を頭にたたき込んでくれ」

と頼んだ。

「おもしろい、穴太衆が東国まで参った甲斐があった。小田原勢をあっと驚かす城を築きましょうぞ」

気の進まぬ城割で気落ちしていた作左衛門が破顔した。

翌早朝、鷹之助は藤堂高虎の陣屋を訪れた。

「出陣の折、殿（秀長）から、そこもとより人語（相談）を受けるであろうから必ずや誠意をもって応じよ、ときつく仰せつかっております」

高虎は終始丁寧な口振りである。今更ながら羽柴秀長の細（こま）やかな心遣いに鷹之助は胸が熱くなる。

「縄張図を速やかにお作りいただきたい」

城の設計図がなければ城普請には入れない。

「すでに夜を徹して百名ほどの家人が笠懸山に入っている。二日もすれば築くべき城の普請図は画（か）けましょう」

さすが秀長の目に敵（かな）った築城の巧者、わざわざ陣屋に赴いて普請図作りを急（せ）かすこともなかった、と鷹之助は思った。

「普請図が二日後に仕上がるとすれば、それに遅れぬよう笠懸山の山頂まで普請用の仮道を作らねばなりませぬ。仮道はどなた様が当たられるのでしょうか」

「道普請は徳川様家中の榊原康政（さかきばらやすまさ）様に決まった」

「ならば榊原様にお会いして参ります」

鷹之助は早々に高虎のもとを辞すると吉政を誘って榊原の陣屋に赴いた。

「徳川には道普請に長けた一団がおります。その者たちにあたらせましょう。一団を参集させるには四半刻（三十分）ほどかかりますが、よろしいかな」

鷹之助から話を聞いた榊原康政はそう告げて自信ありげに胸を張った。鷹之助と吉政はその場で待つことにする。康政は二人を残してどこかに消えた。

康政は織田信長・徳川家康と浅井長政・朝倉義景が姉川（現滋賀県東浅井郡）で戦った折、徳川に榊原あり、と言われたほどの戦功をあげた剛の者である。後に康政は徳川四天王と呼ばれるようになる。

吉政と雑談を交わしていると四半刻はまたたく間に過ぎた。いつ来たのか灰色の着物をつけた一団が鷹之助と吉政をとり巻いていた。その数は三百人ほど。老いも若きも混じっているがどの男もガッシリした体躯をしている。なかの一人が鷹之助の前に立て膝で頭を垂れた。

「黒鍬組でござる。笠懸山山頂への道普請、お引き受けいたす。御下知をいただきとうござる」

黒鍬組はかつて武田信玄が手足の如く使った秀逸な工兵部隊であった。

進軍の際に兵を速やかに通すための道路整備や兵を渡河させるための仮橋の築造など、土木工事全般を担う特殊部隊である。武田家滅亡後は徳川家康が黒鍬組に扶持を与えて、戦さの折には軍に組み入れて特殊な任務に就かせていた。

この度の山中城攻めで徳川軍は小田原から元山中に通ずる間道を進んだ。戦さに備えて、北条氏勝はこの間道とそこに架かる橋、ことごとくを破壊させた。

黒鍬組は間道を修復し、落橋箇所は河に入り自らが橋脚となって頭上に大板を担ぎ、その上を軍馬や荷車、兵を通過させた。

その手際の良さと強靱な体力は武田信玄のもとにあってすでに名を天下にとどろかせていたが、家康幕下に加わってさらに洗練され精鋭化されていった。

「道を何処に普請するかはすでに決まっております。しかしながら道普請の絵図はまだ出来上がっておりませぬ」

鷹之助は男にすまなそうに告げた。

「絵図は不要でござる。口頭で申されよ」

「口頭では思い違い、食い違いを来します。絵図を用いて話したい。明日まで待ってほしい」

「ここは軍場。明日まで待ってよいものなど何ひとつござらぬ。吾ら黒鍬組はすべて口頭で命を受け申す」

「お手前が組を束ねておられるのか。まず名を聞かせてくだされ」

「黒鍬組に頭は居らぬ。また名もござらぬ」

「では誰が組を束ねますのか」

「誰もが束ね、誰もが束ねられており申す。兵が進むに際し、川に突き当たれば橋を架け、山野に道無きときは道を作って兵を通し、攻城に当たっては夜陰に乗じて土塁、堀を崩す。また敵来たらば疾風の如く姿をくらます。頭の下知を待って動くのでは命がいくらあっても足りのうござる」

だれ一人として名はないという。また誰もが頭であって頭でないとも言う。こう言い切るには黒鍬組の一人ひとりが等しく優れた力量を持ち、優劣つけがたい時にのみ成り立つものだ。三百人の手練れが同等の力量を持つことが如何に至難のことか、鷹之助は五十人の穴太衆を率いている身を顧みて感嘆するしかない。おそらく常日頃の鍛錬は言語を絶するものがあるはずだ。

「御下知をいただきたい」

これ以上無駄話はしたくないと言いたげな顔付きだ。鷹之助は笠懸山山頂への資材運搬用の仮設道について、ことこまかに告げた。

「期限は」

「五日後」

「心得申した。ほかに御下知は」

ない、と鷹之助が告げると黒鍬組の者たちは足音もたてずにその場を後にした。


翌日、鷹之助は吉政と共に高虎の陣屋を訪れた。

「昨夜不眠で仕上げた」

高虎は片脇（かたわき）に置いた縄張図（なわばりず）を二人の前に広げた。

笠懸山の頂をなるべく残すようにしてそこを本丸とし、周辺を削り取って曲輪（くるわ）とする。曲輪が本丸（山頂）を囲む城構えである。東西におよそ百九十間（三百四十二メートル）、南北百十四間（二百五メートル）ほどの規模であることが図面から読み取れた。荒々しくそれでいて要所要所に手抜かりはなく、笠懸山の地形が備えている防備性を巧みに取り入れた山城であった。

「石垣の高さは山頂を削平（さくへい）した後でなければ決められぬ。しかし戸波殿が手掛けた大坂城の石垣から比べれば何ほどのこともない。それでも小田原城から石垣を仰げば圧するほどに見えるはず」

高虎は完成した城を頭に描いているのだろう、目を中空に泳がせた。

「曲輪は三つ。西曲輪、厩（うまや）曲輪それに南側の一段低いところに設けるのは水の手曲輪」

高虎はすでに曲輪の名まで付けていた。

「城石はどこから調達いたしますのか」

城普請をするたびに鷹之助は石採りに苦労している。

「おお、そのこと鷹之助殿に申し伝えること忘れていた」

吉政は頭をさげ、

「此度の軍議で関白様は徳川様と筒井様だけでなく織田信雄様、蒲生氏郷様、宇喜多秀家様、織田信包様、細川忠興様、堀秀政様、丹羽長秀様それにわが殿（三好秀次）に城石調達を命じました」

と次々に名だたる武将の名をあげた。

「小田原近辺に城石に適する採石場はあるのですか」

良好な採石場がなくてはいくら人を集めても調達は難しい。

「榊原殿に訊ねてみたが良石は伊豆まで行かなくては手に入らぬとのこと。伊豆から運ぶとなればいつ届くのか覚束ぬ。そこで石は各々の領主殿の才覚で探し出し山上まで運び上げることに決まった」

吉政が鷹之助の心配を払拭してくれた。


翌朝、鷹之助らが笠懸山麓に出向くと大勢の人々がモッコや鋤、鍬を使って斜面を掘り返し道普請に励んでいた。その数は三、四千名だろうか、男も女も老いも若きもいる。

鷹之助は黒鍬組の者を探したが働く者たちにまぎれて何処にいるのか皆目わからない。中のひとりに誰の指図で、どこから来たのか訊ねた。

「銭をやるから鍬を持ってここに来いと里長から言われた」

湯本村や足柄村などの箱根近辺から呼び集められたようだった。敵地小田原領内でこれだけの民を一夜のうちに徴用する黒鍬組の手腕に鷹之助は感嘆するのみだった。

二日が過ぎた。

秀吉軍の将兵、足軽三万人余が吉政に指揮されて笠懸山山頂の削平作業を開始した。まるで山が人で覆われたようだった。この光景は小田原城内からでも手に取るように望めた。

削平作業三日目、山頂部の封土（ふうど）を取り除くと大岩が出現した。

そこは天守閣を築く予定地で、その大岩を取り除く必要があった。岩を鏨（たがね）と鎚（つち）で砕くには日数がかかりすぎる。となれば岩をそのままにして天守閣の位置を変えるしかない。

岩を砕く（くだ）か、天守閣の位置を変えるか。迷った末、鷹之助は三宅三郎太に相談した。三郎太は石見銀山の穿通子（せんつうし）、岩には詳しい。

「三郎太ならかの大岩を砕くに何日かかるか」

鷹之助は訊いてみた。

「二日ですな」

事もなげな三郎太の言葉に鷹之助は自分（おのれ）の耳を疑った。二日で砕けるなら天守閣の位置は動かさなくてよい。

「まことか」

「砕けます」

「十人が手を繋（つな）いで岩を囲んでも届かぬほどの大岩だぞ。一体どうやれば二日で砕けるというのだ」

「鷹之助様は黙って見ていてくだされ」

三郎太は仔細を明かさぬままに鷹之助に頭をさげると踵(きびす)を返して山を降りていった。

翌早朝、鷹之助は作左衛門を伴って笠懸山山頂に赴いた。大勢の人々が立ち働いていた。大岩に目をやると周囲を覆うように枯れ木が積み上げられている。その周りに水を汲み入れた大樽、百樽ほどが配置されていた。さらにそこから少し離れた場所に切り倒した雑木(ざつぼく)が見上げるほど高く積まれていた。そこに三郎太の姿があった。鷹之助と目があった。三郎太は小走りで鷹之助の近くに来ると、

「もうお越しでしたか」

と語りかけた。

「あのように雑木を積み上げて何をするつもりだ」

作左衛門が首をかしげる。

「夜を徹して足軽の方々がわたしの申すことに従ってくれました」

「昨夜、寝ずに岩を砕く算段をしていたのか」

鷹之助が三郎太を見ると、あご髭(ひげ)が無粋に延びている。

「お二人は少し後ろに下がってご覧くだされ」

鷹之助と作左衛門が言われたままに後ろにさがると三郎太は大岩を覆った雑木に火を点けた。たちまち火は巨大な炎となって岩をつつんだ。

雑木は三郎太の指示のもと、立ち働く足軽たちによって次々に補充され、炎は一瞬たりとも衰えをみせない。一刻が経ち、三刻が過ぎ、やがて夜になった。それでも三郎太は枯れ木を炎に向かって投

げ入れさせた。

これを小田原城から眺めていた太田氏房（北条氏直の弟）は手勢二百人ほどを引き連れて燃えさかる炎めがけて夜襲をかけた。備えを堅くしていた織田信雄、蒲生氏郷らの兵は満を持して迎え討つ。太田軍は手痛い反撃を食らって小田原城内に逃げ帰ったが半数の百人ほどが討ちとられていた。

明け方、三郎太は雑木の補給を止めさせた。炎は沈静化してやがて白煙となった。

すると百人ほどの足軽が手にした長柄の柄杓で大樽に溜めた水を汲み取り、岩にいっせいに掛け始めた。

水のたぎる音と共に岩から水蒸気が舞い上がる。足軽たちはそれを見て逃げるように退いた。三郎太は足軽たちを叱咤して水を掛けるよう鼓舞する。しかし足軽たちは水蒸気の勢いに怖じ気づいてその場を動こうとしない。

「よっく吾を見よ」

叫んだ三郎太は傍に置かれた大樽に飛び込んだ。あっけにとられる足軽たちを尻目に大樽から飛び出した三郎太は岩に走り寄った。

「焼き殺されるのを見たくなかったら、吾に向けて水を掛けろ」

その声に足軽たちは柄杓を握り直し樽の水を汲むと目を細め歯を食いしばって三郎太めがけて水を叩きつけた。もうもうと水蒸気があがり、三郎太がその中に没した。足軽たちは三郎太を殺してはならぬとばかり水をかけ続ける。と、三郎太が弾かれたように飛び出し、

「岩から遠ざかれ」

と叫んだ。

足軽たちは柄杓を放り出し後も見ず逃げ出す。背後で地を揺るがす鈍い音がすると岩に一筋大きな裂け目が走った。裂け目に熱せられた水が入り込むと轟音（ごうおん）とともに水蒸気が頭上高く吹きあがり、岩は無数の亀裂を生じて粉々に砕け散った。

（二）

初夏、五月。笠懸山の全てが石垣で覆（おお）われたかに見えた。

西曲輪、厩曲輪、水の手曲輪には狭間（はざま）（銃口）を備えた白塀を巡らし、各曲輪内には屋敷群が建ち並んだ。大岩を粉砕した所に積まれた土台石垣の上に三層の瓦葺（かわらぶ）き天守閣がその勇姿を現わした。

この頃の関東の城は土塁と堀で築造されたものばかりで石垣はあまり使われていない。北条氏の支城である下田城、山中城、韮山（にらやま）城、川越城、松山城、鉢形城、岩槻（いわつき）城、八王子城、滝山城などは主要な箇所以外に石垣は用いていなかった。これらの城のほとんどは山城で天然の要害を敵からの防備とし、石垣を築く必要はなかったのである。

しかし今、石垣で覆われた笠懸山山頂にそびえ立つ三層の天守閣を目にした北条の兵は、その威圧感に打ちのめされ、戦意さえも失ったかにみえた。兵らはこの城を〈石垣山城〉と呼んで口をゆがめて振り仰いだ。

　石垣山城の天守閣最上階（三階）から秀吉と鷹之助が小田原城を見下ろしていた。南が相模湾、西北を箱根外輪山、東が酒匂(さかわ)平野に面した要害の地であることがまざまざと俯瞰(ふかん)できた。

　小田原城に天守閣らしき建物は見当たらなかった。

　このときの小田原城は八幡山（現在の県立小田原高校一帯）と呼ばれる丘陵地に築城されていて、まさに笠懸山の真正面に位置していた。ちなみに現存の小田原城は徳川の世になって八幡山から外れた地に築造された。

　北条早雲より五代、百年ほどの間に八幡山周辺は拡張され、東西二十八町弱（三キロ）、南北二十町強（二・二キロ）の城郭と、その外周をぐるりと取り囲むようにして、二・五里（十キロ）の惣構(そうがまえ)が延々と構築され、城郭内には武家屋敷、町家、商家が組み入れられていた。それは大坂城よりはるかに壮大であった。

「なかなかの城じゃ。わが軍総掛(そうがか)りで攻めても一年は落ちまい。氏直めはわしがいつ攻撃を仕掛けるかと震え上がっておるであろう。だが、決して攻めてやらぬ。手をもぎ、足を切り、口をふさぐ。ことごとく支城を取りつぶし丸裸にしたうえで、小田原城に籠もる将兵と領民ことごとくを干殺(ひごろ)しにしてくれる」

　秀吉の目が細められ、鋭くなる。

「あの惣構(そうがまえ)を見よ。今まで余が攻略したどの城より長大堅固。余の城もあれに模して何十里にも及ぶ惣構を施すことにした。大坂に凱旋したらおことに惣構を手掛けてもらう」
秀吉はそこではじめて鷹之助に目を向けた。

箱根湯本の早雲寺から石垣山城に本陣を移した秀吉は麾下の諸将に北条の支城攻略の檄を飛ばした。

韮山城（現伊豆の国市）、川越城（現埼玉県川越市）、松山城（現埼玉県東松山市）、鉢形城（現埼玉県大里郡寄居町）、岩槻城（現埼玉県岩槻市）、八王子城（現東京都八王子市）、滝山城（現東京都八王子市）などが、次々に秀吉麾下の軍によってうち破られていった。

それら戦勝の報を秀吉は石垣山城で大坂から呼び寄せた淀君と共に受けた。

秀吉は籠城戦が長くなるとみて、諸将に国元から妻妾を招いて小田原城包囲を気長に続けるよう促した。

その一方で諸将を石垣山城天守閣に集め、小田原城攻撃の軍議を盛んに行なった。

天守閣最上階からは小田原城を包囲する秀吉連合軍の陣地が手にとるように俯瞰できる。

小田原城の東に徳川家康の軍が陣取り、西には織田信雄、さらにその西に蒲生氏郷、三好秀次らが陣を敷いている。南西は宇喜多秀家、細川忠興、堀秀政らが陣城を築いて小田原城ににらみをきかせている。さらに相模湾の海上には九鬼嘉隆、長宗我部元親らが繰る軍船が舳先を並べて海上を封鎖していた。

この包囲網によって小田原城は外部との連絡や兵糧米の運搬が全く途絶えた。城兵ばかりか多数の領民を抱え込んだ小田原城の兵糧は急速に減っていった。

天正十八年七月五日、籠城すること三ヶ月、北条氏直は父氏政以下将兵全てを咎（とが）なし、とすることを条件に降伏、自刃することを申し出た。

秀吉はこの条件を斥（しりぞ）け、氏直の命を助け、代わりに主戦派であった氏政と叔父氏照（うじてる）に死を命じた。

氏直はこれを拒（こば）んで一戦を交じえようとした。しかし家臣、将兵らは秀吉の案を受け入れるよう氏直に迫った。

家臣等に戦意がないことを悟った氏直は秀吉の軍門に降（くだ）った。

七月十一日、氏政、氏照は医師・田村安斉の屋敷で切腹。介添えは氏照の弟で韮山城主氏規（うじのり）が当たった。氏政五十三歳、氏照五十歳であった。

両名の首は塩づけにして京に送られ、一条戻橋（もどりばし）に晒（さら）された。

本来なら北条家五代当主である北条氏直がその責をとるのが衆目の一致するところであった。秀吉が氏直を許したのは、徳川家康の強い助命嘆願があったからで、氏直は家康の女督姫（むすめとくひめ）を室（しつ）（妻）としていたからである。

家康は二人を離縁させた上で供も連れずに石垣山城に赴き、秀吉に手をついて氏直の助命を乞うた。家康とことを構えたくない秀吉はこの申し入れを受け入れ、北条氏直、氏規、氏房、氏勝の一族と主だった家臣三百人を高野山に送り蟄居（ちっきょ）させたのである。

七月十三日、秀吉は無血で小田原城に入った。供をした鷹之助は城内をくまなく歩き回った。石垣はほとんど見当たらない。それでも石段や急峻な傾斜地の崩落を防ぐための石垣が築かれていたが、高さはせいぜい人の背ほどしかない。ただ用いている石に鷹之助は興味を持った。積まれた石は色が均一で石質も同じだったからだ。石質が同一ならば堅固さにおいて石垣は安定する。石は伊豆から運び込んだとのことで、幾分黒味がかった堅い石（今で言う火成岩）は石質が素直で扱いやすそうだった。

伊豆の石は御影で採石したものと色も堅さも異なっていた。この石がもし大坂の近辺にあれば大坂城の石垣はもっと堅固に積めるに違いない、この石で大坂城を築いてみたかったと鷹之助は思った。

秀吉は小田原城にたった四日しかとどまらず七月十七日に奥羽を征するために二十二万の軍とともに会津を目指して出発した。

二十六日、秀吉の連合軍は下野（しもつけ）宇都宮に着き、伊達政宗と最上義光を帰属させた。

八月九日、秀吉連合軍は会津黒川城に入った。

ここで小田原征伐に参戦しなかった大崎義隆、葛西晴信らの領地を没収して木村吉清・清久父子に与え、伊達政宗が領していた会津を蒲生氏郷に与えた。

奥羽東征は殆ど戦いをせずに秀吉の意のままとなった。

八月十二日、秀吉は黒川城から京へと向かった。

九月一日、秀吉軍は京に凱旋した。


天正十九年(一五九一)一月、会津から戻って四ヶ月、鷹之助は穴太の郷で三十一歳の正月を迎えた。郷に籠もると世上の諸々は途絶えがちになり、その分、心乱れることなく日々を送ることができた。五百石をもらい穴太の郷近隣を治める小領主に任じられていたが、身の回りや食事を世話する女は置かず、作左衛門と三郎太の男三人で気ままに過ごす日々はそれなりに楽しかった。

乃夢への思慕は一抹の思い出になりつつあったが、それでも鷹之助の胸中にしっかりと残っていた。そうしてうらうらと過ごしている鷹之助のもとに羽柴秀長死去の報が届いた。

死去は一月二十二日だった。正月気分はいっぺんに吹き飛んだ。

鷹之助は大和郡山まで一気に馬を飛ばした。どうしても秀長の葬儀には列席したかった。まさかこんなに早く死ぬとは思ってもみなかった。百姓あがりであることを鷹之助に恥ずかしげに語る秀長の柔和な顔が、鷹之助をどれだけ癒(いや)してくれたか。

思えば羽柴秀長には様々な世話を受けていた。

正月の祝いが終わったら小田原城の二・五里に及ぶ惣構についての報告をしようとした矢先の訃報(ふほう)だった。

葬儀は盛大だった。全国から馳せ参じた領主と諸将が郡山城に詰めかけた。

秀長の信望は荒々しい武将たちの中では貴重であった。秀吉が豪腕を振るえたのは、その後ろにいつも、はにかんだ顔をして誠心誠意相手と交渉する秀長が控えていたからである。秀吉の命令がどんなに過酷、理不尽でも、命ぜられた武将に不満が起こらぬように心を配る秀長の心労は並大抵ではなかっただろう。異父兄弟であるが唯一血の繋がった秀長に秀吉は全幅の信頼を寄せ、また甘えてもいた。

秀吉を陰で支えてきたねねを除いて秀吉を補佐し忠言できる縁者は誰ひとりいなくなった。

春が過ぎ、夏が終わろうとする頃、秀吉と淀君（茶々）の間に生まれた鶴松が急死した。秀吉は三日の間、天守閣の最上階の床を叩いて号泣し、転げ回ったという。

天正十九年十二月、秀吉は三好秀次を養子にしたうえで関白職を秀次に譲り、自らは太閤を称した。太閤とは関白の職を息子に譲った者の尊称である。鶴松亡きあとの豊臣家を秀次に譲ることに決めたようだった。

年号が天正から文禄へと変わった。

文禄元年（一五九二）七月。

秀吉の生母なか（大政所）が逝去した。

秀吉は京都の大徳寺で葬儀を大々的に行なった。

短い間に血が繋がる秀長、鶴松、生母を失った秀吉は一ケ月間痴呆のようにして暮らした後、宇治の川音が聞こえる指月岡(しげつのおか)に隠居所を建て始めた。

いまや隠居所構築だけが秀吉の慰めとなった。

文禄二年(一五九三)、正月。再び淀君が懐妊した。秀吉は欣喜(きんき)した。

そして初秋、八月三日、淀君が大坂城内で男子を出産した。お拾(ひろい)、という名がつけられた。後の秀頼である。

第八章　大地震（おおない）

（一）

文禄二年（一五九三）、九月。秀吉は鷹之助を大坂城表御殿に呼びつけた。

「石垣山城から小田原城を見下ろしておことに申したことを覚（おぼ）えておるか」

秀吉の声は華やいでいる。その華やぎはお拾（ひろい）という血の繋（つな）がった実子を得たためであることは明らかだった。

「あの惣構（そうがまえ）を見よ。今まで余が攻略したどの城より長大堅固。余の城もあれに模して何十里にも及ぶ惣構を施すことにした。大坂に凱旋したらおことに惣構を手掛けてもらう。そう仰せられたこと、今でもはっきりと覚えております」

鷹之助は平伏して答えた。

「よう覚えておった。お拾のためにこの城をさらに堅固にせねばならぬ。鷹之助、おことが惣構の縄張をいたせ。おお、そう言えばおことにはまだお拾を見せてなかったの」

お拾、とことさらに甘い口調で告げ、

「まだ、これくらいしかなくての。愛らしい手が余の顔をぐるぐる撫でおる。そりゃ、可愛いものじゃ」

秀吉は鷹之助の前に出した手指で小さな輪をつくり相好を崩した。

お拾という名は、生まれた子が次々に死んで育ちにくい家において一度生まれた子を捨てて拾い返して育てると丈夫に育つ、という風習に基づいて名付けられたものである。

「余は生きなくてはならぬ。あと十年。いや、お拾が元服するまで生きなくてはの。のう鷹之助」

秀吉の目が異様な光を帯びて輝いていた。秀吉はすでに五十九歳、近頃、しばしば病床にある、との噂も鷹之助は耳にしていた。しかし今、目の前の秀吉はお拾の誕生によって生き生きとし、限りない喜びを感じているようだった。


秀吉の意に沿った惣構を作るにはどんな形にすればよいのか。それを探し出そうと鷹之助は城下を歩き回った。街中になにかよい思い付きを与えてくれるものがありそうな気がしたからである。

「戸波様ではございませぬか」

聞き覚えのある声だ。振り向くと角倉了以が笑みを浮かべて立っていた。

「その後、乃夢様の消息は知れましたか」

親しげな顔を収めて了以が訊(たず)ねる。

「いまだもって便りはありませぬ」

乃夢が細川の館から出奔(しゅつぽん)してすでに七年、今も鷹之助の胸中に乃夢の面影は常在していた。だが乃夢に対する焼きつくような思いはすでになく、むしろ懐かしさを伴った哀(かな)しさが胸中を占めていた。

「どこぞで健やかにお暮らしになっておられますよ」

了以にそう言われると鷹之助の胸のざわつきは鎮(しず)まる。了以の声は涼やかで鷹之助の気持ちを穏やかにさせる。また了以の話は、秀吉や官兵衛、今井宗久にはない、新しい時代の息吹を鷹之助に感じさせる。

「宗久殿が二月に亡くなられたことはご存じでしたか」

了以は淡々とした口調で訊(き)いた。

「いえ、まだご存命かと思っておりましたが」

宗久が死亡した二月、鷹之助は六太の郷に居た。郷には世上の出来事がほとんど入ってこなかった。

「堺も変わりました。石田三成様が堺町奉行になられてすっかり宗久殿の出番はなくなりました。お二人は反りが合わなかったのです」

「宗久様には随分と世話になりました。報(しら)されていれば葬儀に駆けつけましたものを」

宗久の大きな顔が思い出されて、鷹之助はしばし瞑目(めいもく)した。それを了以は黙って見ていた。

「なにか思案げなご様子。ここで戸波様とお会いしたのは宗久殿の引き合わせかもしれませぬ。わたくしでよければ何なりと話してくだされ」

瞑目する鷹之助の表情から了以は何かを読みとったのであろう。その言葉に甘えるような気持ちが働いた鷹之助は大坂城の惣構について了以の意見を聞きたくなった。了以なら何か良い知恵を貸してくれるかもしれない。鷹之助は了以を一軒の茶屋に誘った。

茶屋で一息つくと鷹之助は大坂城の本丸、二の丸、それと町の大部分を囲い込むために、西、南、東地区の三方に堀と石垣を二里（八キロ）にわたって施すことなどを一気に話した。

了以は鷹之助の話を笑顔で聞き終わると、

「二の丸普請で使った石の数はいかほどでしたか」

と訊いた。

「城石が六十八万個、栗石は二百五万個ほど」

「二百七十万余もの石が使われているのですか。なんと、なんと」

驚きを露わにした了以の声はほとんどため息に近い。

「仮に惣構をすべて石垣作りとすれば、どれほどの石を調達しなければなりませぬか」

「おそらく二の丸普請と同じほど」

「二百万個。気の遠くなるような数ですね」

城の石垣構築は石採りと石運びの二つに尽きるといってよかった。もちろん鷹之助ら穴太衆の石を積む技がなければ今の大坂城はない。しかし石がなくては穴太衆の石積みの技がどんなに優れていようとも、為す術はない。

惣構の普請が始まれば、助役を命じられた領主たちの間で石の奪い合いが起こるのは目に見えていた。

「人はだれでも彼岸に旅立ちます。わたくしも鷹之助様も。ましてわたくしたちより歳を召された方はなおさらです。となれば太閤様も当然そうなると考えなくてはなりませぬ。太閤様と大坂城は常に一対として在り続けました。しかし惣構は太閤様と切り離して作ることをお考えになってみてもよいのではありませぬか」

了以はそこで言葉を切ると曖昧に笑いかけた。だが鷹之助は返す言葉に窮した。秀吉の死を口にだすなどおそれ多くてできるはずもなく、また秀吉の在城を抜きにして惣構を考えたこともなかった。

「城は落ちるものです。難攻不落の城など唐天竺にもありませぬ。その昔大陸（中国）に一万里（四万キロ）の長きにわたって羅城（城の外郭）を造り、領地すべてを囲い込んで外敵から守ろうとした国がありました。まさに難攻不落の城そのものです。考えてもみてください、それはあたかも日本の領地すべてを堀と石垣で囲い込むのと同じことなのです。しかし、その国は滅びました。城で国を支えることは難しいのです」

了以はさらに続ける。

「わたくしはずっと戸波様を見てまいりました。戸波様が何万もの人足たちを手足のごとく繰るのは、名のある武将が大軍を自在に動かすより、ずっと難しいと思っております。それを見事に果たされた。そこから学ばれた知恵を持ってすれば太閤様の意に適う惣構を造れるでしょう。しかし、その惣構を造った後に、さらに太閤様は城を堅固にするために長く大きな城壁を巡らせよ、とお命じになるでしょう。そのたびに日本の津津浦浦から何十万もの百姓や町人、職人たちが駆り集められて城普請に従事させられる。際限がありません。そうしてやがて万里の羅城のように、堀と石垣がこの国のすべてを囲い込むまで続けられるに違いありません。果てもなく続けられる。どこかで絶たなくてはなりませぬ」

了以はとつとつと話す。

「絶つには今がその時期だと申されるのですか」

「太閤様の命に逆らえる者など誰ひとり居りませぬ。そこでせめて石垣にかわる惣構を作ってほしいのです」

「石垣にかわる惣構ですと？　石垣を用いずに堅固な惣構が作れると申すなら是非教えてくだされ」

惣構は石垣に勝るものはない、そう鷹之助は信じている。それは秀吉の意に添うものでもある。

「ご存じのように城下の西側には、古来より大和川から水を引き、人々の憩いのせせらぎとして親しまれている小川が流れくだっております」

そう了以は言って、次のような話をした。

小川を大々的に掘り直して幅広の運河とし、物資の輸送に役立てるとともに、それを西側の惣構（西惣構）とする。

また同じように城下の東を南北に流れている大和川の支流、猫間川を大改修して東側の惣構（東惣構）とする。

次に出来上がった西、東の惣構を結ぶ線上に堀を穿ちそれを石垣で覆って南の惣構（南惣構）とし、さらに北側は大和川をそのまま惣構の代わりとする。

古来より河川、運河は堅固な防備施設で、運河を惣構とすれば大坂の町はさらに水運がよくなり、一層活況を呈する、というのが角倉了以の案である。

つまり城東、城西を運河で、城南を空堀、城北を大和川で囲った壮大な惣構を了以は提案したのだ。小川を運河に作りかえそれを惣構とする。鷹之助にはとうてい考えつかぬ壮大な計画だった。

翌日から鷹之助は三郎太や作左衛門を伴って猫間川と西を流れる小川を調査して回った。改修しなければならない箇所と大々的に掘削する場所を調べ、それを図面に落とし、惣構の形を決めていった。二川を運河にするために使用する石は三十万個ほどですむことになった。

この案を秀吉は気に入り諸領主に惣構普請を担うよう命じた。

文禄四年（一五九五）三月、秀吉はお拾を淀君とともに大坂城から伏見の指月城に移した。巷では、秀吉と豊臣秀次が険悪な仲になったからお拾を指月城に移したのでは、との憶測が飛び交った。

秀次に関白職を譲った時点で秀吉は、大坂城を含めた全ての政の権限を秀次に譲り、指月城に隠居するつもりであった。だからこそ自らを太閤と名乗ったのだ。

ところが血をわけた男の子が生まれると秀吉の気持ちは変わり、それに伴って秀次との仲も微妙になった。隠居所であるはずの指月の城は大坂城に抗するが如くに拡充することになった。拡充の普請は鷹之助が惣構を手掛けていることもあって、秀吉の信があつい前田玄以に命じられた。

七月、豊臣秀次が謀叛（むほん）の疑いをかけられて紀伊の高野山に追放された。

お拾という血の繋がった実子を得たことで甥である秀次は不要になったばかりでなく、邪魔になったのである。

その後、十日を経ずして秀次は官職（関白、左大臣）も剥奪され、次いで切腹させられた。

秀次二十八歳、豊臣家の後継者となって三年半後の悲劇である。

秀次切腹の七日後、秀次の係累のことごとくが京三条河原で首を刎（は）ねられた。

秀吉は年号を文禄から慶長に改める。

もちろん慶長の慶はお拾誕生を慶（よろこ）ぶ意であり、長はお拾の長寿を願っての元号であることは明白であった。

それからしばらくして秀吉はお拾の名を「秀頼」に改めた。


惣構普請は繁忙のただ中にあった。

普請は土を掘り返すだけの単調なものに思えたが、生きた河川を改修するのは難しく、しばしば角倉了以の知恵を借りなくてはならなかった。

了以は後にこの時の経験を生かして京、桂川の大々的な河川改修を行なうことになる。

（二）

慶長元年（一五九六）閏（うるう）七月十三日。

秋天、鱗雲（うろこぐも）が散らばっている。すでに酷暑は去って風の中に涼味がまじるようになった。夏を惜しむかのようにカナカナセミが鳴き立てている。

惣構普請に携わる人足らにとって、またとない恵まれた日和であった。

鷹之助と三郎太は南惣構の縁（ふち）に立って堀底を見下ろしていた。堀底には作左衛門の指揮の下（もと）、多くの人足が法面（のりめん）の調整に汗を流していた。

鷹之助が作左衛門に声を掛けようとしたその時、地鳴りがして大地が激しく揺れた。地の底から突き上げてくる揺れは二度三度と衝撃的に襲ってきた。

鷹之助は投げ出され四つんばいになって揺れをやり過ごし、堀底に目をやった。

堀底が波のようにうねって整形したばかりの法面（のりめん）が崩れ落ちるところだった。

大きな揺れは直ぐにおさまったが、小さな揺れが間を置かずに続く。鷹之助は立ち上がって堀底を見た。

一瞬、息をのむ。居ない。

作左衛門が居ないのだ。堀底は崩壊土砂で埋め尽くされていた。

「さくざぁ～」

　鷹之助は作左衛門が立っていたと思しき辺りに駆け下りた。三郎太も作左衛門の名を呼びながら続いた。

　崩壊土砂は夥しい量で一面が泥の海である。二人は作左衛門の名を呼び続けた。

　穴太衆らが鋤、鍬を携えた人足を連れて駆けつけてきた。鷹之助は人足の一人から鍬を奪い取ると崩壊土砂を取り除き始めた。

　他の普請場にいて難を免れた人足たちが救援に駆けつけてきて、土砂は少しずつ取り除かれ、三名の人足が助け出された。その後、掘り出された者はみな息をしていなかった。

　作左衛門の顔が土砂の中から現われたのは最初の地震から四半刻（三十分）ばかり後で余震が続く最中であった。

　鷹之助は作左衛門の胸の土砂を手で取り除いた。堅いものが手に触れた。それは作左衛門が常に持ち歩いていた鏨であった。それを鷹之助は懐に収め、泥で覆われた作左衛門の顔を両手で丁寧に拭った。

「返事をいたせ作左。なぜ黙っている」

　鷹之助が泣きながら作左衛門の両肩に手を当ててゆすった。作左衛門は応えるはずもなかった。

　鷹之助は瞑目して後、ゆっくりと大坂城を仰ぎ見た。

　天空を区切って天守閣はそびえている。

「作左、すまぬ」

鷹之助は作左衛門の遺骸を残したまま三郎太ら穴太衆を率いて城へと走った。

走り通り抜けた町は巨大な玄能で叩き潰したようにひしゃげていた。倒壊した家々のあちこちから無数の煙が赤い炎とともにあがっている。炎は火勢を増して広がっていく。罹災した人々が着の身着のままで城へ城へと逃げていく。鷹之助らは逃げる町人に混じって城南に設けられた桜門に行き着く。鷹之助はそこでふり返って城下を見た。

黒煙が空を覆い、町は夕刻のような暗さになっていた。

大門は閉ざされていた。鷹之助は大門に備えられた小扉を力任せに叩いた。応ずる者があって小扉がわずかに開き門衛が顔をのぞかせた。

鷹之助は名を告げて穴太衆と共に城内に入る。すぐに小扉は閉められて押し寄せる町民らは入れなかった。

鷹之助らは倒壊した建物の間をぬって、石垣を調べて回った。

二の丸の外堀石垣は跡形もなく崩壊し、その上に建っていた櫓、米蔵、長塀などことごとくが水堀の中に崩れ落ちていた。ここは二の丸のなかで一番高い石垣を積んだ所である。

鷹之助らは表御殿へ向かう。

行き着いて息をのんだ。目の前に崩れ落ちた千畳敷御殿の大屋根が大地に覆い被さっていた。

金銀を湯水のごとく使って建てたこの御殿は、明の使節団を招聘するために秀吉が特別の思い入れで緊急に建てさせた。完成してまだ一ケ月も経っていない。

隣接して建っていた御遠侍、御対面所も全壊。瓦礫と化した建物の下からは呻きとも悲鳴ともつかぬ叫び声があがっている。難を逃れた侍、足軽、女中たちが群がって倒れた柱や壁を取り除き、中に閉じ込められた人々を助け出そうとしている。

鷹之助は三郎太らに救援に手を貸すよう頼み、単身で本丸へと走った。

天守閣の土台石垣が眼前に迫る。

土台石垣に目を凝(こ)らす。どこも崩れているところはない。土台石垣の裾には天守閣の屋根から落ちた瓦が散乱していた。鷹之助は祈るような気持ちで天守閣を仰ぐ。

天守閣壁面はどこにも損傷が認められない。

鷹之助は天守閣に駈けのぼった。

人影はない。最上階から望む城下は至る所から白煙が上り、町民が城へ押しかけてくる様が豆粒のように見えた。

鷹之助は天守閣をおりて西大手門へ走った。走り着くとそこに大勢の城役人が屯(たむろ)して門を守っていた。

「開門、開門なされ」

鷹之助は城役人たちの間に割って入った。

「ならん、ならんぞ」

若い武将が大声で制止する。

「町人(まちびと)が助けを求めて門前に押し寄せております」

鷹之助はさらに門に近づこうとする。

「門を護れ、開けてはならぬ」

武将が声を張り上げる。

「町人が焼け死にますぞ。開門なされませ」

門前に押し寄せた町民の門扉を叩く音が鷹之助の耳にも聞こえる。

「開門、門を開け」

叫びながら武将の横をすり抜けようとした刹那、鞭が鷹之助の頬を激しく打った。

「開門はならぬ」

武将は鞭を収めて声を荒らげた。

「人を、町人を御城内にお入れくだされ」

鷹之助は打たれた頬を押さえながら一歩、武将に詰め寄った。

「なり申さん。この者をつまみ出せ」

武将の一声に応えた門衛らが鷹之助を殴りつけ、けり倒し、引っ立てて小扉から城外に放り出した。

武将が開門を拒んだのは避難してくる町人に混じって城を乗っ取ろうとする輩が入り込むことを懸念したのであろう。鷹之助もそれをわからぬではなかった。しかし町民の命が死に晒されている折に、それを救えないような城は城ではない、自分はそのような城を築いてきたのではない、そう鷹之助は思った。

城下の方々からあがっていた火の手は今や一つになって火の海となっていた。鐘を打ち鳴らす音が間断なく聞こえてくる。

城下のあちこちからつむじ風が巻き起こる。それらの小さなつむじ風は次々に近くのつむじ風を吸収して竜巻となった。

余震が大地を突き上げ鷹之助の足下を襲う。

竜巻は全てのつむじ風を取り込んで巨大な竜巻と化し、倒壊した柱や屋根、戸障子、畳などを巻き込み、吸い上げ、引き千切って空高く舞い上げた。炎が地表を水平に走り、竜巻に吸い寄せられ火柱となって勢を増してゆく。

焼けつく烈風が閉じられた門を背にしている鷹之助を襲った。鷹之助は顔を覆ってその場にしゃがみ込んだ。

烈風は黒雲を呼び起こし、みる間に厚さを増し、町の上空を覆い尽くした。

その時、雷鳴が轟き、頭上に閃光が走って大地に炸裂した。鷹之助は頭を両手で抱えて丸くなる。

その背に冷たいものが当たった。

鷹之助は頭に置いた手を解き、背を伸ばして、上空を振り仰いだ。

雨だった。急激に降り出した雨はなまなかの降り方ではない。

鷹之助は街中に目をやった。激しい雨が炎上する大坂の町につき刺さるように降り注いでいた。

鷹之助は立ち上がって空を仰ぎ、口を開けると雨滴を舌で受けとめて、大きく息を吐いた。

これで城下の火勢は弱まるかもしれない。雨はいつも普請泣かせであったが、この雨に限っては天に感謝したい、そう思った時、また大地を突き上げる揺れが鷹之助を襲った。

京阪を中心に起こった大地震は五畿内に甚大な被害を及ぼした。

人々はこの地震を丁度一年前の同じ七月に、秀吉が秀次の係累のことごとくを鴨川の三条河原で斬首させた祟り（たた）だと噂し合った。

その秀吉は指月城に滞在していた。

地震が発生したとき秀吉はねね、淀、秀頼と共に指月城内の山里曲輪で野立ての茶会を催している最中で、これが秀吉たちを奇跡的に助けることになった。

指月城は天守閣をはじめ二の丸や外曲輪の石垣が原型をとどめず崩壊し、御殿は石垣と共に水堀に崩落した。御殿内に居あわせた侍、女中、足軽など多くが建物の倒壊とともに命を失った。

京に居合わせた加藤清正がいち早く指月城に駆けつけ、秀吉の警護にあたった。

清正は指月城の山里曲輪に仮の館を突貫で建てさせ、そこに秀吉や秀頼、淀らを移した。崩壊を免（まぬが）れた館もあったが、余震が続くのでそこに秀吉らを移すことは危険すぎたのである。

京、東山の南六波羅（ろくはら）の地に八年がかりで造営され、昨年ようやく完成した方広寺（ほうこうじ）の大仏は跡形もなく崩れ去った。

仏の崩壊は、まさに豊臣秀次の怨念としか言いようのないほどの惨状だった。しかし巨大な大仏殿は持ちこたえてその偉容を保ち続けた。

ひどかったのは堺の町で、ほぼ二千戸の家、屋敷が倒壊し、辛うじて残った家々は、その直後に襲った津波によってことごとく海中にさらわれてしまった。堺を復興することは最早、不可能にみえた。

この地震の規模は今流に言うならばマグニチュード七・五と推察されている。なお前日に豊後（現大分県の大部）でも大地震が起こっていた。

二日後、鷹之助らは作左衛門の遺骸（いがい）を城北、大和川を渡った天満地区の専念寺に運んだ。専念寺や九品寺には地震とそれに続いて発生した火事で亡くなった者が安置されていて、親族、知人等と連絡がとれない町民がひきも切らずに訪れていた。だが人別も出来ぬほどに焼けただれた死者が多く、訪れた者は遺骸の特定に苦労していた。

そんななかで作左衛門の死顔が穏やかであるのが鷹之助や三郎太にわずかな救いをもたらしてくれた。

仮埋葬が済むと鷹之助は穴太衆を伴い、余震が続く危険を承知で大坂城の石垣をくまなく調査してまわった。天守閣土台石垣は笠石がところどころ剥落した程度でさしたる被害はなかった。山里曲輪、芦田曲輪、帯曲輪の石垣は各所で崩落が散見されたが、修復はすぐにでも出来そうだった。しかし二の丸石垣は大きく崩落していた。かろうじて崩壊を免れた所も、角石（かどいし）が大きく孕（はら）み、横にずれて今にも崩れ落ちそうである。

次の日も鷹之助らは城石調査を続けた。

昼、一息ついているところに穴太の郷から使いの者が鷹之助を訪ねてきた。

「戸波弥兵衛様が亡くなりました」

使いの者は憔悴しきった顔でそう告げた。鷹之助はその伝言を理解するまでにしばらく時がかかった。

「もう一度申してくれ」

「弥兵衛様は地震で倒れてきた石灯籠に押しつぶされてお亡くなりになりました」

使いの者はまるで自分の責任であるかのように顔を俯け、肩を落とした。

「石灯籠ごときが倒れたとて父が死ぬとは思えぬ。なにかの間違いであろう」

父の死など認めたくない。

「弥兵衛様が比叡山の普請を手掛けられていることはご存じのことと思います」

「むろん知っている」

「根本中堂を復興するにあたって弥兵衛様は一対の巨大な石灯籠を叡山で刻んでおりました。その灯籠が地震で倒れ弥兵衛様を押しつぶしたのです」

鷹之助は父の死を認めるしかなかった。

この場のなにもかも投げ捨てて父の許に駆けつけたかったが、それは叶うはずもなかった。

その夜、鷹之助は普請小屋にひとり籠もると声をあげて泣いた。作左衛門の死をどうにかやり過ごして落石調査に没頭した。それだけでも苦しく悲しかったが父弥兵衛の死まで背負いこんだ。溜めていた哀しみが一挙に吹き出し、泣く以外に為す術を知らなかった。

乃夢の父北川貞信が蛇石に押しつぶされ、作左衛門が生き埋めとなり、そして父戸波弥兵衛も黄泉の国へ逝ってしまった。鷹之助には城の石垣を築くほかになにも残っていなかった。

秀吉は余震が収まると方広寺大仏殿の様子を検分した。

大仏殿内に散乱している大仏の破片を苦々しげににらみ据え、

「かように自分(おのれ)の身さえ保つことのできぬ仏像に、衆生(しゆじよう)を救うことなどかなわぬだろう」

と呟き、

「この大仏殿には取りあえず善光寺の如来を安置しておけ」

と供の者に命じた。

後日談であるが、善光寺から招来した如来像を安置してみたが巨大な大仏殿の本尊にはあまりに小さく、どう見てもありがたみがない。一年後如来像は善光寺に返された。


一ヶ月が瞬(また)く間に過ぎた。

指月(しげつ)城の山里曲輪内に清正が応急に建てた館で寝泊まりしていた秀吉と秀頼が大坂城に入った。

秀吉はそこに前田玄以を呼びつけ、

「大坂城の石垣の崩れに比べ指月の城石が形を留めることなく壊滅したのは、おことの手抜き以外にない。余の前で即座に腹を切れ」

と怒りを露わにして罵倒し、玄以目がけて刀を投げつけた。

玄以は床に額をこすりつけ、もう一度、わたくしに名誉を挽回する機会を与えてほしいと懇願した。

秀吉は考えた末、指月城近くの伏見木幡山(こはたやま)に新しい城を作るよう改めて前田玄以に命じた。

大坂に戻ってきた秀吉は自ら陣頭に立ち、城内と城下をつぶさに検分し、復興への指示を的確に出して回った。こんなときの秀吉は実に生き生きとしていて、地震災害の復旧を楽しんでいるかのようだった。

町人も商人も武士さえも、秀吉が大坂に戻ってきたことに安堵し、よりいっそう大坂城と町の復旧に励んだ。

そんな中、秀吉は鷹之助を呼びつけ、五万の人足をもって惣構普請を再開するよう命じた。

鷹之助は平身し、

「普請人足五万人をしばらくの間、町の復旧に回していただけませぬか」

と恐る恐る申し出た。

「ならぬ」

秀吉の一喝は鷹之助の再度の懇請を封じ込めるに十分な威圧があった。

坂本城から今日までの城普請は苦しいなりに楽しみもあった。しかしこの度の惣構普請再開は町の復興を後回しにするという後ろめたさを鷹之助に背負わせることになった。

心染(そ)まぬままに鷹之助は惣構の普請を再開した。

地震直後に発生した津波が淀川から大和川へ遡(さかのぼ)り、さらに猫間川に入り込んだため、惣構には大量の土砂が堆積していた。

普請は土砂の取り除きから再開された。一ヶ月ほどを要して土砂を取り除き、惣構の完成を急いだ。

十一月、二年半の歳月を費やした東西の惣構が完成し、残すは南の空堀だけとなった。

第九章　忍ぶ草

（一）

惣構普請が一段落ついたことを作左衛門の墓前に報ずるため鷹之助は専念寺に向かった。

震災の痕が色濃く残る谷町筋を南端の天王寺口から北の天満町に向かう。

急ごしらえの店々が建ち並ぶ谷町筋通りを歩きつづけて、淀川に架かる天満橋の南詰めまで来た。

天満橋は地震で傾いたが全壊を免れ荷車一台がかろうじて通れるほどに復旧がなされていた。橋越しに九品寺と専念寺の大屋根が望める。屋根に上がった瓦職人が瓦の葺き替えをしている。

橋を渡ろうとすると向こうから奇妙な行列が橋を渡りだした。行列を役人が警護し、さらにその回りを群衆が囲んで鷹之助の方に向かってくる。

行列の先頭六人は馬に乗せられていた。六人とも異人である。その後を白い着物を着せられた数十人の男女が後ろ手に縛られ、数珠繋ぎにされたうえ、裸足で歩かされていた。

一行はそのまま橋を渡り鷹之助が立っている南詰めの広場に着いた。そこで先頭の役人は行列を制し、集まってきた群衆に向き直った。

人々に混じって鷹之助は成り行きを見守る。

「この五十三人ことごとくはすべて邪教の信徒である。太閤様が公布した伴天連追放令を守らず信仰を持ち続けたがために京で捕らえられた。これよりこの者らを城下引き回しの後、大坂城内に留める」

役人は声を高めてさらに先を続ける。

それによれば、馬に乗せられている異人、六人のうち、四人がポルトガル人、一人はイスパニヤ（スペイン）人、あとの一人がメキシコという国の者であるという。大坂城内に三日間留め置いた後、長崎に送って処刑するとのことだった。

「これら信徒の縁者が居たなら、即刻申し出よ。もし、申し出た者がこれらの者の信仰を止めさせられれば、死を免じて釈放して遣わす。これは太閤様、直々のお言葉である。猶予は明日から三日間である」

役人は群衆の中から申し出る者が居るかを確かめるように一渡り見回した。

再び行列はゆっくりと動き始めた。縄をうたれながらも信徒たちは顔を毅然とあげ、鷹之助の前を通り過ぎていく。

どの顔も憔悴しきっているが、唇を固く結び、目を見開いて整然と歩く姿に、鷹之助は心打たれるものを感じて一行を見ていた。

「乃夢……」

今、鷹之助の前を通り過ぎようとしている女は見間違うはずもない。乃夢だった。

鷹之助ははじかれたように行列に近寄った。

「乃夢、乃夢。わたしだ、鷹之助だ」

乃夢は立ち止まり顔をゆがめた。しかし、それも一瞬だった。

「乃夢！」

呼びかける鷹之助の前を、乃夢は何事もなかったかのように再び歩き始めた。

「乃夢、鷹之助だ、忘れたのか」

懸命の問いかけに応えることなく、前を向いて乃夢は歩き続ける。乃夢の足は傷だらけで、足指には固まった血が黒くこびりついていた。

鷹之助は乃夢の両肩に手をかけようとして、さらに近づいた。役人が鷹之助を素早く取り囲み、両腕をねじ上げ、一行の外に追いやった。


どこをどう歩いたのか鷹之助は覚えていなかった。気づくと専念寺の境内、作左衛門の墓前だった。

「見ていましたよ。無茶なことをなさる方だ」

背後で聞き覚えのある声がした。ふり向くと角倉了以が立っていた。

「なぜこのような所に」

いぶかる鷹之助に了以は、大坂城下に屋敷を建てるためしばしば上坂していると述べて、

「やはり乃夢殿でしたか」

と遠慮がちに声をかけた。

「まさか、乃夢があの中にいるとは……」

鷹之助は言葉を切り、

「助けたい。手を貸していただきたい」

しぼりだすように言った。

「わたくしに？　わたくしよりも太閤様にお頼みする方がよろしいのではありませぬか。乃夢殿はかつて北政所様（ねね）の許でお育ちになった方。お頼みすれば太閤様は乃夢殿を放免なさるはず」

「秀吉様では乃夢を助けられませぬ」

「ほう、なぜです」

「伴天連追放令を公布されたのはほかならぬ秀吉様。その秀吉様の慈悲にすがって一人(ひとり)だけ抜け駆けして生き残ることなど乃夢は望んでいないはず。乃夢は死を賭して信仰を守り抜きましょう。わたしも死を賭して乃夢を救いたいのです」

了以は暫く黙っていたが、

「よろしい引き受けましょう」

と頷(うなず)き、

「で、どうすればよいのですか」

と訊ねた。

「これから十日の間、大和川に架かる京橋のたもとに船を用意して待っていて欲しいのです」

「十日？　待っていれば乃夢殿は救われるのですね」

「定かとは申せませぬ。だが十日あれば十分です」

「待ちましょう、十日でも一ヶ月でも。お二人が無事に姿を現わすまで、あの京橋のほとりで」

「いいえ、十日待って来なければ待つのをおやめくだされ」

鷹之助の強い口調に了以は一瞬顔を曇らせた。

「まさか救える手立てがないというのでは」

「手立てなどありませぬ」

「それは無謀というものです。乃夢殿たち一行は城内に留め置かれるとのこと。戸波様は大坂城のすべてをご存じのはず。必ず、救出の手立てがどこかにあるはずです」

「探してみるつもりです」

「つもり、などと弱い思いではなく必ず救い出す、そう念じることです。そうすれば自ずと救出の手立ては見つけ出せます。もし手助けに手練の者が要るのであれば、十人でも二十人でも即座に用意いたします」

「いいえ、これはわたし一人でやらなくてはならぬのです」

「一人で救えぬとわかれば、どうかわたくしにもう一度話してくだされ」

鷹之助は答えずに作左衛門の墓前に手を合わせた。

専念寺で了以と別れた鷹之助は惣構の普請場に戻ると三郎太と会い、吉利支丹一行のことを告げて、

「乃夢を救うには半月ほど普請場を留守にするが必ず戻ってくる。それまで穴太衆には口外しないでくれ」

と頼んだ。

「吾をお連れくだされ。思えば大坂城本丸普請の時、毛利様の普請手伝いの際に起きた騒動の首謀者としてわたくしが捕らえられ、斬首されるところを鷹之助様によって助けられました。その恩を返す機会がやっときました」

三郎太は切々と訴えた。

「惣構普請の指揮は誰がとる。三郎太をおいて他におらぬ。この普請に心を残すことなく乃夢の救出に専念できることが何よりの手助け。どうかしっかり普請を頼む」

鷹之助の言葉には死を覚悟した含みが感じられた。それを感じてか三郎太は、

「どうか穴太の衆を悲しませるようなことだけはお避けください」

と泣き出しそうな顔をした。

「間もなく師走。師走の半(なか)ばには戻ってくる。それだけは約束しよう」

三郎太に後を任せると鷹之助は大坂城に向かった。

信徒たちは二の丸の北端に建てられた多聞櫓(たもんやぐら)に勾留されることになっている。その一郭には米蔵、馬屋などが建っている。

鷹之助は天守閣にのぼり多聞櫓を見下ろした。櫓の北側は二の丸の外堀である。大和川から水を引

いた堀は深く、しかも満々と水をたたえている。

多聞櫓の東脇には二の丸と城下を結ぶ橋が架かっている。

青屋橋と呼ばれるこの橋は別名、算盤橋(そろばん)ともいわれ、昼間は厳重な警備が敷かれて許可なくしては渡れない。夕刻、大太鼓の音を合図に橋は城内に引き込まれる。橋の裏面に数十の木車が仕組まれていて、これで出し入れする。算盤玉と木車が似ていることから付けられた名である。

乃夢を城から連れ出すには、どうしても青屋橋を渡らねばならない。橋を渡ってしまえば大和川まで走り、そこから船で下れば淀川に出て摂津の海へと続く。

多聞櫓から西に向かえば京橋口にぶつかる。ここは堅固な枡形(ますがた)門が閉ざされたままで、出ることも入ることも難しかった。

枡形とは城門を二重に設け、その間を石垣で囲んだ方形の空間のことである。ここに侵入した敵兵に矢を射かけ、撃退できるよう、通路は直角に折れ曲がっている。

ならば南に向かえばどうか。ここには秀吉の係累や重臣たちの屋敷が建ち並び、厳しい警備で近づくことさえできない。

残されたのは本丸。それでは脱出するのでなく、城の深奥部に入り込むことになってしまう。

しかも多聞櫓の建っている二の丸と本丸は内堀で隔絶されている。二の丸と本丸を繋ぐ橋は極楽橋のみである。

鷹之助は長い間瞑目(めいもく)して考え続けた。

「本丸。ここしかない」

目を開けて断じた。

鷹之助は今まで手掛けてきた大坂城の絵図を思い浮かべ、空を仰いで息をついた。空に箒で掃いたような雲が幾筋も浮いている。

——残された三日間でなすべきことをなさねばならぬ——

目を閉じると乃夢が後ろ手に縛られ、白衣を着せられて裸足で歩かされている姿が浮かんだ。

（二）

青屋橋橋詰めを三十名余りの番卒が守っていた。城外と二の丸を結ぶ唯一の橋である。そのためか二の丸内に収容された信徒たちは手縄を解かれ、自由が許されていた。

三日の間ここに留め置き、信徒の縁者が面会に訪れるのを待つ。信徒が縁者の説得に応じて改宗したことが明白になれば、信徒は縁者の許に引き取られる。

三日目の夕刻、青屋橋が城内に引き込まれた。

思いのほかに改宗する者が多く、残っている信徒は半数以下の二十五人に減っていた。

最早、改宗する意志が全くない強固な信仰心を持った者だけが残った。

その中に女がただ一人含まれていた。

乃夢である。


風が松の梢(こずえ)をかすかにゆらせて吹き過ぎていく。

雲間からもれた月光が二の丸広場の闇をかすかに照らしていた。下弦の月、光は弱い。

鷹之助は多聞櫓が望める植え込みに身を潜(ひそ)めて、長い間、身動(みじろ)ぎもしなかった。

信徒を押し込めた多聞櫓の前には篝火(かがりび)が焚かれ、火守(ひもり)が一人(ひとり)立っている。

篝火の薪(まき)が爆(は)ぜて大きな音をたてた。火守が眠そうに篝火を見る。広場にはこの火守のほかに番卒が一人いるだけである。あとは多聞櫓から離れた一郭に建てられた番小屋に十余名が待機していた。

監視は極めてゆるかった。多聞櫓の扉には鍵も掛かっていなかった。というのも信徒たちが逃亡を企てる心配など、なかったからである。

六人の異人を含めた二十五名は明日、長崎に向けて護送されることになっている。

月が雲に隠れた。

鷹之助は闇にまぎれて多聞櫓まで一気に走ると傍の植え込みに身を潜(ひそ)めた。

まだ月は雲から出ない。そのまま様子をみる。懐には作左衛門の形見である鏨(たがね)を忍ばせていた。

篝火の薪が爆(は)ぜる。火守は動かない。

月が雲から出た。

広場にいる番卒の姿が黒く浮かびあがった。番卒は月を仰いでからあたりを一渡(ひとわた)り窺うと番小屋へと戻っていく。

広場は火守ひとりとなった。鷹之助は懐から鏨を取りだすと手でその重みを確かめ、

——作左、わたしを守ってくれ——

と心中で念じた。

篝火の薪が崩れ、立ちのぼる火の粉で一瞬あたりが明るくなる。火守が薪を継ぎ足そうと傍に積んである薪束に手をかけた時、鷹之助は植え込みから飛び出すと火守へと疾駆した。火守が気づいて振り向いた刹那、鷹之助は鏨を番卒の横腹に打ち込んだ。

かすかに呻いて地に崩れた火守の両腕を摑み、植え込みに引きずり込む。腰に下げた手ぬぐいで猿轡をかませ、懐にしのばせていた縄で両手足を縛りあげた。火守が気絶したままであるのを確かめてその場を離れると、鷹之助は辺りに気を配りながら多聞櫓の扉の前に立った。

月が再び雲に隠れた。鷹之助は夜空を仰いで雲の切れ間から月が出るまで息を殺して待った。

やがて月が広場を照らす。広場に人影はない。

扉に手を掛ける。もし鍵が掛かっていれば万事休すである。

慎重に扉を引く。

そろりと扉は動いた。しばらく櫓内の様子を窺う。暗くて見えない。用心深く内に入り姿勢を正すと、

「この中に女性がひとり居るはず。緊急の吟味じゃ。出ませい」

とくぐもった声で告げた。

闇で動く気配があり、やがて鷹之助の前に黒い影が近づいた。

「これに」

乃夢の声である。

「参られよ」

鷹之助は平静を装って低めた声をだした。

「何ゆえの吟味でしょうか」

深夜、しかもすでに三日の期限が切れているのに、いまさら吟味などある筈もないと乃夢は思っているらしく、声に不審な響きがあった。

「わしは命じられただけ。委細はわからぬ。ともかく参られよ」

鷹之助はじりじりしていた。広場を巡回する番卒がいつ縛りあげられた火守をみつけ、異常に気づくかしれないのだ。

「こちらでござる」

鷹之助は押し出すようにして乃夢を多聞櫓の外に導くと扉を締めた。

「どちらで吟味なさいますのか」

まだ鷹之助であることに乃夢は気づいていない。

「ついて参られよ」

広場を窺う。番卒の影はない。本丸に潜入するには広場を横切って極楽橋を渡らなければならない。

「まこと御吟味をなさいますのか」

乃夢の声はますます不審さを増している。とその時、

──曲者。曲者じゃ──

叫ぶ声が篝火の近くから聞こえてきた。

鷹之助は乃夢を横抱きにすると一気に広場を横切り、極楽橋へと走った。

──探せ、探し出せ──

松明(たいまつ)をかざした番卒らの声を背に、鷹之助は闇から闇へと巧みに極楽橋に近づいていく。

「鷹之助様ですね」

抱えられた乃夢が訊き質す。立ち止まり、乃夢を下ろす。

「なんと愚かなことを」

吐き出すように言い、

「わたくしを櫓(やぐら)に戻して」

と叫んだ。鷹之助は声を出させまいとして乃夢の口を片手で塞(ふさ)いだ。乃夢が首を振って激しく抗(あらが)った。もみ合っているうちに乃夢の口を塞いでいた手が離れる。

「戻して」

叫んで多聞櫓へ走り出そうとする。

「一緒に逃げるんだ」

鷹之助は乃夢の肩を摑むと激しく揺さぶり、乃夢の頬を平手で叩いた。

「なんということを」

乃夢の声は悲痛なうめきになっていた。

——逃がすな。賊は城内に居るぞ——

——探し出せ——

騒ぎは少しずつ大きくなっていく。

鷹之助は乃夢の手を取って南に走った。そのまま走れば極楽橋に行き着く。橋詰めに番小屋はない。この橋を渡れるのは秀吉の縁者か秀吉に呼ばれた者だけである。呼ばれた者は二の丸青屋橋詰めの番卒が付き添って極楽橋まで送ることになっていた。

——こっちだ——

近くで怒鳴る声がした。乃夢の手を握ったまま一気に極楽橋を渡る。

——逃がすな——

——追え。ひっ捕らえろ——

背後からの声がますます近くなる。

極楽橋を渡り切る。すぐに本丸搦手（からめて）の大門にぶつかる。ここはいつも開門している。そこを素早く通りぬけ芦田曲輪に入ると直ぐ東に折れる。数十歩走ると小さな門に突き当たった。鷹之助は門扉（もんぴ）を音がしないようにゆっくりと開けて乃夢を押し込むようにして内に入ると扉を閉め、

「ここが山里曲輪だ」

と乃夢にささやいた。

鬱蒼と繁った木々の下は月光が届かず深い闇である。乃夢の手を引いて山里曲輪を手探りで南に

ゆっくり進む。何度も来ているので曲輪内は隅々までわかっていた。しばらく歩いて径を逸れる。木々の間を乃夢の手を引いたまま進むと石垣に突き当たった。

「天守閣の土台石垣だ」

乃夢に教えるでもなく鷹之助は呟いた。

そのころになると騒ぎは城全体に及んでいた。あちこちで松明や篝火が焚かれ、懸命の捜索が続けられていた。しかし山里曲輪は闇に包まれ、城役人が入ってくる気配もなく静寂そのものであった。

鷹之助は乃夢の手を握ったまま天守閣土台石垣の裾に沿って暫く歩き、立ち止まった。そこには石垣に穿たれた石蔵の扉があった。鷹之助は迷うことなく扉を押した。かすかな軋み音がして難なく開いた。乃夢を押し込むようにして石蔵に誘い、鷹之助も入ると扉を閉めた。

内は漆黒の闇である。手探りで周りを探っていた鷹之助の手に触れるものがあった。

それは二日前、鷹之助が密かに運び込んでおいた二つの大きな包みだった。包みの中身は石蔵で過ごすための必需品で、二人が半月ほど生き延びるための食料と水、それに衣料と灯明用の油などだった。

鷹之助は包みの中から灯明を手で探り当て、次いで火打ち石も探しだして火を点け、乃夢のそばに置いた。

乃夢の姿が闇から浮かびあがる。

玉造の細川屋敷で乃夢と会った天正十二年（一五八三）以来、慶長元年（一五九五）の今日まで十二年もの歳月が二人の間に流れたことになる。

乃夢は面をあげ、真っ直ぐに鷹之助をみつめた。かつての気弱で遠慮がちな乃夢の姿はそこにはなかった。十二年の風雪に耐えてきた自信と信仰に裏打ちされた強さが、乃夢の顔に刻まれていた。

「このような所になぜわたくしを」

ほっとした鷹之助に問い質す乃夢には優しさのかけらもない。

「天守閣の土台石垣に設えた石蔵だ」

石蔵は大坂城の設計に黒田官兵衛が組み込んでおいたもので、三十畳ほどの空間が確保されていた。戦時ともなればここに火薬類を貯蔵しておくことになっていたが、使われぬまま、いつしか忘れさられていた。

「わたくしを皆のもとへお戻しください」

「戻れば長崎に送られ、そこで処刑される。そうであろう」

「多聞櫓に押し込められた方々を裏切ってまで生きとうはございませぬ」

「生きていてほしいのだ。乃夢が玉様のもとを去ってから後もわたしの心内に乃夢が住み続けているのだ」

乃夢は答えない。

「過日の大地震で作左衛門が彼岸へ旅立った。作左は乃夢の父と無二の友であったな。それにわたしの父も地震で倒れてきた石灯籠に潰されて命を落とした」

乃夢は一瞬、口をかたく結んだ。考えごとや思い煩う時に見せるその仕草は今も変わらない。そして相変わらず肌は抜けるように白かった。

「ここに食物や水を運び込んである。この石蔵に身を潜めて抜け出す折を待つつもりだ」

「本丸の石蔵といえば城の最も奥。抜け出せるとは思いませぬ」

「案ずるな。必ず救い出してみせる」

「救い出すと申されますが、わたくしの何を救い出すと」

「愚かなことを訊かないでくれ。乃夢の御身、命に決まっているではないか」

「身は救えてもわたくしの魂は救えませぬ」

「魂とはなんだ。魂とは信仰のことなのか」

それに乃夢は答えようとせず、途方にくれた顔をした。おそらく鷹之助に話したとてわかって貰えないと思ったのであろう。

「乃夢の心のままにすればよい。ここを出て番卒に、わたしに拐かされたと訴えれば、逃亡の疑いは消えて、皆と共に長崎へ送られるであろう」

「随分と得手勝手なお考え」

「そうであろうか」

「放っておいてくだされればよかったのです」

「長崎に送られる乃夢を見過ごせると思うのか。それこそ勝手」

「わたくしのわがままで玉様いえ鷹之助様のもとを去ったのです。鷹之助様との縁はあの時に切ったつもりです」

「縁は切れぬ」

鷹之助の強い口調に乃夢は目を細めてため息をついた。

二人に静寂がおとずれる。

灯明の芯(しん)が焼ける音がして炎が細くなった。

やがて乃夢の微かな寝息が聞こえてきた。乃夢は灯明の下(もと)でひどくか細(ぼそ)げに映った。鷹之助の目に涙があふれ、やがてとめどもなく頬を伝い落ちた。

乃夢を力一杯抱きしめたかった。そうすれば十年の歳月が埋まるかもしれない。涙でゆがんで見える乃夢に手をかけようとしたとき、乃夢が寝返りをうった。伸ばした手が止まった。

「もういい」

鷹之助は呟いた。


灯明の油が切れそうになったのを注ぎ足し、小用に立ち、空腹に二度ほど干飯(ほしいい)を口に含み、水を飲んだ。

乃夢はよほど疲れていたのか一度も目を覚まさない。鷹之助は筒袖の上衣を脱ぐと、それを乃夢にそっと被せた。不思議なほど安らかなひと刻(とき)だった。


乃夢はもう随分前から目覚めていた。いつ眠り込んだのか、どれほど寝たのか定かではないが長い時が過ぎたのを感じた。鷹之助の匂いがしみこんだ着物が乃夢の冷えた体を温めていた。

「おお、目が覚めたか」

鷹之助がのぞき込んだ。髭がのびていた。

「そこに干飯と水がある」

「どれほど寝たのでしょうか」

上衣を鷹之助に返しながら訊く。眠ったためか乃夢の声は柔らかである。

「さあ、どれ程かな」

鷹之助にも時の経過が定かではない。それより乃夢が起きると急に全身に気だるさを感じ、睡魔が襲ってきた。

「今度はわたしを少し休ませてくれ」

鷹之助は横になると直ぐに鼾をかき始めた。

鷹之助の寝息を聴きながら、すでに二十四人の信徒は長崎への道を歩まされているに違いない、もうその仲間から遠く離れてしまった、と乃夢は思った。

――これもデウス様のお導きかもしれない――

乃夢は胸の前で十字を切り合掌したまま長い間動かなかった。

灯明の油が切れて灯が消えると石蔵内は闇になった。それでも乃夢は組んだ手を崩さなかった。

闇は過ぎゆく時を不明にした。

「どれほどが過ぎたのかね」

鷹之助が目覚めた。

「随分久しいように思われます」

「長い間寝込んでしまったようだ」

手探りで油だまりに油を注ぎ、再び灯を点す。石蔵内が眩しいほどに明るくなった。

「これで灯明に油を注ぎ入れたのは五回。ここに来て三日は過ぎている」

「二十四名の方々は今どのあたりを歩かされているのでしょうか」

乃夢の心は長崎に送られる信徒と共にあるようだった。

「二十四名はすべて男……」

「信仰のために身命を捧げることは女性(にょしょう)には無用、そう鷹之助様は思っておられるのでしょう」

「今の乃夢を見ていると、その考えを変えなくてはならぬらしい」

「一向宗門徒の方々の中にも多くの女性が居るではありませぬか。その方々は信長様の理不尽に抗して戦い、命を落としました」

「玉様のお世話を引き続きしたいと申し出た時、乃夢を穴太の郷に連れ帰るべきだった。そうすればふたりは祝言をあげられたはずだ」

「そうでしょうか」

「そうではないのか」

「このわたくしの気持ちはおわかりになりますまい。鷹之助様は石積みに明け、石積みに暮れる毎日。石積みは戦さではないから案ずるに及ばぬ、と鷹之助様は申されましたが、父は石に押しつぶされて死にました。長浜、安土そして大坂のお城普請で一体何人の方々が命を落とされたでしょうか」

鼻にかかった涙声にかわっていた。

乃夢の言うとおり、鷹之助はこの十三年間、穴太衆を率いて城普請という軍場に立ち続けていたのかもしれない。その戦いの中で多くの穴太衆が石に潰され、墜落し、また病で死んでいった。この石積みという軍場に立ち続ける限り、これから先も死人は増え続けるに違いないのだ。

だからと言って、惣構普請を放り出して穴太の郷に帰るなど出来ることではなかった。郷は昔に比べるとはるかに豊かになった。家々をことごとく新しく建て替えられたのも城普請という軍場に立ち続けたからこそである。

乃夢は心底疲れたのか大きくため息をつくと身を横たえた。

やがて乃夢はかすかに寝息をたてはじめる。規則正しく続く乃夢の寝息を鷹之助はひたすら聞きつづける。そうして鷹之助もいつしか眠りに落ちていった。


髭が鷹之助の顎を覆い隠すほどになっていた。乃夢は傍らで眠っている。

何度干飯を食べたか鷹之助は覚えていなかった。ただ灯明の油注ぎの回数はしっかりと数えていた。すでに十二回、少なくとも十二日は経ったことになる。排便は鷹之助が石蔵の隅に穴を穿ち、そこですませた。

逃亡した信徒がまだ城内に留まっているとは誰ひとり思ってもいないだろう。それが鷹之助のねらいだった。城内は平素の警備体制に戻っているはずである。

鷹之助は石蔵の扉をわずかばかり開いて外を窺(うかが)った。陽が天守閣の影を山里曲輪内に長く落として
いる。扉を閉めて鷹之助は乃夢のもとに戻ってきた。

「夕刻らしい。明日、ここを引き払い城外に抜けだす」

乃夢に同意を求めるように鷹之助が告げた。乃夢は黙したまま唇をかたく結ぶ。

二人は石蔵での最後の晩餐(ばんさん)をとった。もちろん晩餐と呼べるほどの食料は持ち込んでいない。今ま
で通りの干飯(ほしいい)と水、それに塩漬けした野菜だけであった。

「城から抜け出られた後、乃夢はどうしたいのだ」

食べ終わって鷹之助が訊いた。

「もはや、わたくしには何もありませぬ」

そう言われることが鷹之助にとって一番辛いことであった。

「乃夢は今年三十になったのだな」

「鷹之助様は三十六」

「郷(さと)にいた頃のことを覚えているか。鷹ちゃま、鷹ちゃま、と呼んでわたしのあとについて回ったこ
とが夢のようだ」

「鷹様はそんなわたくしをよく庇(かば)ってくださいました」

乃夢の声が柔らかくなる。

「あのころの乃夢はまだ舌足らずで、自身を乃夢(のん)、乃夢(のん)、と呼んでいた。杉原家次様の前に進み出て、
乃夢(のん)はね、と物怖じせずに話した時の情景(こと)が昨日(きのう)のことのように蘇(よみがえ)る。乃夢が家次様にあのように話

しかけなかったら、穴太の郷は比叡山と共に焼亡し、郷人は皆、殺されていたに違いない」

「幼いがゆえの怖いもの知らず。あれは二昔も前のこと」

「あの時からわたしは乃夢をわたしの妻とすることに決めていた。父も乃夢の父上も二人の仲を認め、また義父となった家次様もそれを許してくれた。だがどこでどう狂ったのか、こうして二昔も過ぎてしまった」

「なにも狂ってはおりませぬ。父が蛇石に押しつぶされ、鷹之助様は石積みに精魂を傾け、明智光秀様が信長様を弑逆なさり、その明智様を秀吉様がお討ちなされた。さらに家次様は戦傷がもとでお亡くなりになられ、そうして此度の大地震で弥兵衛様と作左衛門様がお命を落とされました。そうした月日の流れのなかで、わたくしはひたすら鷹様のお命の無事を祈っているうちに二昔過ぎてしまったのです」

「そうではあるまい。乃夢が南蛮宗（キリスト教）などに心を奪われなかったら、二人は一緒になっていたはずだ」

「南蛮宗徒になられた女性でも嫁した方は数多おります。宗徒になったから鷹様と一緒にならなかったわけではありませぬ」

「では、なぜわたしたちは共に暮らせなかったのだ」

「今もってわたくしにもわかりませぬ」

「これからでも遅くないと思わぬか」

その問い掛けに乃夢は答えなかった。鷹之助はしばらく待ってみたが乃夢はうつむいたまま唇をかたく結(むす)んでいた。

「明日、ここを引き払うことは先ほど申したが、さりとて無事に城外に出られるとは限らぬ」

「長崎の地での死を望めなくなった今となってはどこで命を落とそうとかまいませぬ」

「わたしは是が非でも乃夢をここから逃せてみせる。わたしの命に代えてもな。首尾よく助け出せればその後の乃夢を角倉了以殿に託すつもりだ」

「了以様が？　なぜ了以様に」

乃夢はかつて長崎に単身で向かうに際して了以の持ち船で摂津の港から長崎まで乗せてもらったことがある。

「わたしが了以殿にお願いしたのだ。了以殿ならば乃夢の今後の生き方を手助けしてくださるであろう」

「鷹様はいかがいたしますのか」

「運良く乃夢を了以殿のもとに送り届けることが叶えば、穴太の郷に籠もるつもりだ」

「大坂城はまだ鷹之助様の手を求めているのではありませぬか」

「大坂城の惣構(そうがまえ)普請はもうわたしの手がなくともできる。穴太の郷に戻り、父と乃夢の父貞信殿それに作左衛門ら石垣普請で命を落とした人々の菩提を弔いながら、石灯籠と石臼を造って暮らす」

「穴太の郷には鷹様に相応(ふさわ)しい女性(にょしょう)も居りましょう」

「いや、わたしは穴太の女性を娶(めと)るつもりはない」

「そのように言われるとわたくしは辛くなります」

「辛くなることはない。穴太の郷で乃夢を待ってひとりで暮らすなどと思わないでくれ。乃夢がひとりで生きていくことを決めたのと同じように、これはわたしがそう決めたことなのだ」

　鷹之助はそう言って乃夢の手をとった。

「一つお願いがあるのだが、聞いてくれるか」

　乃夢は鷹之助に手をゆだねながら頷いた。

「わたしに忍び草をくれないか。この一晩をわたしの腕のなかで過ごしてほしいのだ」

「忍び草。腕のなか」

　乃夢はくり返して鷹之助にゆだねた手を引っ込めようとした。

〈忍び〉は〈偲び〉と同音であることから忍び草とは思い出す事柄のきっかけとなる出来事、すなわち《思い出》を意味するようになった。

「やはり、いかぬか。決して邪心で申しているのではない。わたしと乃夢は許嫁でありながら、とうとう肌を合わせることはなかった。お互い幼かったといえば幼かった。臆病であったといえばそうでもあった。明日、ここを出れば乃夢とわたしは二度と会うことはあるまい。それは辛いことだ。だが一晩掛けて乃夢の身体の温かさをわたしの腕に覚え込ませれば、その温かさをわたしは生涯感じていられる。それがわたしにとって幸せな忍び草なのか、切ない忍び草となるのか、わからない。だが、今わたしはそうしたい、と心から願っている」

　ゆだねた乃夢の手がかすかに汗ばんできた。力を入れていた手が少しずつ柔らかくなっていく。乃夢はわずかに身体をかたむけ、鷹之助ににじり寄った。鷹之助は乃夢の手を離すと肩に手を移した。

そうして乃夢の向きを変えると乃夢を後ろ抱きした。すっぽりと乃夢は鷹之助の懐に収まった。

「ありがとう」

乃夢の耳元でささく。乃夢は身体を微かに震わせる。その震えを悟られまいとしたのか、乃夢は大きく息を吐く。吐息を腕（かいな）に感じながら鷹之助は乃夢を両腕で柔らかく包み込んだ。

（三）

「陽が落ちかかっている。半刻もすれば青屋橋は城内に引き込まれる。それまでに渡らねばならない」

鷹之助は石蔵の扉をほんの少しだけ開いて外を窺った。一条の陽光が石蔵に射し込んだ。

鷹之助はかねてより運び込んでおいたもう一つの袋を開けて、中から男女の着物と草履、それに脇差しを取りだした。それで包みの中は空になった。

乃夢に白衣を脱いで用意した着物に着替えるように促す。

鷹之助は脇差しでゆっくりと時をかけ、のびた髭を剃った。それが終わると新しい着物を身に着けた。

乃夢はすでに着替えを終え、乱れた髪も指で梳（す）いて整え終わっていた。

「扉を半分ほど開ける。案ずるな。外に人はいないはずだ」

扉を開けると強烈な光りが石蔵に射し込んできた。

「目を細めて陽をやり過ごせ。この明るさに慣れなくては外を歩けない」

乃夢は目を伏せて闇に慣れた目を陽に晒す。だが明るいなかで自身の姿を見られたくないと思ったのか乃夢は鷹之助の後ろに隠れるようにして身を引いた。まだ昨夜の余韻が肉体の奥に残っていた。

外に人影はない。山里曲輪は茶会を催す時以外、警備の武士は配備されないのである。

「城を抜けるまでわたしの言うことに従ってくれ。これがわたしから乃夢への最後のお願いだ」

鷹之助は思いの丈を込めて乃夢を見た。乃夢がゆっくりと頷いた。

二人は山里曲輪へ来た径を逆に辿って芦田曲輪に通ずる小門に着いた。

小門を抜けて芦田曲輪に入る。曲輪に数名の番卒が立っていた。鷹之助は乃夢に気を遣いながら平生を装って番卒の前をゆっくりと通り過ぎる。

乃夢が緊張から声をあげるのではないか、と案じたが鷹之助の後に顔を伏せてついてくる。数名の番卒が鷹之助を認めると丁重に頭をさげた。鷹之助は黙したまま軽く頭をさげる。鷹之助は築城の巧者として城に詰める武士たちの間では広く顔を知られていた。それもあって鷹之助を怪しむ者はいなかった。

極楽橋まで行き着いた。橋詰めには城内に出入りする者を検視する番卒四名が警護棒を構えて橋を監視している。

「恐れずに歩め」

乃夢にささやいて橋詰めに向かう。

「惣構普請奉行を仰せつかった穴太の名主戸波鷹之助でござる」

鷹之助は平静を装って番卒に告げた。

「これは戸波様。どなた様をお訪ねになりましたのか」

番卒の対応は丁寧だ。

「北政所様をお訪ね申した」

「こちらは」

番卒が乃夢に顔を向ける。乃夢の体が微かに動く。

「妻でござる」

「城へはどちらの門から入られましたのか」

番卒は鷹之助を疑っているのではない。本丸への出入り検分は秀吉一族を除く全ての者に行なわれることになっていて、下城する者は必ず身分と入城した理由を番卒に告げる規則になっている。

「西大手門より二の丸に入り、桜門を抜けて本丸奥御殿にて北政所様とお会い申しておりました」

鷹之助は祈る気持ちで告げた。北政所ねねは秀吉と共にしばしば京に赴き城を留守にすることも多い。番卒はその日、城に在住する秀吉一族の者の名を教えられていた。

番卒は暫く二人を探るように見ていたが、番小屋に行って入城帳を持って戻ってきた。

「戸波様は大坂城穴太普請奉行を拝命された方。お顔は見知っております。まことに失礼と存じますが」

そう言って番卒は入城帳を開いて目を通した。鷹之助の鼓動が速くなる。しばらく難しい顔で入城

帳を繰っていた番卒が、

「これは役目にありますればお許しいただいて、あえてお訊ねいたします。北政所様にはいつお会いになられましたのか」

と入城帳を閉じて質した。

「なにか不都合なことでもあると申されるのか」

鷹之助は動揺を押し殺しながら聞き返した。

「申し上げました通り、吾らが役目にございます」

「北政所様を訪ねたのは半刻前でござった。不審なれば奥御殿に参りねね様に確かめられよ」

「半刻前でございますか。それで疑義が解けました。まことにご無礼をいたしました。これをお持ちになりお通りくだされ」

番卒は丁重に頭をさげると鷹之助に木製の通行証を差し出した。

息を詰めていた鷹之助は大きく息を吐くと通行証を受け取り、乃夢を従えて極楽橋をゆっくりと進んだ。乃夢は顔をうつむけたまま鷹之助の背に張りつくようにして従う。

橋を渡り切り、二の丸に入ると鷹之助は胸に溜めた息を一気に吐いて乃夢を見た。乃夢は鷹之助にしがみつくようにして歩いてきたのを恥じるようにわずかに距離をとった。鷹之助は乃夢にかすかに頷き、それから二の丸を北に向かった。

二の丸は本丸と違って多くの人が往き来していて、武士ばかりでなく商人も混じっていた。二人に気をとめる者は誰もいない。

二の丸と城下を結ぶ唯一の青屋橋の袂(たもと)には番屋があって、ここでも数名の番卒が待機していた。

鷹之助は先ほど渡された通行証を番卒に渡し、乃夢を急(せ)かすようにして橋を渡った。ちょうど西の山際に陽が沈むところであった。

城内で打ち鳴らす酉(とり)の刻(午後六時)を告げる大太鼓の音を背に鷹之助は、大和川に向かって乃夢と共に歩いた。角倉了以が待っている京橋まで四半刻(三十分)ほどかかる。

「橋を守っていたお方は何ゆえ鷹之助様を疑ったのでしょうか」

緊張が解けたのか乃夢が初めて口を開いた。

「番卒のもとには本丸を訪れた方々の名を記した入城帳が届けられる。番卒はその入城帳にわたしと乃夢の名がないことに疑いを抱いたのだ。わたし一人であれば城からの退出にさほど疑惑を抱く番卒はおらぬ。だが女連れとなると詮議(せんぎ)は厳しくなる」

「それがなぜ許されて橋を渡れましたのか」

「入城帳は一刻(二時間)毎に番卒に届けられる。つまり入城帳に記された者は一刻より前に城を訪れた方々なのだ。だからわたしは半刻前と告げた。半刻前なら入城帳にわたしの名は記されていないことになる。それで番卒の疑いが解けたのだ。それよりねね様が伏見に赴かれて城を留守にしていたら、とそればかりが気になっていた」

「ねね様にはお会いしとうございました」

乃夢は懐かしさを込めて後方をふり返り大坂城を見遣(や)った。

師走、つるべ落としの陽はすでに西の山際に隠れて闇が覆いはじめていた。

「寒くないか」

「暖かでございます」

乃夢が首を横に振りながら微笑む。初めて見る笑顔であった。

四半刻（三十分）後、二人は大和川に架かる天満橋にたどり着いた。

乃夢をこの橋の袂で見た時、橋は荷車一台がやっと通れるだけの粗末な応急処置であった。だが今は修繕が終わっていて、幅広になった橋を多くの人が往き来している。日が暮れても人影は減りそうになかった。

橋の袂には多くの船が舫っている。鷹之助は闇の中、船を見極めていった。これほど多くの船が係留されているとは思わなかった。

角倉了以と約した十日はとっくに過ぎているはずだ。了以は待ってくれているのであろうか。鷹之助は不安を胸に、祈るような気持ちで川縁を透かし見る。

どの船も明かりを消している。そのなかに一隻だけ家紋入りの提灯に灯を入れて高く掲げている大きな船があった。

角倉の船であった。船上で船頭らしき男がうつらうつらしている。

「角倉様の船と見受けましたが」

鷹之助が小声で呼びかけた。男は素早く起きると、

「戸波様でしょうか」

と応じた。頷くと男は乃夢に手を貸して船上に二人を移した。それから甲板の扉を開け、船倉に降

りるよう促した。鷹之助が先に梯子を降り、乃夢が後に続いて降りた。船倉には畳が敷かれ、灯明が点されていて、そこに男が単座している。男がふり向いた。男のあごを髭が覆っていた。

「おお、戸波様。待ちくたびれましたぞ」

了以であった。了以は席を立つと両手を開いて招き入れた。

「今日は何日でしょう」

鷹之助は畳に座りながら訊いた。

「十二月十五日」

了以は約束の十日が過ぎても京橋の袂で船を舫って、待ち続けていたのだった。

商人として隆盛を極めている角倉家の当主が、もっとも多忙な師走に自ら待っていてくれたことに鷹之助は胸が熱くなった。


船は大和川を下り始めたのか微かに揺れを生じていた。

「必ず来ると信じておりました。戸波様は十日と言われたが、わたしは来るまで待つと決めておりました」

了以の声は相変わらず涼やかだ。

「騒ぎは御城下にも伝わったのでしょうか」

「大坂中、大変な騒ぎでした。あの堅固な大坂城から吉利支丹が一名、煙のように消えてしまったと。しかもその吉利支丹が女性だというのですから、騒ぎは大きくなるばかり」

今もって大坂の隅から隅まで探索の手が入っていると、了以は言った。

「お久しゅうございます」

乃夢が両手をついて了以に頭をさげる。

「お腹はすいておりませぬかな」

了以は労るように優しく応じた。乃夢は、いいえ、と首を振り、

「二十四名の方たち、その後の消息をご存知でしょうか」

と急くように訊ねた。

「今頃は博多あたりを護送の者に追い立てられて長崎への道を辿っているはずです」

了以がいたわしげに乃夢に告げる。

「船に乗せてももらえず、陸路を参ったのでしょうか」

「陸路を裸足で歩かされているとのことです」

乃夢の顔が歪む。

「わたくしの船が備前片上（現岡山県備前市片上）の港に寄った際、船頭が耳にしたところによると備前で新たな吉利支丹二名が加えられ、一行は二十六人になったそうです」

船は大和川から淀川に入ったのか揺れが大きくなった。

「どこでも構いませぬ、わたくしを船より降ろしてくだされ」

鷹之助はきっぱりとした口調で了以に頼んだ。

了以は頷くと、座を立って梯子を上り、甲板に出ると船頭に最寄りの船着場に船を着けるよう指示

した。それから再び船倉に戻ってくると、

「降りるのは戸波様、おひとりですか」

と訊いた。

「わたしひとりです。乃夢を頼みます」

その言葉で了以は乃夢を垣間見て、

「乃夢殿を長崎にお連れしたのも角倉の船。乃夢殿とは見えぬ縁で繋がっているのでしょう。お任せくだされ」

そう告げて今度は真正面から乃夢を見た。乃夢は下を向いたまま口を噤んでいる。

船着場に着きましたぞ、との船頭の声に三人は船倉から甲板に出た。

鷹之助は船頭の手を借りて船着き場に下り立った。

「了以殿にはお礼の言葉もありませぬ」

鷹之助は了以に深々と頭をたれ、それから、

「昨夜のこと、よい忍ぶ草となろう。偲ぶ思いを胸に秘めて黄泉の国まで持っていく。ありがとう。達者で」

と乃夢に語りかけた。するとなぜか知らず涙が溢れてきた。乃夢は鷹之助の頬に微かに光る涙を見ながら堅く口を結んで頭をさげた。

それから数日後、長崎へ護送した吉利支丹二十六名が長崎立山で処刑された。

鷹之助は再び惣構の普請に戻り、十二月三十日に惣構は完成をみた。
その日のうちに鷹之助は三郎太たちを伴って穴太の郷に帰った。

（四）

慶長二年（一五九七）五月、伏見木幡山にかねてより前田玄以に命じて築造させた新城（伏見城）が完成。

秀吉、秀頼、淀君と十三名の側室が伏見城に移っていった。大坂城に残ったのは正室北政所ねねただ一人（ひとり）となった。

齢六十一、還暦を一つ過ぎた秀吉の衰えは隠しようもなかった。

穴太の郷に戻った鷹之助は石灯籠や石臼を刻む日々を送った。作左衛門も弥兵衛も居ない穴太の郷は鷹之助にひとしおの寂しさを感じさせた。しかし石を刻（きざ）んでいるとそうした寂しさはどこかに消えて、刻（とき）のたつのも忘れてしまう。

叡山から琵琶湖へと吹き下ろす風が寒風から温風に変わり、やがて夏。すると風の流れは逆になり琵琶湖から叡山へと熱を帯びて吹き上がる。

その夏も過ぎると再び叡山から涼風が吹き下ろすようになる。

穴太（あのう）の郷人（さとびと）は風の寒暖と向きで季節の移り変わりを感じとる。

風には匂いもあった。比叡から吹き下ろす風には杉木立を通り抜けてくるためか、芳香があった。

また琵琶湖から吹き上がる風は草々の茎を折ったときに匂う青臭さを運んできた。

そうした風に包まれると、幼かった頃のことが懐かしく思い出された。

しかし、そうした懐かしい思いをよそに、乃夢の面影だけは生々しく鷹之助の胸中に息づいていた。

穴太の郷は穏やかなうちにその年は暮れていった。


年が明け、慶長三年（一五九八）となっても鷹之助は穴太の郷から出ることはなかった。

四月、角倉了以から鷹之助の許に文（ふみ）が届いた。

乃夢のことで報（しら）せたいことがあるので、大坂城下の了以の別邸まで出向いてくれるように、と認（したた）めてあった。

乃夢と淀川で別れてすでに一年半が過ぎている。鷹之助は三十八歳になっていた。

堺にある了以の別邸は地震の際の津波で流失してしまった。震災後、同じ地に新邸を作り直したが、それとは別に大坂城下に別邸を建てて、そこを商（あきない）の足がかりとしていた。

鷹之助は大坂の新邸に出向いた。その別邸は西惣構からさして離れていない地にあった。

「お越しいただいたのは文でお報せしましたとおり乃夢殿のことです」

屋敷の一室で待っていた了以は挨拶もせずに切り出した。その性急なもの言いに鷹之助は乃夢の身辺になにか良からぬことが起こったのかもしれない、と案じながら了以と正対して座った。

「今まで戸波様に乃夢殿の近況をお伝え申さなかったのは、様々なことがあったからです」

「乃夢に何か起こったのですね」

「起こった、と申せばそうかもしれませぬ。乃夢殿は京に参って生き永らえた命を温め直しておいででした」

乃夢は京、嵯峨にある角倉家の一室を宛てがわれていたという。

「了以殿、わたしが乃夢を助けたことは正しかったのでしょうか」

その思いは絶えず鷹之助の胸中に去来していた。

「正しいか否かを問うことはありませぬ。あれしかなかったのではありませぬか。戸波様の命懸けの救出があったからこそ乃夢殿は命を永らえた。それに乃夢殿は生き永らえなくてはならなかったのです」

「乃夢は二十六人の殉教者と共に長崎で処刑されることを望んでおりました」

「時には信念や信仰を曲げてでも生きなくてはならぬことがあるのです」

了以は諭すように言って鷹之助に目を合わせた。

「嵯峨の一室で乃夢殿は行く末のことを考えていたようです。時折、わたくしが乃夢殿のもとを訪ねると、乃夢殿はいつも吉利支丹の教義の書に目を通しておりました。そう、あれは嵯峨にお連れして四ヶ月過ぎたある日でした。わたくしは乃夢殿から、あることを告げられました」

乃夢は困惑しながら、どうやら身籠ったらしい、と了以に打ちあけたという。

「乃夢殿の言葉にわたくしは自身の耳を疑いました。しかし直ぐに乃夢殿が申されていることが腑に落ちたのです。大坂城の石蔵に十二日間もおふたりは片時も離れず過ごしていたのですから」

「それは……」

それは違う、と言いたかったのか、それともほかのいい訳をしたかったのか、わからぬままに鷹之助は言葉をのんだ。

「さきほど、乃夢殿は生きなくてはならない、と申したのは、こうしたわけがあったのです」

了以はその日から乃夢のために医師を雇い入れた。

「医師が申すには、高齢の出産はしばしば母体の命を奪うおそれがあるとのこと。乃夢殿は三十歳」

三十歳で子を産む女は珍しいことではなかったが、三十歳での初産は珍しく、しばしば妊婦の死を招いた。

「案じたごとく、乃夢殿は難産でした。産婆と医師の懸命の介助もあってどうやら乃夢殿とお子は無事でした。生まれたのは昨年九月三十日、そう今から七ヶ月も前のことです」

「そのこと、なぜもっと早くわたしに教えてくださらなかったのか」

「身籠ったこと、出産のこと、それに乃夢殿の近況ことごとくを決して戸波様に伝えないでくれ、と乃夢殿が強く申されたからです。また、そうすることがおふたりにとって良いことのようにわたくしが思ったからでもあります」

「では、なぜ、今になってこのわたしに打ち明けるのですか。まさか乃夢が身罷ったとでも申すのではないでしょうね」

ここに呼ばれたその時から、鷹之助の胸中に過ぎっていた不安はそれだった。

了以は首を横に振り、ふところから封書を取りだし、鷹之助の前に置いた。

「これは乃夢殿が書き置いた戸波様への文です。乃夢殿はこの文を認めて直ぐに旅立たれたようです」

「旅立った？　いったい乃夢に旅立つようところがあるのですか」

「吉利支丹になる前の乃夢殿のことは存じません。吉利支丹になられてからの乃夢殿は戸波様もご存知のようにとても強いお方でした。どこに旅立ったかはそのお文のなかに記されているのではないでしょうか」

鷹之助は了以の言葉に促されるように封書を開いた。癖のあるやや右肩上がりの草書の文字は紛れもなく乃夢の筆跡だった。

京、嵯峨に身を置いて、過ぎゆく日々に身を任せている。何も悔やまず、何も哀しまず、あるがままを受け入れ、日々を過ごしてきた。これもそれもすべてデウス様の思し召しである。傍らで眠るわが子はこのうえなく愛おしい。これから後はわたくしの手を離れても育ってくれるはずだ。

あの時、鷹様を受け入れなかったらこの子は授からなかった。わが子にかまけて信仰が疎かになるなら、それはそれで仕方ないこと、そう思っていたが逆に信仰は篤くなった。鷹様との一夜。そこにわたくしは見るべきものを見た、という思いがあるからこそ、思い残すことなく長崎に行ける。

長崎へは角倉様の船に乗せていただければ、苦労することなく行けると思うが、わたくしは嵯峨から歩いて長崎に向かう。それは共に長崎に向かうはずだった二十四人、いや二十六人の殉教者がたどった道程である。

長崎に着いたら殉死した二十六名の吉利支丹の志を引き継いで密かに吉利支丹として生きていく。

ついては一つお願いがある。残したわが子を穴太の郷で育てて欲しい。男の子は育てにくいというが、鷹様の血をひいたお子は鷹様の幼少の頃に似て、それほど手間がかからないのではないか。できればわが子には築城に携（たずさ）わることなく石灯籠や石臼を造る日々を送ってほしいと思うが、行く末は鷹様にお任せする。

と認（したた）めてあった。

「この一年半、乃夢のことありがとうございました。そうでしたか、わたしの血をひいた男の子を授かったのですな」

鷹之助は深々と頭をさげた。なぜか知らず涙が出て止まらなかった。

「乃夢殿の今後のこと、心配なさることはありませぬ。あの方はお強い方だ。だがお強い方は時としてぽろりと折れる。そう剛直な刀のように。しかし乃夢殿は戸波様のお子を授かったことによって、強いだけでなくしなやかになられた。乃夢殿はきっと多くの吉利支丹信徒から慕われ頼りにされる伴天連になられるでしょう。そうなるために乃夢殿は長崎から遠くローマに渡り、吉利支丹の教義を会得して再び長崎に戻ってくるに違いありませぬ。それができるお方です」

「伴天連？　ローマに渡るようなことを了以殿に打ち明けていたのでしょうか」

伴天連とはポルトガル語パアドレ（padre、父）のことでそれが日本流に訛（なま）ってバテレン（伴天連）となった。キリシタン宣教師のなかでも地位の高い司祭のことである。日本人でバテレンになった信者はいなかった。

それを女の乃夢が望んでいると了以は言う。鷹之助は今更ながら乃夢の強靭な信仰心に驚くばかりだった。

「いえ、乃夢殿はひと言もそのようなことは申しておりませぬ。しかし秀吉様がどんなに吉利支丹を弾圧しても根絶やしにすることはできませぬ。おそらくこの国の隠れ吉利支丹の数は十万を下らないでしょう。その方々の光と望みが乃夢殿なのです」

「乃夢は二十六人が歩かされた長崎への陸路をひとりで歩いているのでしょうか」

「歩いていますす。わたくしにも乃夢殿は文を残され、そのなかに長崎へ向かうと認（したた）めてありました。わたくしは家の者数名に命じて乃夢殿のあとを追わせました。三日ほど後に乃夢殿を見つけ出しました。もちろん乃夢殿には内緒です。その者たちに乃夢殿が長崎に着くまで密かに見守るよう言いつけてあります」

了以はそう言って大きく頷（うなず）くと、

「いつの世も女子（おなご）は強いものですな。それに引き替え男というものは。さあ、戸波様、涙を拭きなされ」

了以は懐から懐紙を取りだし、鷹之助に差し出した。

第十章　夢のまた夢

（一）

慶長三年（一五九八）春。病床から秀吉は突如、二の丸南西部と南東部の外郭に城壁と土塁で新たな防御施設を構築するよう命じた。

いわゆる三の丸である。

死期の近いことを覚った秀吉は、死後に予想される秀頼からの離反に備えて、東国諸領主の人質を囲い込むための場所（三の丸）を必要としたのである。その上で西国諸領主の人質は伏見城下の屋敷に住まわせることにした。

戸波鷹之助はここでも三の丸穴太普請奉行を命じられた。一旦は辞したが秀吉はそれを許さなかった。

ただ三の丸とは名ばかりで二の丸の規模に比べればはるかに小さく、領主の人質を城内に囲い込んで管理を強化することを主目的にしたものだった。

六月、三の丸予定地内の町家、商家、武家屋敷およそ一万七千軒の強制立ち退きが開始された。

今回の三の丸普請は穴太衆にとってはそれほど心躍るものではなかった。

普請に携わる人足の数は多かったが穴太衆が腕をふるえる高石垣や根石据え付け、巨石の運搬など、石を主にした普請でなく、掘削や土砂埋め立て、土塁の造成であったからだ。

普請は三郎太に指揮を執らせ、鷹之助は普請手伝い領主の組頭らの調整役にまわった。

盛夏六月、角倉了以から鷹之助のもとに一通の封書が届けられた。

そこにはルイス・フロイスが長崎で病没したことと乃夢が長崎に滞在しているらしい、と認めてあった。

七月十五日、病床にあった秀吉は諸領主にたいして秀頼に忠誠を誓うよう要請する。

領主たちは秀吉の補佐役である前田利家と徳川家康に誓詞を出した。秀吉が直接受け取らなかったのはすでに病状が悪化していたからである。

八月五日、秀吉は五大老を招聘し、遺言書を残した。

秀より事なりたち候やうに、此かきつけ候しゆとして、たのみ申候、
なに事も此ほかにわおもひのこす事なく候、かしく
返々、秀より事たのみ申候、五人のしゆたのみ申候、いさい五人の物に申わたし候、
なこりおしく候、以上

八月五日　秀吉

いへやす
ちくせん
てるもと
かけかつ
秀いへ
まいる

この五名（五大老）に秀吉は秀頼の後世を託したのである。

八月七日、秀吉は五大老へ託すだけでは心許なく思ったのか、五奉行に姻戚の縁を結ばせて秀頼の庇護を頼んだ。

五奉行とは石田三成を筆頭に前田玄以、浅野長政、増田長盛、長束正家である。

八月八日、秀吉はさらに万全を期すため五大老に再度秀頼へ忠誠を尽くすよう誓詞をださせた。

秀吉の心を占めるものは自分亡き後の秀頼の行く末のみであった。

慶長三年（一五九八）八月十八日、従一位太閤秀吉が六歳の秀頼を残して伏見城で没した。享年六十二歳。

つゆとをち　つゆときへにし　わかみかな　なにわのことは　ゆめのまたゆめ

辞世の句である。

八月二十五日、秀吉の死が公にされた。

訃報を聞いた鷹之助は三の丸普請場から伏見に駆けつけたが城内に入ることは許されなかった。無為のまま帰坂し、普請場に戻ると人足の姿が見えない。

三郎太ら穴太衆が困惑顔に鷹之助を迎えた。

「太閤様ご崩御の報が流れると、御城下では大きな戦さが起きると町民は右往左往。九州では豊家に恨みを抱く大名がすでに大坂に兵を進めているとか。人足らは動揺し、組頭の説得に耳を貸す者もなく、荷物をまとめて自領へ引き上げてしまいました」

三郎太はこの噂を半ば信じているふうな口振りだった。三郎太ですら真のこととして受け取るくらいであるから、人足や町民たちがこの噂を信じるのも無理はなかった。

前田利家、宇喜多秀家、毛利輝元の連署で三の丸普請の一時中止が鷹之助に届けられたのは、人足のほとんどが逃散（ちょうさん）したあとだった。

鷹之助たちは為す術（すべ）もなく穴太に戻らざるを得なかった。

前田利家が大坂城にはいり、家康は伏見城にとどまって秀頼の後ろ盾として天下にその威を示したため戦（いく）さの噂はいつの間にか消えていった。

（二）

厳冬、穴太の郷。鷹之助のもとへ諸国の領主八十余家から使いの者がひきも切らずに訪れるようになった。

鷹之助を高禄で召し抱えたいというのだ。まるで秀吉が死ぬのを待っていたかのような誘いだった。

家康、利家が天下に威を示したからといって秀吉に代われるほどの統率力がふたりに備わっているとは諸領主は思っていない。誰もが再び戦乱の世に戻るのではないかと危（あや）ぶんでいた。

戦さになれば堅固な城が拠（よ）り所。堅固な城に石垣は欠かせない。石垣を高く築けるのは穴太者。そこで穴太者を高禄で召し抱えようとしたのだった。

鷹之助は三の丸普請をやり残したままなのが心残りで、やがては再開されるだろうと考えて穴太にとどまることにし、領主たちの誘いを丁重に断った。

その上で穴太者を細川忠興、前田利家、山内一豊、池田輝政、黒田長政（官兵衛の息）、小西行長、毛利輝元、浅野長政、宇喜多秀家、京極高次ら二十八の諸領主に召し抱えてもらうことにした。二十八という数は、高齢者などを除いて推挙できる穴太者が、それしか残って居なかったからである。

藤堂高虎から何度も鷹之助を高禄で召し抱えたいと誘われたが、きっぱりと断った。

鷹之助は穴太者の大方がそれぞれの召し抱え先の領地に赴任していったあと、残された高齢の穴太者十人ほどを率き連れて大坂城に向かった。人質を住まわせるための三の丸は秀吉が病中から秀頼の安穏を祈って築造を命じたもので、まさに秀吉最後の築城である。それを考えると鷹之助はどうしても三の丸を完成させたかった。

そこで鷹之助は大坂城に留まっている前田利家に三の丸普請の再開を要請した。

利家は宇喜多ら秀吉恩顧の領主たちを緊急に招集し、普請を続行することに決めた。

普請再開は鷹之助の要請もあったが、実は秀吉の遺言の中に、来年正月に秀頼を伏見城から大坂城に移すよう記されていて、秀頼の身の安全に万全を期すため一刻も早く三の丸を完成し、そこに諸領主の人質を囲い込め、と認めてあったからである。

こうして三の丸普請は継続されることになった。

暮も押し詰まった十二月二十八日、加藤清正が鷹之助のもとを訪れた。

「まさか秀吉様が崩御なさるとは」

秀吉の死が清正の心身を打ちのめしているようだった。

「ひとつ鷹之助様にお願いがあるのだが、肥後に来てくださらぬか」

「わたくしは三の丸普請の最中。肥後には参れませぬ」

「普請が終わってからでもよいのだ」

「肥後でわたしに何をせよ、と」

「一緒に城造りをしてほしい」

「肥後隈本には堅固な古城があると聞いております」

「確かに古城はある。かつてその城は城久基なる武将が城主であった。基久殿はこの古城を改修している最中に秀吉様の命によって改易され、代わった佐々成政殿が新たな城主となった。成政殿も古城の改修を続けていたが、その成政殿は隈本の統治をしくじって秀吉様から死を賜った。その後を吾が継いだが古城の改修は見送っていた。見送ったのは秀吉様の世の下、戦さもなく従って城など不要に思えたからだ。しかし秀吉様が亡くなられて世情は混沌としてきた。肥後もどうなるかわからぬ」

「それで古城の改修を再開するのでこのわたしに手伝えと」

「三の丸普請はあと三ヶ月もあれば終わるはず。その後でよい、肥後に来てくれまいか。肥後半国十九万五千石をいただいている今、俸禄は鷹之助様の望むまま」

「三の丸普請が終わったら一切の城普請から手を引く、と心に決めております。その思いはたとえ清正殿の頼みであっても変わりませぬ。どうしても、と申されるならわたしに代われるほどの石積みの手練れを推挙したい」

「めぼしい穴太者はすべて諸大名方の要望に応えて送り出したと聞いている」

「ひとりだけ残っております」

「それはどなたか」

「三宅三郎太です」

「三郎太殿は他の領主に召し抱えられたのではなかったのか」

「三郎太はわたしと共に年をとりたいと申して穴太の郷に居残っております」

「三郎太殿がそう申される胸中をこの清正はよくわかる。潔く諦めよう」

「いえ、三郎太に申し聞かせます。三郎太なら清正殿の意に適う城石を積めるでしょう」

「かたじけない。三郎太殿を鷹之助様と思って古城を改修し、大坂城に勝る堅固な城に仕立ててみせます。仕上がった暁には鷹之助様に隈本まで出張ってもらい城を見てもらいたい」

「その時は、是非参りましょう。今から楽しみにしております。そこでひとつお願いがあるのですが、三郎太が隈本に参ったら清正殿の目に適った女性を娶せてほしいのです。三郎太は常々わたしが嫁をとらぬのに自分だけ娶るわけにはいかぬ、と申して三十八歳になる今日まで独身を通してきました」

「隈本には良き女性が大勢おります。それにしても……」

清正はそこで言葉をとぎらせ、鷹之助に頷いて見せた。鷹之助がかすかに顔を曇らせる。二人の胸中には等しく乃夢の面影が浮かんでいた。

慶長四年（一五九九）、元旦、秀頼は伏見城で加藤清正ら諸領主の祭首（年頭）の賀を受けた。十日、祭首の儀式が終わったのを機に、秀頼は郎党ともどもを引き連れて大坂城に入った。それにともなって大坂城を一人で守っていたねねは秀頼母子に城を譲り、京に居を移した。秀吉亡き後、ねねは大坂城になんの未練もなかった。

政は秀吉の遺言により五大老五奉行の合議によって執行されることになった。もちろん秀頼が政権を担えるまでの臨時の態勢であることは言うまでもない。秀頼が成人し秀吉の遺訓を継いで天下を統べるのはまだ先のことであった。しかし天下人が倒れたとき、その嫡子が新たな天下人である、と万人に認めてもらえるには数十万の兵を動かせる知力と信望が備わっていなくてはならない。

秀頼にはその二つともが幼少故にあるはずもなかった。

秀頼を真に支える係累縁者は母親の淀君ただひとりである。

すでに豊臣秀次は秀頼の誕生によって非業の最期を遂げ、羽柴秀長もとうにこの世を去っていた。秀頼の行く末はまさに徳川家康ら五大老五奉行の血のつながらぬ十人の手に委ねられることになった。

こうした状況下で家康は、秀頼に取って代わる徳川の政権を打ち立てようと企て始める。これを前田利家が牽制する。両者の策動は拮抗し、世情は平穏であるかにみえた。しかし水面下では家康の手で秀頼包囲網が着々と進められていた。

同年三月、三の丸完成。

その日、鷹之助は天守閣最上階に上って長い間たたずんでいた。

晩春の風が絶えず吹き込んで生駒(いこま)連山が煙っている。

太閤秀吉を失った大坂城はどうなるのであろうか。太閤の城であったからこそ、大坂城は難攻不落であった。秀頼では幼く、加えて血縁者は淀君ひとり、それではあまりに頼りなさ過ぎた。

大坂城は城主の一声が三十万の将兵を一瞬にして沈黙させるだけの器量がなくては支えきれない。

秀吉は日本(ひのもと)をまとめるため、強固な城を求めた。その城に拠(よ)って天下を一統する。まずはその堅固な城を作らねばならない。それが大坂城であったのだ。そのことをわかっていた羽柴秀長と黒田官兵衛だからこそ、両名は城普請に邁進(まいしん)できたのだ。秀長、官兵衛の城普請の熱情に鷹之助は突き動かされて城石を積む日々に明け暮れた。

共に積み続けてきた戸波作左衛門は彼岸の人となり、三郎太や主だった穴太者は鷹之助の許を去った。穴太の郷に残された者は老いた穴太者ばかりとなった。

初めて石山本願寺跡地に乗り込んできた時の心躍る気持ちは失せて虚(むな)しさだけが鷹之助の心を占めていた。

——余がすなわち城じゃ——

天守閣の一角から秀吉の声が聞こえたように思え、あたりを見まわしたが、風が吹き過ぎていくだけだった。

鷹之助はこの日をもって秀吉から与えられた穴太の領地を返上して一介の穴太者となった。

閏三月三日、大坂城に詰めていた前田利家が病没した。秀吉より一年遅れで生まれ、秀吉より一年遅れの死。まるで秀吉の後を追うような死であった。

五大老、五奉行の合議によって成り立っていた政は、四大老、五奉行での政となった。利家の死によって家康の天下取りの野望は露骨になった。それを阻止しようとする五奉行の筆頭石田三成らとの間で対立が激しさを増した。

家康の横暴を快しとしない毛利輝元、宇喜多秀家、小早川秀秋、上杉景勝、島津義久（義弘の兄）、安国寺恵瓊、小西行長らが石田三成に味方した。

ところが秀吉恩顧の加藤清正、福島正則、細川忠興、加藤嘉明、浅野長政、脇坂安治の六武将は石田方に加わらず徳川方に与力した。五奉行の筆頭として秀吉亡き後、淀君と手を結んで秀吉の後継者であるが如くに振る舞う石田三成に六武将は我慢ならなかったのだ。

特に加藤清正は石田三成、小西行長らと意見が合わなかったこともあって両名を秀頼から取り除くために徳川方に与力したのであって、決して家康の麾下に入る気はなかった。清正はあくまでも秀吉の恩に報いるため秀頼にとって良かれと家康側の立場に自分を置いたのである。

そうした危うい世上をよそに鷹之助は穴太の郷に籠もったままで乃夢に託された息子の面倒と石を刻む日々に明け暮れていた。今の鷹之助にとって大坂とのつながりはすべて切れたといってよかった。

琵琶湖を日長一日飽きることなく眺め、比叡山から吹き下ろす風に当たっているとますます京や大坂のことは遠いことのように思えた。

慶長五年（一六〇〇）九月十五日、徳川方と石田方は関ヶ原で対峙した。石田方の兵八万余、徳川方十万余。石田方は毛利輝元を総大将とし、徳川方は家康自らが陣頭に立った。関ヶ原は東西一里（四キロメートル）南北半里（二キロメートル）の狭い原である。ここに両軍合わせて二十万に近い兵が激突した。早朝から始まった戦いは小早川秀秋の寝返りによって昼を過ぎる頃、徳川方の勝利に終わった。

毛利輝元、宇喜多秀家、上杉景勝、島津義久は兵をまとめてそれぞれの領国に帰ったが、石田三成、小西行長、安国寺恵瓊は捕らえられ斬首された。

秀頼は二百余万石の領主から摂津、河内、和泉の三国、六十余万石の領主に削られて命脈を保った。

終章　まぼろしの城

（一）

比叡山頂から吹き下ろす風が杉木立ちを揺らせて山肌を嘗めながら、琵琶湖面にさざ波をたてて通り過ぎていく。風は日々、微妙に変わり、湖面に様々な波紋をつくっては吹き抜けていった。

鷹之助は風を頬に受けながら一抱えほどの石と向かい合っていた。

石に注がれる鷹之助の眼は暖かく柔和である。石に触れ、石と話し、石が語るのを聴く。石は何万年もかかって今の形になった、その悠久の時の長さが石に触れた鷹之助の手から身体へと伝わってくる。すると石にまつわる様々な思いが鷹之助の胸中に鮮やかによみがえる。

鷹之助はそうした思いを打ち砕くかのように鏨を石に当て玄翁（鎚）を振り下ろす。

石を削る音と共に思いは少しずつ消えて、やがて鷹之助はすべてを忘れ石と一体になる。

「その姿、弥兵衛殿にそっくりですね」

現に戻す声が背後から聞こえ、鷹之助は作業を中断されたことの不快さを露骨にして振り向いた。

「どなたか」

「おお、顔まで似てきました」

白布で頭部を覆った尼がひっそりと立って微笑んでいる。どこかで見たような気がするがうまく思い出せない。それに近頃はめっきり目も衰えていた。

「石切りの最中、用でないなら去んでくだされ」

「その愛想のない口ぶりまで弥兵衛殿にうり二つ」

尼の声に一段と懐かしさが混じる。

「その声どこかで聞いたような」

鷹之助は目を細めてしげしげと軽口を叩く女を見た。

「まさか、ねね様では」

鷹之助の無愛想な声が一転する。

「ほんにお久しゅう」

女は軽く頭をさげる。

「一体どうなされたのですか。ねね様がかようなところに参られるとは」

鷹之助は鏨と鎚を置いて、土間に切ってある囲炉裏端にねねを誘った。ねねは幾分小さくなったようだった。

「かねがね穴太の郷に参りたいと思うておりました。それがやっと叶いました」

「京の三本木にお住まいとのことですが」

京、東山の高台寺でねねは高台院と号して、秀吉の冥福を祈る生活に何年も前から入っていた。高台寺はねねに好意を持つ家康によって建立されたものである。

「こうして鷹之助殿の顔を拝すと昔、城普請で根石運びがうまくいかぬ、とわたくしのもとを訪ねて来た時のことを思い出しました」

ねねの声に懐かしさがこもる。

「あの時、ねね様は三十四歳、わたくしは二十二歳でした」

「そうですか。わたくしが三十四。してみるとあれから三昔、三十有余年も経つのですね」

「ねね様のご配慮で堺の今井宗久様と角倉了以殿に船を用意していただき、なんとか石積みを続けられました。いまもってあの時のことは感謝しております」

「それで秀吉殿の望んだ大坂城は作れましたのか」

「作れた、と思っております。城は秀吉様亡き後、十七年の間秀頼様をお守りして参りました」

「それでも城は秀頼殿を守りきれませぬでしたな」

「それは家康様の策謀で大坂城の惣構と堀を埋め立てられたからでございます」

関ヶ原の戦いで天下は豊臣から徳川に代わった。しかし秀頼は大坂城に十七年間守られて二十三歳となっていた。

徳川の代も家康が秀忠（家康の三男）に将軍職を譲り、幕府の体制を固めつつあった。しかし幕府をより強固にするにはかつての天下人の血を引く秀頼がなんとも邪魔な存在であった。

大坂では今もって太閤の城、太閤の世嗣（よつぎ）、とまるで徳川幕府などないが如くで、家康としてはこうした世情に目をつぶるわけにはいかなかった。

そこで家康は秀頼を江戸に住まわせ、幕府の管轄下に置こうと企てた。しかし秀頼は大坂城を出ようとしなかった。ならばと国替えを突きつけ、大坂城から引きずり出そうと試みたが、ますます城に籠もって国替えを拒んだ。

家康が幕府の命に従わぬ秀頼に武を持って処さなかったのは大坂城があったからである。家康が戦さを仕掛けても大坂城に籠もる秀頼に勝てる確証はない。

関ヶ原の戦いで徳川の世になったその時から家康は大坂城を攻めるか否かを十六年間も逡巡（しゅんじゅん）しつづけた。

家康に残された命はあとわずか。自分（おのれ）の目の黒いうちに徳川幕府を盤石にしなければならない。

家康は秀頼を討つことを公にする。

秀頼側は大坂城に武器、兵糧を搬入し、櫓（やぐら）の補強を昼夜兼行で行なって徳川勢の攻城に万全を期した。

慶長十九年（一六一四）十一月、世にいう〈大坂冬の陣〉の戦いが始まる。

秀頼のもとに多くの武将が馳せ参じるだろうと思われたが、期待空しく豊臣恩顧の諸大名の大半は徳川方についた。

しかも加藤清正は慶長十六年（一六一一）、すなわち三年前に死去していた。

それでも真田幸村、毛利勝永、長宗我部盛親らがあいついで入城し、総勢十万を超える武人が集まった。

対する徳川勢は二十万。大坂城をすき間なく包囲する。

城内にひと足たりとも入れぬ、と惣構内に陣を構える大坂方、それを突き破ろうとする徳川方。惣構を挟んで両軍の間で激しい攻防がくり返された。

家康と将軍秀忠の強力な統制の下、家康麾下の諸将が忠誠を見せようと惣構を突き崩し乗り越えて大坂城へ攻め入ろうと兵を進める。

対する大坂方は惣構をかたく守り、徳川の兵一人たりとも城内に入ることを許さなかった。

業を煮やした徳川軍は最新鋭の大鉄砲を押し並べ、大坂城本丸めがけて間断なく砲撃した。だが惣構と本丸は半里ほども離れている。砲弾は本丸に届かない。

家康は大坂城の難攻不落ぶりをあらためて痛感せざるを得なかった。

こうなれば二十万の兵で大坂城を包囲して兵糧攻めにするしかない。

とはいっても運河を完全に封鎖するには何千隻もの船と何十万もの兵を常時配備しなければならない。諸国の武人が、それこそ国を空にして大坂城をとりまいている。空になった国々の政はおろそかとなり、徳川幕府に反旗を翻すかもしれない。

大坂城に運び込まれた兵糧は、十万の兵が一年は食いつなげる量であろう。勝敗がつくのは一年か二年先。

――それまで、自分(おのれ)の命は保(も)つのか、否、保たぬ――

家康は自問自答し、秀頼と和議することに決めた。

もちろん和議の目的は大坂城を弱体化させることである。すなわち大坂城の惣構(そうがまえ)を埋め立てることであった。

「惣構埋め立てで和議が整(ととの)ったとき、鷹之助殿は大坂城に乗り込んでいったそうですね」

ねねが訊いた。

「乗り込むというほど大袈裟(おおげさ)なことではありませぬ」

「いいえ、大層なものだったと聞き及んでいます」

鷹之助は惣構埋め立ての報を穴太の郷で聞くと大坂城に駆けつけた。五十四歳となった鷹之助に惜しむ命はなかった。

城に入るや秀頼に会見を申し込んだが即座に断られた。

会えぬとわかると秀頼の側近、大野治長(はるなが)に強引に会い、埋め立てを中止させるように説いた。だが治長はこれを無視した。鷹之助は毛利勝永にも会い懇願するが耳を貸さない。

「大坂城内を修羅のように髪を振り乱して、埋め立てならぬ、と叫んで回ったそうですね。わたくしはそれで苦労したのですよ」

ねねが見てきたように言う。

鷹之助のふるまいに対し、不埒(ふらち)なことを説き回って、和議を撤回させようとしている輩(やから)がいる、と徳川方の武将の間で噂になった。即座に斬り捨てるべし、という意見が大勢を占めた。身元を調べたら戸波鷹之助であるという。

　このことはねねの耳にも届いた。ねねは家康の許に文を送り、戸波鷹之助を見逃してほしいと懇請した。

「惣構を埋められてしまえば大坂城は手足をもがれたのも同然。わたしの命と引き替えに埋め立てが止められるなら望外のこと。そう思って単身大坂城に参ったのですが甲斐はありませんでした。徳川方からなんのお咎めもなく無事に穴太に戻れたのを長い間不可解に思っておりました。そうでしたか、ねねさまが家康様に」

　惣構埋め立ては秀吉をはじめ秀長、作左衛門それに普請で亡くなった多くの穴太衆や人足の労苦を踏みにじることである。これを座視することは普請に加わった者たちへの裏切り。そう鷹之助は今でも思っている。

　惣構は十日間で埋め戻され、破却された。埋め戻しの陣頭指揮を執ったのは藤堂高虎であった。

　高虎は最初、浅井長政に仕えたのち、阿閉氏、磯野氏、織田（信澄）氏、羽柴秀長そして秀長の養子秀保、と次々に仕官先を変えた。しかも秀保が若くして死ぬと今度は秀吉に取り入り秀吉直臣となる。秀吉から伊予八万石を与えられ領主となったが、その秀吉が没すると、今度は家康に近づき、関ヶ原の戦いでは東軍にいち早く参戦した。仕官先を変える毎に才覚を発揮して身代をふやした。時々の権力者に巧みにすり寄っていく高虎の生き様を鷹之助は好きになれなかった。

その高虎が惣構を埋め戻してしまったことに、鷹之助は余計腹が立った。しかし鷹之助の怒りはそれだけではおさまらなかった。

なんと高虎は二の丸の水堀もどさくさに紛れて埋めてしまったのである。

二の丸水堀の埋め立ては和平条件に入っていない。

それを知りながら堂々と埋め立てたのは秀頼を激怒させるために家康と高虎が仕組んだ謀略である。できれば自らの手で藤堂高虎を絞め殺したかった。しかし、伊勢、伊賀二十四万石の大領主にのし上がった高虎には会うことさえできなかった。

高虎の暴挙に秀頼を擁する大坂方が激怒し、無謀にも再び家康に戦いを挑んだ。

まんまと家康、高虎の術中に嵌（はま）ったのである。こうして〈大坂夏の陣〉が始まった。

元和元年（一六一五）五月五日、徳川方は家康父子率いる十二万の軍と伊達政宗らが率いる三万五千の兵が大坂城に向けて進軍を開始。

翌六日未明、この報を聞いた大坂勢は後藤又兵衛基次（もとつぐ）、毛利勝永、真田幸村、薄田兼相らが率いる九千余名、それに木村重成、長宗我部盛親の兵一万余名が徳川軍を迎え撃つべく城外に布陣する。

すでに惣構も二の丸の水堀も埋め立てられたしまった今となっては、城外に布陣して徳川勢を迎え撃つしかなかったのである。

秀頼に近習して城内を守備するのは総大将大野治長と仙石秀範軍で、ことごとくの城門を閉ざして徳川軍を一歩も入れぬ備えをとっていた。

同日昼、道明寺と八尾・若江で両軍は激突。

後藤、薄田、木村の三武将は討ち死。真田軍が奮迅の戦いをするも戦況は数で圧倒する徳川方が優勢。

同日夕、城外で戦っていた大坂方の兵は雪崩をうって大坂城内に逃げ込んできたため、城内は負傷者の手当などで騒然となる。

二日後の五月八日、大坂城は陥落した。

（二）

「惣構と二の丸堀が埋められなかったら、あの戦いは負けなかったに違いありませぬ。そうなれば秀頼様も命を永らえたはず」

鷹之助が怨ずるようにねねに言った。

「負けはしなかったでしょうが、勝つことは叶わなかったでしょう。家康殿の十二万の兵が城を取り囲み、兵糧の途を絶てば大坂城に籠もった秀頼殿、淀殿、それに城兵のことごとくは飢えて死ぬしかありませんでした。兵糧攻めはその昔、秀吉殿が鳥取城や高松城などで用いた戦略。そのこと鷹之助殿は十分ご存知のはず。先日、わたくしの許に藤堂高虎殿が訪ねて参りました。高虎殿が、秀頼様は大坂城落城の際、城内から城外に通ずる間道を使って生きのびたのではないか、そう申されました。高虎殿は城作りの名手。その高虎殿が申すのですから間道の話は信じてよいのではありませぬか」

「ほう」

鷹之助は関心のない返事をする。未だに秀頼の生存は詳らかでなく、城を抜け出てどこかで生きているのではないかと大坂の町人や徳川を快く思っていない者たちは噂し合っていた。

「大坂城には何か絡繰りが施されていたのですか」

「高虎様の戯れ言ではありませぬか」

「わたくしの許にわざわざ戯れ言を申すために参ったとは思えませぬ」

「城を知り尽くした者の導きがあれば間道などなくても城から密かに抜け出せる手立てはありましょう」

「そう、城を知り尽くしている者の手によれば誰にも気づかれずに城外に逃れられる。大坂城を誰よりも知り尽くしているのは鷹之助殿、そなたしか居りませぬ。戦さの最中、鷹之助殿はどこに居りましたか」

「大坂城に居りました」

「やはりそうでしたか」

「たとえ間道があったとしてもわたしが秀頼様に会えるわけもありませぬ」

「何をしに大坂城に参ったのですか」

「城の最期を看取り、城と共に果て、黄泉の国で城に携わり命を落とした方々に城が滅びたことを伝えたい、そう思ったからです」

「城は落ち炎上しました。鷹之助殿は生きのびた。城と共に滅びるのではなかったのですか」

「そう、命、永らえました」

「その間道を使って大坂城から脱出したのではありませぬか」

「惜しむ命はありませぬ。そのことでねね様だけには話しておかねばならぬことがございます」

「話とは千殿のことでしょう」

ねねはやっと合点がいったという顔をした。鷹之助は唐突に千姫の名を口にするねねに驚きながら、

「なぜ、千姫様とおわかりになりましたのか」

と聞き返した。

「一昨日、高台寺に堀内氏久なる方が訪ねて参りました」

そこでねねは言葉を切って、

「堀内氏久、聞き覚えはありませぬか」

と探るような口調になった。

「覚えております。確かその方は千姫様を大坂城から救出した功によって五百石を与えられたはず。それが今頃になって何故ねね様を訪ねたのでしょうか」

「氏久殿は今、病を得て先が長くない、そう申されて、千殿を城から救い出したのは自分ではない、救い出したのは見知らぬ穴太者であった、と申されました」

「その穴太者がわたくしではないか、とねね様は疑っておられるのですね。なるほどそういうことで

したか。ならばお伝え申しましょう。そう、あれは元和元年五月六日の夕刻でした。戦いに敗れた大坂方の武将が城内に逃げ込むどさくさにまぎれて、わたしは城内に入りました。先ほども申しましたが城の最期を看取るためでした」

城内に潜入した鷹之助は夜が訪れるのを待って山里曲輪に入った。ここで城と命を共にするつもりであった。

三郎太と井戸を掘った懐かしい曲輪であり、乃夢と逃げ込んだところでもあった。山里曲輪は森閑として人影もなかった。

しばらく闇に潜んでいると人の声が聞こえてきて、やがて近くで立ち止まった。

「是が非でも城を抜け出さねばならぬのに何故(なにゆえ)山里曲輪などに迷い込む」

押し殺した声で男が叱責した。一行は四、五人らしい。

鷹之助は徳川軍に怖じ気づいた兵らの城外逃亡かと苦々しく思って、なおも身を潜めていた。すると香(こう)の香りが夜風に混じって匂ってきた。どうやら一団の中に女が混じっているようだった。

「豊家の命脈は徳川様に千姫様をお届け申せるか否かにかかっている。氏久、おぬしは城を知り尽くしているゆえ手引きはまかせくれなどと大口をたたきおったが、この様(ざま)はなんじゃ」

〈千姫〉という意外な名を聞いて鷹之助は思わず身を固くし、耳をそばだてた。

「おぬし、大野様のみならず姫様をも謀(たばか)ったな」

苦々しげに呟く男が一行を統率しているらしかった。

「必ずや抜け出せる手立てを探しだしてみせます」

「このような所に迷い込んでおきながら、なお世迷い言(よまいごと)を申すか。徳川勢の総攻撃は明日と流布されておる。是非もない、奥御殿にとって返し千姫様と共に死を待つしかあるまい。そのまえにおぬしの首を刎(は)ねなければ腹の虫が収まらぬ、そこに直れ」

怒りで声を荒らげた男が刀の柄に手を掛けたようだった。

「不躾(ぶしつけ)ながら、わたしが案内仕(あないつかまつ)ります」

鷹之助が声を掛けた。一団は闇を透かして声のする方に耳を傾けた。鷹之助は植え込みから出ると一行の話を立ち聞きしてしまったことを詫びてから、

「わたしは大坂城普請に長い間携わってきた穴太者。城内を隅々まで知り抜いております。東門までお導きいたします」

と申し述べた。

すると先ほどから叱責をくり返していた男が鷹之助の前に立ちはだかり、

「大野長治が家臣、米村権右衛門(ごんえもん)でござる。秀頼様の御助命を嘆願するため千姫様を使者に立て、徳川様の陣屋にお送りする途中でござる。千姫様は家康公の孫娘。秀頼様の助命は必ずや叶うはず」

と警戒しながら告げた。

「ならば白昼堂々と城門を開けてお送りするのが筋と思われますが」

「そうしたいのだが、城内は徳川憎しで燃えたぎっておる。また千姫様の嘆願でも秀頼様の助命は覚(おぼ)束(つか)ぬ、と言い張る武将も多く、もし千姫様を家康様の許(もと)に送るなら武力を持ってとめ立てする、と殺

気だっており申す。窮した大野様は城兵に気づかれることなく千姫様を徳川様の陣屋にお送りする役をこの権右衛門に命じた。だが、この体たらくでござる」

権右衛門は深くため息をついた。

鷹之助は一行の中に千姫を探したが闇が深くて定かではなかった。

「参らせませ」

鷹之助は一行を導いて山里曲輪を東に抜けて東下ノ段帯曲輪に入り、南へと進む。

この曲輪は名の通り本丸の東側に築かれ、虎口（脱出用通路）も兼ねた縄張（設計）となっていた。設計者は黒田官兵衛、苦心の設計であった。

その官兵衛も十年前の慶長九年に病没している。

幸いなことに東下ノ段帯曲輪に城兵の姿はない。城兵は戦さ準備と逃げ戻った傷兵らの対応に追われてここに守衛の兵を配置する余裕などなかった。

鷹之助は東下ノ段帯曲輪の南端まで誘導し、そこに一行を待たせて、ひとりで井戸曲輪に通ずる埋門まで行った。

埋門とは戦さの折、石垣に穿たれた通用口に石を詰め込んで敵の侵入を防ぐ構造の門である。門は開かれたままである。

鷹之助は一行を再び導いて埋門を抜け、井戸曲輪に入った。ここをさらに南に進めば東門にぶつかり、門を抜ければ二の丸となる。今は二の丸の堀は埋め戻されて、その一帯は軍場となっている。

東門には大勢の兵が屯して、ひきも切らずに戻ってくる兵を城内に引き込んでいた。鷹之助らは井戸曲輪で暫く様子を窺った。

「東門を守る兵は何処の手の者か」

権右衛門が押し殺した声で鷹之助に訊いた。

東の空がようよう白んできた中、老いた鷹之助の目に旗指物に描かれた家紋がかすかに映った。鷹之助は旗指物から目を離して一行の中にあらためて千姫を目にとめた。千姫は男装をして髪を頭部に巻いた布で隠してひっそりと立っていた。

「おそらく仙石秀範様の手と思われます」

鷹之助は千姫から目を離して言った。

「仙石殿は主戦派、ことを分けて話しても素直に門を通してはくれまい。さて如何致すか」

権右衛門は救いを求めるように鷹之助に目を合わせた。

「しばし、ここで様子をみましょう」

案ずるなと言いたげに鷹之助は穏やかな声をだす。

少しずつ朝の光が射し込んで曲輪内の闇が薄れていく。

夜明けを待っていたのか、遠方から砲撃の音が続いて起こった。東門を固める兵らが騒然となる。

「閉門せよ、閉門じゃ」

武将が命ずるわめき声がして、城兵が門に群がった。

「参られよ」

ひと言叫んだ鷹之助は東門に向かって走り、

「閉門、お手伝いいたす」

と大音声で告げた。兵らは城外から轟（とどろ）く砲音で浮き足立っている。耳を貸す兵などいなかった。鷹之助は千姫一行を振り返り、

「お手伝い申す、お手伝い申す」

叫びつつ一行を導いて、一気に城外へと走り出た。咎（とが）めだてする兵はいなかった。鷹之助の背後で東門が閉まる音が聞こえた。一行は振り返ることもせず、鷹之助の背を見ながら南へとひたすらに走った。

砲撃の轟音（ごうおん）が遠くに聞こえるようになったとき、鷹之助は走るのをやめた。驚いたことに千姫も遅れずについてきていた。

「東に参れば、平野川に突き当たります。川に沿って遡（さかのぼ）れば玉造村。おそらくそこまで行き着けば徳川様のいずれかの陣屋に出会えましょう。秀頼様の御助命が首尾よく参りますよう祈りまする」

鷹之助は千姫に一礼すると、大坂城へと踵（きびす）を返した。

（三）

鷹之助の話を聞き終わったねねはしばらくの間、瞑目（めいもく）していたが、やがて目を開けると、

「やはり鷹之助殿でしたのか。氏久殿は千姫救出の功により家康殿より扶持を与えられたが、その折、穴太者のことは告げなかったそうです。告げなかったのはその穴太者は再び城内に戻り討死したものと思ったからだと」

「氏久殿が何故、今頃になってそのようなことをねね様に打ち明けたのでしょう」

「本来なら五百石はその穴太者が受けるべきもの。高台院様は穴太者を多く見知っている方だと聞く、ついては心当たりがあったら教えてほしい。扶持を頂くのが心苦しくて何度も返上しようと思いつつ今日まできたが、病を得て老い先が短くなった今、死ぬ前にせめてその男の墓前に花を手向け、心安らかになりたい。そのように氏久殿は申されて、大坂城から抜け出られたのは今もって不可解だが、ただ長い間道を通り抜けたようだ、と語ってくれました。鷹之助殿、間道はあったのですか」

　ねねは待ちかねたよう鷹之助に顔を近づけた。

「先ほどお話し申したように、わたくしは東下ノ段帯曲輪を抜けて城外に千姫様一行をお導きしました。氏久殿が間道と思われたのは、おそらく両側が石垣で囲われた狭い東下ノ段帯曲輪を深夜に通ったから……」

　鷹之助はねねを見返すと、

「それを氏久殿は間道と思い込んだのでしょう。大坂城に間道はありませぬ」

　ひとこと一言、はっきりと告げた。

「そうでしたか。落城後、城内をくまなく探索したにもかかわらず秀頼殿のご遺体は不明。もしや秀頼殿は間道から城外に落ちのび、今でもどこかで生きているのではないかと一縷の望みをもっていたのですが」

　ねねは落胆と安堵の混じった顔で、

「鷹之助殿の一言でその望みも絶たれました」

　と大きく息を吐くと肩を落とした。

「千姫様の無事を確かめて城に戻ろうとしましたが、すでに城門は閉ざされ、入ることは叶いませんでした。わたくしは千姫様を城外にお導きしたことで、城に戻れぬ仕儀となり、おめおめと自分を永らえさせることになりました。千姫様脱出を手引きしたのは偏に秀頼様の御助命を千姫様の手で叶えていただくため。それも虚しいことになりました。今となっては千姫様を救い出す手助けなどせず、城とともに果てたかったと思うばかりです」

「秀頼殿の助命はなりませんでしたが、千殿をお助けしたことで豊臣の血は細々と繋がりました」

　ねねはそう告げて、次のような話をした。


　徳川方の陣屋に送り届けられた千姫は家康に会うと、秀頼の助命を嘆願する。

もちろん受け入れられるはずもなかった。傷心の千姫に追い打ちをかけるように秀頼と側室との間に設けた国松とその妹が捕らわれた、との報が届く。

　千姫はこの二人の助命を家康に願い出る。家康は千姫の嘆願を叶えてやりたかったが、国松の存在が後々徳川を脅かすのは明らかで生かしておくわけにはいかなかった。

　そこで家康は源頼朝の故事を千姫に話して聞かせた。

平清盛と戦って破れた源義朝には三人の遺児が居た。頼朝、範頼、義経である。清盛は三名の遺児に温情をかけ命を助けた。

この温情が後に平家を滅ぼしたことを千姫に伝え、国松と妹の命は断たねばならぬ、と謝るが如くに諭した。

千姫は、それは男子のこと、ならば女子である秀頼の息女だけでも助けて欲しい、とすがるように家康に訴えた。家康はしばらく考えていたが、首を横に振った。すると千姫は、

――わたくしの女を殺すのですか――

と怨ずる目を家康に向けた。

――むすめ？――

と家康は聞き返した。秀頼と千姫の間に御子が居ないことは周知のこと。

そのことを家康が質すと、千姫は、国松様の妹を秀頼殿と諮って妾の養女にした、と見え見えの嘘をついた。

そこまでして国松の妹を助けたいのか、と思った家康はしげしげと千姫を見た。悲しげな顔が痛々しかった。

家康にとって千姫は目に入れても痛くない孫である。分別もつかない七歳で秀頼に嫁がせたことが家康の引け目となっていた。

家康は千姫の喜ぶ顔を見たくて、しぶしぶ首を縦に振った。

国松は捕らえられた二日後、京引き回しのうえ鴨川六条河原で斬首された。

「そうですか、わたくしが千姫様救出の手助けをしたことで秀頼様の血をひく御子の命が救われたのですか。でその御子は千姫様がお育てになっておられるのでしょうか」

「さすがに家康様はそこまではお許しにならなかった。御子は尼寺に送られました」

「いずこの尼寺でしょうか」

「鎌倉にある東慶寺という古刹」

東慶寺は北条時宗の妻、覚山尼が開山した尼寺である。

創建は弘安八年（一二八五）で北条一門の女性たちから信仰の寺として様々な援助を受け、北条が滅びた後も寺はひっそりと存続した。

その東慶寺に家康は秀頼の息女を送ったのである。

息女は東慶寺にあって天秀尼と呼ばれた。

おそらくその名は秀吉、秀頼からとった秀を意識したものに違いなかった。

とまれ徳川幕府二代将軍秀忠の長女千姫の養女天秀尼を通して将軍家は東慶寺を手篤く保護した。

東慶寺の名を高めたのは徳川幕府が認めた「縁切寺法」を東慶寺に認めたことである。

この法を幕府が許したのは東慶寺と上野の満徳寺（現群馬県太田市）、二寺だけだった。

東慶寺、満徳寺のどちらかの寺に夫と離縁したい女性が駆け込むと、寺が女性を保護し、そこで三年奉公すれば離縁を認める、という法である。

後に千姫が本多忠刻に再嫁するにあたって、千姫の代わりを担った尼僧を満徳寺に住職として入寺させ、すでに死している秀頼と千姫の夫婦の縁を切った。

　天秀尼は長じて東慶寺第二十世住職となり、三十七歳の若さで亡くなっている。豊臣家はこの天秀尼の死をもって絶えた。


「豊臣家は天秀尼殿ひとりとなりましたが、それにつけても清正殿が生きていれば、豊家はあのような末路を辿らなくてすんだかもしれませぬ。返す返すも清正殿の早世は惜しまれます」

「清正殿の死はこの郷で薬売りの者から聞きました。薬売りは、清正殿が亡くなったのは家康様に毒を盛られたからだ、とわたくしに教えてくれました」

　大坂では清正の突然の死について様々な噂が流れた。それら噂のどれをとっても清正の死を納得させるものはなかった。それほど清正の死は不可解であった。

「家康殿が毒を？　清正殿は関ヶ原の戦さで家康殿に与力し、その功により肥後半国十九万五千石から肥後一国五十二万石を与えられたのですよ。それほど家康殿は清正殿を高く買われていたのです。毒をもって殺すなど考えもおよびませぬ」

「清正殿の死から五、六年経ちますが毒殺の流言は消えることなく、大坂人の口の端にのりつづけております」

「わたくしが住まう京、東山の高台院ではそのようなおどろおどろしいこと、耳にしたことはありませぬ。その流言、まさか鷹之助殿は信じているのではないでしょうね」

「どこかでわたくしの心底にひっかかってくるのです」

「なぜ、心底に」

「その流言をもう少し詳しく申せば、清正殿が堅固な城を肥後隈本（熊本）に作ったがため家康様に毒を盛られた、というものです」

「堅固な城を作ったことがどうして毒を盛ることになりますのか」

「清正殿は隈本城の改修にあたり、わたしに手を貸してほしいと申されました。わたしはそれを断ったうえで、三宅三郎太なる穴太者を隈本に赴かせました」

「三郎太殿のこと覚えております。金明水の井戸を刳り貫いた方でしたな」

「その三郎太と清正殿が組んで城石を積んだとなれば、おそらく大坂城の天守閣土台石垣より高く積んだに違いありませぬ。下から仰ぎ見れば遙かの高みに天守閣が望める。家康様でなくともその場に立てば、隈本城の堅固さを思い知らされるに違いありませぬ。その城に清正殿は秀頼様をお迎えし、後見人となって秀吉様の威光を取り返そうとしたのでしょう。堅固な城と清正殿、それに秀吉様の血を受けた秀頼様。家康様が恐れたのは明らかです」

隈本（熊本）城がその勇姿を現わした慶長十六年（一六一一）、すなわち大坂冬の陣が始まる三年前、加藤清正は家康の許を訪ねると、秀頼と腹をわって話し合うように勧めた。

もちろん話し合うことは、ただ一つ、秀頼が徳川幕府に反意を抱いていないことを家康にわかってもらうためである。

家康には秀頼に会う気はなかった。反意があろうがなかろうが秀頼を屠りたいのが家康の本心であった。

だが徳川幕府の樹立に力を貸した清正の懇請を無下に断るわけにもいかず、家康は渋々ながら秀頼に会うことを承諾した。

二条城での会見には家康、秀忠父子と秀頼、それに清正が同席した。会見は清正の思い通りに進み、秀頼が秀忠に恭順の意を表することで、大坂城に引き続き在城することになった。

その会見の後、隈本に戻った直後、清正は城中大広間で死去する。

清正の死はたちまち全国津津浦浦に知れわたった。と同時にその唐突な死は世に疑いをもたらした。病死であったのか、そうでなかったのか。いずれにしても威風を放ちながら足取り軽く二条城を出た清正が突然死去したことに、人々は懐疑の目を向けた。

「家康殿から清正殿の死は卒中である、と聞きました」

ねねが鷹之助に確かめるように言った。

「家康様の密命で毒を盛ったのであれば家康様が真を仰せられるわけもありませぬ。清正殿の死から一ヶ月後、わたしのもとに隈本から三郎太の死を報せる使いの者が遺髪をもって穴太の郷に参りました。その者が申すには、三郎太はわたくしに会おうと旅支度を済ませた夜、何者かに斬り殺されたとのことでした」

「なんと三郎太殿が」

ねねは痛ましげに顔を歪めた。

「三郎太はわたしに会って何を告げたかったのか、なぜ殺されたのか。清正殿の突然の死、それに三郎太の死を重ね合わせると、隈本城普請が浮き彫りになります。清正殿も三郎太も大坂城に勝る城を熊本の地に作ったがために家康様から幕府に反意有りと思われ、また恐れられて命を奪われた、わたくしはそう思っております。返す返すも清正殿のもとに三郎太を送らなければよかったと今では悔いております」

「父上、白湯をお持ちいたしました」

ねねと鷹之助の背後から声がした。ねねが振り向くと若者が茶碗を二つ乗せた盆を持って立っていた。

「いま、ねねは若者に向き直り、盆から茶碗を取ると軽く頭をさげ、

「いま、父上と申されましたね。そなたの父はこの鷹之助殿か」

と探るような眼差しをした。

「はい、父ですが」

若者はそう告げて、ねねに深々と頭をさげるとその場を去った。

「鷹之助殿は妻を娶られたのか」

若者が見えなくなるのを待ってねねが訊いた。

「弥兵衛のことですか」

「弥兵衛？」

「あの子には穴太の郷を束ねる戸波弥兵衛の名を継がせました。あれは乃夢とわたしの間に生まれた子です」

「なんと乃夢殿のお子？　乃夢殿は細川殿の館から消息を絶ったままだと聞いています」

「それについて、ねね様にはお話ししなければならないことがあります」

そう言って鷹之助は二十年前、伴天連禁止令で捕らえられた乃夢のこと、その乃夢が大坂城の多聞櫓に拘禁されたこと、さらにその乃夢を鷹之助が助け出し、角倉了以に預けたこと等々をかいつまんで話した。

聞き終わったねねは今さらながらに鷹之助と乃夢の縁に驚きを隠せないようだった。

「その後、乃夢殿の消息はありましたのか」

「ありませぬ。おそらくスペインあるいはポルトガルなど異国の地に赴いたのではないでしょうか」

「どこに居られようとも乃夢殿は自分を失うことなく生きていくに違いありませぬ。あの方はそういう強さを持っています。乃夢殿で思い出しましたが高山右近殿が今から二年前、慶長十九年（一六一四）に国外に追放されたことはご存じか」

山崎の合戦で功をあげた右近は文禄三年（一五九四）明石城城主となったが、伴天連追放令を無視してキリスト教を信じ続けたため、明石の領地を没収された。かねてより右近の信仰の篤さを承知していた前田利家は秀吉に内緒で自領の一郡三万石を与えてかくまった。

秀吉はこのことを知ったが、あえてそのままにしておいた。おそらく右近の一念を通す信仰が本物であることにある種の畏敬の念を抱いていたのかもしれなかった。

右近は剃髪して南坊等伯と称し、利休に師事した茶を友としながら信仰を保ちつづけた。

だが徳川の世になってキリスト禁教令が新たに公布された慶長十九年、右近はマニラに国外追放となった。

ちなみに秀吉の世では〈キリシタン〉を〈吉利支丹〉と表記したが、徳川幕府が発布した禁教令の後は〈鬼理支丹〉〈切支丹〉と表記し、〈吉〉の時は避けた。

「この郷に居ると世で興る諸々に疎くなります。そうですか、右近様は国外に追われたのですか。異国の神を信じ通した方々は死か追放しかない世になってしまったのですね」

右近はマニラに着いて間もなく病没しているが、そのことをねねも鷹之助も知る由もなかった。

「玉殿もまたそのひとり」

ねねは遠い日のことを思い出すように目を細める。

「お美しいお方でした。あのお方が玉造の細川屋敷で果てたと聞いたのは関ヶ原で戦さが始まる少し前でした」

関ヶ原の戦いで東軍(徳川方)に与した細川忠興は大坂城下の別邸に妻の玉を残したままであった。西軍の総大将石田三成は玉を人質にとって忠興を味方に引き入れようと画策し、玉を大坂城三の丸に移そうとした。しかし玉は自邸に籠もり門を閉ざして三成に従わなかった。

三成は忠興の別邸を兵で囲み武力をもって移そうとしたが、玉はこれを拒み続け別邸内で果てた。

「玉様の死はお美しい方であっただけに、よけいに大坂人には哀れと映ったようです。玉様は忠興様が心おきなく石田三成様と戦えるよう自ら命を絶たれた、あっぱれ賢婦、と世の人々が賞賛しておりました」

鷹之助は妖艶な玉の姿を今でもよく覚えていた。

「そのことわたくしは何度苦々しく聞いたか。玉殿は自ら命を絶ったのではありませぬ。小笠原少斎なる老家臣が短刀で玉殿の胸を突き抜いたのです」

「なんとあの少斎殿が玉様を」

「少斎殿が忠興殿に命じられて玉殿を刺したのか、あるいは玉殿が少斎殿に頼んで胸を突かせたのか、今となってはわかりませぬ。が、玉殿は忠興殿のために死したのではなく、吉利支丹、細川ガラシャとして果てたのです」

玉が少斎に頼んで命を絶たせたとなれば自ら死を選んだことになる。吉利支丹は自死をかたく禁じている、と乃夢から鷹之助は聞かされたことがある。とすれば玉は教義に反したことになる。

今となっては玉の心内（こころうち）を知る術（すべ）はない。だが大阪城の石蔵で乃夢と十数日間過ごした時のやり取りを考えあわせれば、鷹之助には玉の心内がおぼろげにもわかるような気がした。おそらくそれは賢婦としての死ではなく吉利支丹としての教義を守り抜くための死だ。

「話を大坂城に戻します」

ねねはそう言って鷹之助の息、弥兵衛が淹（い）れてくれた茶を啜（すす）り、喉を潤（うるお）すと、

「家康殿は死を悟ると高虎殿を枕辺に呼んで、秀吉殿が築いた大坂城のことごとくを地中に埋め、その上に徳川の手による新たな城を作れ、と命じたということです」

と告げた。

元和二年（一六一六）、家康は駿府城で七十五歳の生涯を閉じた。秀頼母子が大坂城で焼死した一年後のことである。

「あの城を地中に埋め、その上に新城を作るですと。堀のほとんどを埋め立てられたとはいえ、大坂城ことごとくを土中に葬った上に新城を築くのは生やさしいことではありませぬぞ」

「高虎殿もそれが難しいと重々承知しているのでしょう。高虎殿は新城を作るには鷹之助殿の力をどうしても借りたいから、その口添えをしてほしいとまで申したのです」

「そのことで参られたのでしたら、きっぱりとお断りいたします」

鷹之助は強い口調で断じた。

「わかっております。鷹之助殿の心の内は。高虎殿にはその場でお断りしておきました」

「徳川様は関東に幕府をお移しになりました。大坂に大層な城は要らぬはず。なのに何故(なにゆえ)家康様は大坂城を埋め立てた上に新城を築く気になったのでしょう」

豊臣家が滅び、すでに家康も没して二代将軍秀忠の世となり、新都江戸に大坂城をしのぐ城を築造中という。

「一度、大坂に出てみなされ。さすればそのわけがわかりましょう」

ねねは諭(さと)すような口ぶりだ。

「廃城の如くの大坂城を目の当たりにするなど堪えられませぬ」

鷹之助がすねたように応じた。

「城は手入れされぬままですが御城下は前にも増して人の往き来が盛ん。大坂人(おおさかびと)の心内(こころうち)には今も太閤殿と大坂城が住みついているのです。それればかりではありませぬ、多くのお大名方の胸中にも大坂城と太閤殿は鮮明に生き続けているのです。高虎殿が申されるには、徳川様の威光をあまねく天下にしらしめるには、太閤殿と大坂城を人心から払拭(ふっしょく)しなくてはならない、それには秀吉殿が築いた大坂城のことごとくを地中深く埋めて、人の目に見えぬようにし、その上に旧城を凌駕(りょうが)する壮大絢爛(けんらん)たる徳川の手になる新大坂城を作るしかない、とのことでした」

ねねは感情を交えずに淡々とした口調である。

「ねね様は悔しくありませぬのか」

平静なねねに鷹之助は怨ずるように訊いた。

ねねはしばらくの間、眉を寄せて琵琶湖に目を転じて黙っていたが、やがて鷹之助に顔を向けると、

「わたしが悔しさや寂しさを感じずに過ごしたのは長浜が、まだ今浜と呼ばれていたあの頃だけ。今浜が長浜と名を変え、秀吉殿がそこに城を作ると何人もの女性をそばに置くようになった。わたくしは平静を装っていましたが、その苦しみを知っているのは乃夢殿だけ。秀吉殿が新しい城を造る毎に女性の数は増えました。その女性たちの面倒をこともあろうにわたくしに委ねたのです。その日々は屈辱と悔しさだけ。そうしたことを考えれば大坂城を地中に埋め込み抹殺することはむしろ喜ばしいこと。大坂城には良い思い出など何一つ残っておりませぬ」

と低めた声でしぼりだすように言った。

浅井長政の女茶々（淀君）を筆頭に前田利家の三女摩阿（加賀の局）、京極高次の妹竜子（松丸殿）、蒲生氏郷の妹とら（三条の局）、織田信長の五女（三の丸殿）、信長の弟信包の女（姫路殿）、さらに宰相の局など数えればきりがないほどで、身分がつまびらかでない側室も多かった。ロイス・フロイスは秀吉の側室について、

――関白はこのうえなく破廉恥で不身持ちである。肉欲に溺れ、城内に二百人余の側室を所有している――

と報告書に書きつづっている。

二百人は誇張であろうが、常に数十人の側室を置いて、その管理指導をねねに任せていた。そんな秀吉をねねは決して心安らかに受け入れていたのではなかった。そこには悔しさと寂しさと嫉妬が常に混在していたのである。

「徳川様がたとえ新しい城を造ろうとも、秀吉様と大坂城を人の心から追い出すことは叶いませぬ」

「秀吉殿と大坂城、二つは人の身体と心に似て一つのもの。で、あってみれば秀吉殿が彼岸に逝かれたとき城は骸（むくろ）となったのです」

ねねはかみしめるように言った。

「骸ではありませぬ。それが証拠（あかし）には秀吉様亡き後でも大坂城は秀頼様をお守りして不滅でした」

生涯をかけて築き続けてきた大坂城が骸であると鷹之助は思いたくない。

「高い石垣と深い堀を擁した城であっても滅びるのです。城は城将の器量と相まって不滅の城となるのです。秀吉殿が城主であったからこそ、誰もが大坂城を不落の城と思い込んだのです。その秀吉殿が身罷（みまか）った。大坂城は骸。しかし、大坂人の心内に秀吉殿は生き永らえている。それゆえに大坂城もまた不滅の城として人々には映ったのでしょう。しかし、それは幻想（まぼろし）。そのまぼろしが十七年もの間、秀頼殿を守り、家康殿を悩ませた。もう一度申します。秀吉殿亡き後に残された大坂城はまぼろし、骸（むくろ）。そのことに秀頼殿や淀殿、大野治長殿が気付けば家康殿に戦いを挑まなかったに違いありませぬ」

びわ湖に斜陽が当たりだしていた。金色に輝く波間に比叡下ろしの風が吹き渡っていった。

「秀吉様亡き後の大坂城を不落と思ったのは幻想（まぼろし）。そうですか、大坂城は、まぼろしの城、だったのですか」

　鷹之助はねねの言葉を呟くようになぞった。

「幻想、と申せば女子にとって城は常に不可解で幻のようなもの。高い石垣の上に建つ館や倉に女子は居心地の悪さを感じこそすれ好きになる者などだれ一人おりませぬ。それは淀殿、千殿とておなじこと。いえ千殿ばかりでなく北庄城で柴田様と共に果てたお市の方様、坂本城天守閣で炎と共に焼け死んだ明智光秀殿の妻子、さらに荒木村重殿の御一族、数えあげればきりもありませぬ」

「城が女性を不幸にするとは思ってもみませんでした。秀吉様も秀長様も清正殿もそしてわたくしたち穴太衆も女性を不幸にするために城を築いてきたのではありませぬ」

「男が石を積んで城を造り壊すのは勝手。城で討ち死するのも勝手。その勝手に女子を引き込み道連れにする、なんともやり切れませぬ。秀吉殿の勝手が露わになったのは秀頼殿が生まれ、大坂城三の丸を築き始めた頃。それまでの秀吉殿は秀次殿に関白の職を譲り、側室たちを解き放ち、わたくしと伏見城で余生を過ごすつもりでした。それが秀頼殿誕生で全てが狂い始めました。秀頼殿さえ生まれなければ豊家は秀次殿が継いで今の世に存続していたでしょう。秀頼殿の誕生が豊家崩壊の一歩でした。秀吉殿は秀頼殿を自分の後継者に据えるため秀次殿とその係累ことごとくを殺し、秀頼大事、秀頼大事と呼びつつ、ただただ自分の死んだ後の秀頼殿の行く末を案じて、死ぬに死ねぬ日々を送った末に果てました。秀頼殿さえ生まれなければ安らかな往生が叶ったものを、とこのねねは今でも思っております。往生出来なかった秀吉殿は哀れですが、それにも増して哀れなのは豊家の期待を一身に受けた秀頼殿。わたくしは秀頼殿を思い出す時、一度も笑顔を思い起こしたことはありませぬ。いつも秀吉殿と比べられ、秀吉殿のようになることを嘱望された秀頼殿の一生は哀れそのものです。秀吉殿の子として生まれなければ、のびのびと笑いながら生涯を全うすることが叶ったかもしれませぬ。秀頼殿は自分が誕生したことにより、秀次殿一族全てが殺されたことを詫びながら大阪城内で焼き殺されたのです。城など造らなくてよい世に一日でも早くなってもらいたいものです」

「ねね様が望むような世が来るのはまだ先のこと。わたくしが手掛けた坂本城、長浜城、山崎城は徳川様の世になって破却されました。しかし、それに代わる新城が前にも増して多く築かれています」

長浜城の城石は、近隣に築城した彦根城の城石として一石残らず持ち去った。

坂本城も膳所城の城石として石垣を崩して運んだ。

山崎城の石垣は鷹之助が大坂城二の丸普請の時に転用した。

これによって三城は何処に城があったのかさえわからぬほどに破壊し尽くされた。

そして安土城は荒城と化して城下も寂れ、訪れる人もない。さらに姫路城は今、原型を留めぬ大改修が始まっている。そしてねねの言に寄れば大坂城は地中に埋められ、その上に新城を築くという。

「古い城を取り壊し新しい城を造る、おろかな繰り返しが続くのですね。その繰り返しのなかで武士も女性も生まれ死んでゆく。生き残った鷹之助殿やわたくしは、その繰り返しで滅んでいくものをただ見ていることしかできませぬ。秀吉殿の辞世の句ではありませぬが、難波のことは夢のまた夢、なのです」

「夢のまた夢」

呟いた鷹之助の胸中に乃夢が去ってから今までのさまざまな出来事が過ぎっていく。

鷹之助は琵琶湖に目をやった。

初夏のびわ湖は風のさやぎが聞こえてくるほど静かであった。

その時、鷹ちゃま、と呼ぶ童女の声が戸口の方から聞こえた。

その声はまぎれもなく幼い頃の乃夢の声だった。鷹之助は琵琶湖から戸口へと目を移した。

戸口に人影はなかった。しばらく戸口に目を凝らしてから鷹之助は再び琵琶湖に顔を向けた。

湖面は午後の斜光で銀鱗のように輝いていた。その銀波を散らせながら白い帆を上げた船が湖面を走っていく。

鷹之助は目を細めて白い帆掛け船を見つめつづけていた。

完

西野 喬（にしの たかし）
一九四三年 東京都生まれ

著書
「防鴨河使異聞」（二〇一二年）
「壺切りの剣」（二〇一五年）
「黎明の仏師 康尚」（二〇一六年）
「うたかたの城」（二〇一八年）
（発行所はいずれも郁朋社）

まぼろしの城 ―穴太者異聞―

平成三十年九月八日 第一刷発行

著 者 西野 喬
発行者 佐藤 聡
発行所 株式会社 郁朋社
東京都千代田区神田三崎町二―二〇―四
郵便番号 一〇一―〇〇六一
電 話 〇三（三二三四）八九二三（代表）
ＦＡＸ 〇三（三二三四）三九四八
振 替 〇〇一六〇―五―一〇〇三二八

印 刷
製 本 日本ハイコム株式会社

落丁、乱丁本はお取替え致します。

郁朋社ホームページアドレス http://www.ikuhousha.com
この本に関するご意見・ご感想をメールでお寄せいただく際は、
comment@ikuhousha.com までお願い致します。

ISBN978-4-87302-681-7 C0093